YUNA DRAKE

EVER *say* EVER

Umschlaggestaltung © My Bookcovers
Unter Verwendung von Shutterstock
Lektorat – KRC Lektorat / Melanie Anderson
Korrektorat – Sybille Weingrill
swkorrekturen.eu
yuna.s.drake@gmail.com

ÜBER DEN AUTOR

YUNA DRAKE ist das Pseudonym einer erfolgreichen, jungen Amazon- und Bild-Bestseller-Autorin, deren Romane düstere, realitätsnahe und rasante Szenen auszeichnen. Sie veröffentlicht unter anderem auch als D.C. Odesza sinnliche, geheimnisvolle Liebesromane.

„Du fühlst, wie der letzte Atemzug ihren Körper verlässt. Du siehst ihr dabei in die Augen und ein Mensch in dieser Situation ist quasi Gott! Du besitzt sie nun und sie ist für immer ein Teil von dir. Und der Ort, an dem du sie getötet hast oder wo du sie liegen lässt, wird für dich heilig, und du fühlst dich immer wieder dort hingezogen.“

Ted Bundy
(hingerichteter Serienmörder)

VORWORT

Seid gewarnt!
Der zweite Part behält einige Überraschungen, unvorhersehbare Wendungen und Rätsel für euch bereit. Dieses Mal solltet ihr aufmerksam lesen, damit euch nichts entgeht. Allmählich werden nach und nach wichtige Fragen beantwortet und wird Moiras Vergangenheit stückchenweise aufgedeckt.
Es werden neue Figuren auftauchen, die Moira wirklich helfen wollen und andere, die bloß vortäuschen, es gut mit ihr zu meinen.
Bloß wer?

Ich wünsche euch eine unvergessliche, spannende Reise ins eisige Lettland. Nicht Litauen? Nein, Lettland. Ich hoffe, ihr habt eure Koffer gepackt, ein Russischwörterbuch dabei und ein Busticket gebucht. Denn ihr fahrt jeden Moment mit Moira nach Riga.
Gute Reise und viel Vergnügen.

XOXO
♥
Yuna Drake

I
MOIRA

E*r will, dass du glaubst, du hättest Einfluss auf sein Spiel. Den wirst du nie haben, selbst wenn du seine Regeln befolgst.*‹

Dieser Gedanke kreist unaufhörlich durch mein unkonzentriertes Hirn, bevor ich dem Fahrer mein Ticket entgegenhalte. Er betrachtet es flüchtig und nickt knapp. Schon schiebe ich mich mit aufgeschulterter Sporttasche im schmalen Gang an einigen Fahrgästen vorbei, die ihre

Gepäckstücke über den Sitzen in den oberen Ablagen verstauen.

Nie zuvor war ich so neben der Spur und vollkommen aufgewühlt, zerstreut und nicht bei der Sache wie jetzt. Dabei müssten meine Sinne geschärft sein, da nur ein Satz mein Leben bestimmt: Flieh, so weit du kannst, und lass alles hinter dir.

Meine müden Augen wandern flüchtig über die unzähligen Gesichter. Von einer Mutter mit einem etwa achtjährigen Sohn, zu drei Teenagern mit Tattoos und Piercings, die sich über die Rücklehnen hinweg unterhalten, zu einem Rentnerehepaar, das Würstchen und geschnittene Möhren aus einer Brotdose teilt.

Ich halte nach einem freien Sitzplatz Ausschau. Am liebsten würde ich eine Reihe ganz für mich beanspruchen, doch der Bus ist komplett ausgebucht. Daher entscheide ich mich dazu, mich neben einem Mann mit dunklem Haar, desinteressiertem Gesichtsausdruck und Kopfhörern zu setzen. Er wirkt beschäftigt und wird mich nicht die gesamte Fahrt zutexten oder nerven. In der drittletzten Reihe bleibe ich stehen.

»Ist hier noch frei?«, erkundige ich mich bei dem Typen mit grauem ausgeleiertem Hoodie. Er schaut aus dem Fenster zum Busbahnhof, bevor sein Blick träge zu mir wandert und er Kaugummi kauend nickt.

Sehr gut. Ich hieve meine schwere Sporttasche zur Ablage hoch, setze meine Umhängetasche ab und ziehe meinen dicken Mantel aus, den ich ebenfalls über mir ins Fach stopfe.

Danach nehme ich neben dem Mann Anfang dreißig Platz und krame Kopfhörer aus meiner Tasche. Ich will in eine andere Welt flüchten, nicht nur physisch, sondern auch psychisch. Einfach abschalten, alles kurzzeitig vergessen und hinter mir lassen.

Benommen schließe ich die Augen, hebe die Knie zum Rücksitz vor mir und kauere mich im Sitz zusammen.

Nach einigen Minuten startet der Busfahrer den Motor. Es ist kurz vor 20.10 Uhr.

Bald bin ich weit weg von Vilnius.

Bald kann ich alles hinter mir lassen.

Bald entkomme ich Magnus' Klauen, die er nach mir ausstreckt.

Egal, für welche Option ich mich entscheiden würde, er gewinnt. Er beeinflusst das Spiel, ohne dass ich die geringste Chance habe, etwas daran zu ändern. Arūnas hatte recht. Egal, was ich tue, Magnus lenkt dieses brutale, grauenhafte Spiel, nur um mich nicht mehr entkommen zu lassen.

Wenn ich das Spielfeld verlasse und damit sein Territorium – die Hauptstadt Vilnius – hinter mir lasse, könnte ich aus seinem Einflussbereich verschwinden. Er mordet nur in Vilnius, keiner anderen Stadt in Litauen. Serienmörder halten sich an ihre selbst auferlegten Prinzipien. Er wird nicht gegen seine eigenen Regeln verstoßen. Hoffentlich.

Wenn ich gehe, wird er mich nicht mehr beeinflussen, anrufen, aufsuchen, ausspionieren und in die Finger kriegen können. Das ist zumindest mein Plan. Ob ich richtigliege, bleibt abzuwarten.

Der Bus schnauft, bevor er langsam losrollt und ich aus den Augenwinkeln an dem Mann neben mir vorbei einen letzten Blick auf den Busbahnhof erhaschen kann. Wenn ich ein eigenes Auto besäße, hätte ich mit ihm bereits Hunderte Kilometer hinter mir gelassen.

Aber so blieb mir nur der Bus oder die Bahn. Flüge sind viel zu teuer für mich.

Es fühlt sich an, als würde ein schweres Eisenband, das um meinen Brustkorb liegt, aufgesprengt werden, als der Bus direkt auf die Schnellstraße einbiegt. Es geht Richtung Riga, der Hauptstadt von Lettland. Ich verabschiede mich somit nicht nur aus einer Stadt, sondern einem ganzen Land.

Knapp dreihundert Kilometer entfernt, werde ich sehen, was mich dort erwartet. Ich habe über AirBnB ein kleines bezahlbares Appartement am Meer gebucht. Da keine Sommersaison ist, ist es supergünstig und für mich mein neuer Zufluchtsort.

Natalie ist mir scheißegal. Ich kenne die Frau kaum. Wenn Magnus meint, sie foltern zu müssen, weil sie mir beinahe die Finger gebrochen und mein Gesicht demoliert hat, meinetwegen. Um Arūnas mache ich mir wirklich Sorgen. Sehr große sogar.

Aber sind wir ehrlich, er ist einer der obersten Köpfe

der Vanags. Seine Leute holen ihn da raus. Wenn ich gehe, wird Arūnas für Magnus nutzlos sein. Außerdem ist Arūnas gerissen genug, um sich selbst aus dieser Situation zu befreien.

Ob ich feige bin: *Ja.*

Ob mir mein Leben etwas bedeutet: *Verdammt, ja!*

Ob ich dafür meines für einen Menschen, den ich gerade mal zwei Wochen kenne, aufs Spiel setze: *Nein!*

Ich habe alles versucht, um Dalia zu retten, dennoch ist es mir nicht gelungen. Magnus ist ein tyrannischer Spielemacher, der unfair spielt und mich absichtlich verlieren lässt, der seine eigenen Regeln missachtet und mich beeinflusst. Darauf lasse ich mich nicht ein. Nicht mehr!

Ich fand wenige Tage, vor der Entführung, einen Zettel in meiner Jackentasche, auf dem stand:

SOLLTE ER DICH MIT MEINEM LEBEN ERPRESSEN, LAUF!
VERSCHWINDE UND VERLASSE VILNIUS!

ICH WEIß NICHT zu hundert Prozent, ob diese Nachricht von Arūnas stammt, doch ich bin mir sicher, dass nur er mir diese Anweisung gegeben hat.

Aus dem Grund fühle ich mich nicht ganz schlecht,

Vilnius zu verlassen, weil er es so wollte, sollte diese Situation eintreten.

Mein Problem ist bloß, dass ich mir nicht sicher sein kann, ob ich nicht verfolgt werde. Magnus' Anhänger könnten mich ausspioniert und sich unter die Fahrgäste gemischt haben. Wenn ich einen von ihnen entlarve, wird mich ein zweites Augenpaar ebenfalls überwachen. Sie sind wie ein metastasierender Tumor; man weiß nie, wo sie als Nächstes auftauchen.

Vilma ist einer von ihnen.

Polizisten gehören Magnus' Clan an.

Gewöhnliche Passanten, die sich nach mir umdrehen oder mich länger als fünf Sekunden anstarren, sind Magnus' Anhänger.

Sie. Sind. Überall.

Sein Einflussgebiet entfaltet sich wie ein kaum durchschaubares Untergrundgeflecht. Seine Leute sitzen überall. Selbst der Busfahrer könnte einer von Magnus' Männern sein oder der gelangweilte, müde Typ neben mir.

Außerhalb von Litauen wird er weniger fähige Leute besitzen, die ihm Informationen über mich liefern werden. Zumindest hoffe ich das sehr.

Mit geschlossenen Augen lausche ich der Musik meiner Playlist und hänge nicht länger den quälenden Gedanken nach. Ich muss eingeschlafen sein. Denn als ich wieder zu mir komme, höre ich ein Baby weinen. Ein knapper Blick auf mein Handy verrät mir, dass es kurz nach 21.40 Uhr ist. Halbzeit.

Ich tippe müde der Gastgeberin eine Nachricht, dass ich pünktlich eintreffen werde. Sie wollte mir die Schlüssel persönlich übergeben und muss in dem Appartementkomplex wohnen. Immerhin hätte ich jemanden, an den ich mich wenden kann. Am Telefon machte sie einen freundlichen Eindruck.

Als mein Kiefer wieder schmerzt, krame ich eine Ibuprofen aus der Handtasche und verstecke mein Gesicht unter einem Tuch. Ich will nicht schräg angeschaut werden wegen der üblen Blessur.

Ob Natalie gerade größere Höllenqualen erleidet?

Es kommt mir vor, als würde Magnus sich an meiner Stelle an ihr rächen. Wenn ich ehrlich bin, schmeichelt es mir ein klitzekleines bisschen. Der biestige Piranha befindet sich nun in den Fängen des großen Monsterhais.

Egal wie oft ich versuche, meine Gedanken in eine andere Richtung zu lenken, sie kehren doch immer wieder zu Magnus zurück.

Nachdem der dumpfe Schmerz in meinem Unterkiefer nachgelassen hat, versuche ich wieder zu schlafen. Schlaf ist das Einzige, was mich aus dieser schonungslosen Welt, in der ich mich gerade befinde, entkommen lässt.

2

ARŪNAS

Du mieses Schwein! Öffne sofort die Käfigtür, und ich schwöre dir, ich zeig dir, wie ein fairer Kampf aussieht!«, brülle ich durch die Gitterstäbe zur Kamera in der Ecke. Keine Ahnung, ob meine Rufe gehört werden und ob die Kamera Töne aufnimmt. Trotzdem soll dieses hinterhältige, perverse Schwein wissen, dass ich mich nicht einsperren lasse!

Neben mir hockt Natalie in einer Ecke. Im Gegensatz zu mir ist ihr rechtes Handgelenk über ihrem Kopf in einer Handschelle an der Wand fixiert. Sie hält den Kopf gesenkt und wirkt erstaunlich ruhig.

»Hörst du mich?«, rufe ich weiter.

»Klar und deutlich.« Unerwartet dringt die Stimme weiter hinter mir an mein Ohr. »Deine sinnlose Androhung kostet dich nur Energie. Energie, die du womöglich später noch gebrauchen könntest, Vanag.«

Mit einer Drehung wende ich mich ihm zu und stürme auf die gegenüberliegende Seite des Käfigs. Es ist ein Käfig, der sich mitten in einem Folterraum befindet. Es muss derselbe sein, von dem mir Moira erzählt hat. Sie hat somit nicht gelogen. Magnus besitzt einen Keller mit Folterwerkzeugen, einem Käfig, in dem er seine Opfer gefangen hält, und einer langen Werkbank, auf der er sicher genüsslich seine Beute quält.

Natalie hebt nun den Kopf und starrt aus den Augenwinkeln finster zu Magnus. Er steht maskiert und in einem schwarzen Pullover wie auch dunklen Hosen wenige Meter vom Käfig entfernt vor mir und neigt das Gesicht.

»Was soll das bedeuten? Seit wann gehören Männer zu deinem Beuteschema? Sag nicht, du hast das Ufer gewechselt«, reize ich ihn, um meine Antworten zu erhalten.

Er lacht dumpf hinter seiner dämlichen weißen Maske mit dem Runenzeichen zwischen den Augenschlitzen.

»Ich habe mir sagen lassen, dass du einen gewissen

Humor besitzt. Dass er jedoch so flach ausgeprägt ist, hätte ich nicht erwartet. Das enttäuscht mich etwas. Ich hätte es mir mit dir wesentlich unterhaltsamer vorgestellt.« Sein Blick trieft vor Überheblichkeit, Narzissmus und Eitelkeit.

»Ich beweise dir gern außerhalb des Käfigs, wie unterhaltsam ich sein kann!«

Nun wirkt er nachdenklich und hebt die gekrümmten Finger zum Kinn.

»Besser nicht. Es war nicht leicht, dich abzupassen und als meinen Joker in mein Spiel zu integrieren. Noch mal mache ich mir die Mühe nicht.«

Joker? Wofür?

Warum zur Hölle spricht er immer so gestelzt und hochtrabend? Hält dieser Idiot sich deswegen für etwas Besseres? Er ist nicht mehr wert als der Dreck unter meiner Schuhsohle. Doch viel wichtiger als die Frage, warum er sich so artikuliert, ist, wie ich verdammt noch mal hierhergekommen bin.

Mein noch leicht träger Verstand kann sich nicht an jedes Detail der letzten Stunden erinnern. Alles, woran ich mich erinnern kann, ist, dass ich auf der Suche nach Moira und unterwegs zu ihrer Wohnung war. Mitten auf dem Fußweg spürte ich mit einem Mal einen Stich in meinem Nacken. Danach sind meine Erinnerungen bloß bruchstückhaft vorhanden. Ich befand mich kurz darauf in einem Auto, wollte mich erheben und kassierte einen Schlag auf den Kopf.

Das nächste Mal, als ich wach wurde, befand ich mich in diesem Zoogehege zusammen mit Natalie.

Wann er sie abgepasst und hierhergebracht hat, weiß ich nicht, denn sie gibt seit der Minute, als ich wach wurde, keinen Ton von sich. Entweder ist sie noch benebelt von einer Droge, wie sie auch mir verabreicht wurde, oder aber sie glaubt, ihr Ende ist gekommen.

Dabei gehört sie zu der Kategorie Frau, die bis zum Äußersten geht und mit allen Mitteln, die ihr zur Verfügung steht, kämpfen wird. Sie wird nicht so einfach aufgeben, ansonsten wäre sie kein Mitglied des zweiten Rangs in der Vanags-Organisation.

Sie ist geschickt im Umgang mit Waffen, besitzt einen starken Willen und eiserne Entschlossenheit. Also entweder sammelt sie gerade ihre Kräfte und tüftelt an einem Plan, um sich befreien zu können, oder aber sie ist eingeschnappt. Natürlich meinetwegen.

»Wenn ich raten dürfte, setzt du mich als Joker ein, um Moira zu erpressen. So ist es doch?«

Magnus wendet sich von mir ab, um auf einen alten Lehnsessel, dessen Leder bereits abgewetzt und rissig ist, zuzugehen.

»So dumm, wie du aussiehst, bist du gar nicht, Degutis«, höre ich ihn gedämpft sprechen, bevor er auf dem Ledersessel Platz nimmt.

Und weiter? Rede schon!

»Sie wird darauf nicht eingehen«, setze ich nach und

umfasse fest die verrosteten Eisenstäbe, sodass meine Knöchel weiß hervortreten.

»Wir werden sehen. Wenn ich mein Vermögen einbringen würde, würde ich eher auf dich setzen anstatt auf deine Geliebte, die ihr fast die Zähne aus dem Gesicht getreten und die Finger gebrochen hätte.«

Wie ein König thront er lässig im Sessel, hebt den linken Fußknöchel auf sein rechtes Knie und hält die Finger locker ineinander verschränkt.

»Du willst somit Moira entscheiden lassen, wer am Leben bleibt? Natalie oder ich?«

»Muss ich mich wiederholen?«, kontert Magnus genervt, da ich wohl etwas zurückgeblieben für ihn rüberkomme. Soll er mal wie ich unter den Nebenwirkungen eines starken Narkosemittels und einem Tritt gegen den Kopf leiden und dann noch alle Zusammenhänge verstehen. Er ist ein aufgeblasener Narzisst, der mich gerade gern vorführt.

»Na dann ...« Drehen wir den Spieß um. Ich gönne ihm nicht meine Neugierde. Darauf wartet er bloß. Wenn ich ihn nicht beachte, wird er von ganz allein das Gespräch mit mir suchen.

Aus dem Grund lasse ich die Stäbe los und drehe mich zu Natalie um, die mich mit einem leeren Blick ansieht. Ihr blondes Haar ist zerwühlt. Sie trägt exakt dieselbe Kleidung, in der ich sie aus dem Appartement geworfen habe. Stiefel, ein schwarzes eng anliegendes Strickkleid, einen Mantel und einen Schal. Ihre Mascara ist quer über das Gesicht verwischt, dennoch drücken ihre Augen neben der unerklärlichen Leere eine stille Wut aus.

Gelassen, als befände ich mich in keinem Käfig, sondern auf meiner Couch, nehme ich am Gitter Platz und lehne mich mit dem Rücken dagegen.

Natalie schaut in knappen Abständen zu Magnus.

Ich muss nachdenken. Ich gebe Magnus recht. Wäre ich an Moiras Stelle und müsste mich zwischen Natalie und mir entscheiden, würde ich mich – was bin ich für ein Glückspilz – für mich entscheiden. Natalie hat ihr übel zugesetzt, sie getreten und wollte sie umbringen.

Allerdings weiß ich nicht, ob ich Moira wenigstens so viel bedeute, dass sie sich für mich entscheidet. *Was, wenn es ihr egal ist?*

Nein, so wie ich Moira kenne, wird sie meinen weisen Rat befolgen und Vilnius verlassen haben. Sie wird geflohen sein. *Allerdings …*

Vorsichtig neige ich das Gesicht über die Schulter, um zu Magnus zu blicken, der mich anstarrt wie ein Lammkotelett, und dabei überlegt, ob er es braten oder garen will.

Magnus wirkt viel zu siegessicher. Wenn Moira geflohen sein sollte, wird das sein Spiel zunichtemachen. Er wird Natalie und mich nicht brauchen, weil er zuvor seinen Spielpartner einfangen muss.

Wenn du abgehauen bist, Moira, war es die beste Entscheidung. Flieh, solange du kannst, geh weit weg. Die Vanags werden uns hier rausholen. Zydrunas oder auch Nojus sitzen sicher schon im Wagen und nehmen die Fährte auf. Außerdem ist Rysand ein Genie, wenn es darum geht, Menschen aufzuspüren. Er ist nicht umsonst derjenige, der am meisten bei den Vanags gefürchtet wird, denn er holt sich alle Verräter, die die Biege gemacht haben, und erledigt sie.

Somit heißt es, abwarten und keinen Tee trinken.

»Was seid ihr doch für ausgesprochen schlecht gelaunte Gäste«, stellt Magnus fest.

»Wir feiern, wenn du gegangen bist«, kann ich mir meinen dummen Witz nicht verkneifen. »Es war amüsanter ohne deine Anwesenheit.« Wenn er so gestochen daherschwafelt, kann ich das auch.

»Nein, ich denke, ihr wartet auf Hilfe. Glaubst du, Tjark wird dich hier rausholen?« *Nenn ihn noch einmal bei seinem Vornamen und ich schwöre, ich pulverisiere die Gitterstäbe mit bloßen Händen.*

Neben mir balle ich die Finger zu einer Faust.

»Muss er gar nicht«, antworte ich versucht locker. »Er hat Männer, die diesen Schuppen zerlegen werden. Und wer weiß, vielleicht wird er danach derjenige sein, der seine Gastfreundschaft unter Beweis stellt.«

Tjark, Rys und ich werden ihn so lange leiden lassen, bis das gehässige Funkeln aus seinen Augen verschwindet.

Ohne seine Schritte gehört zu haben, steht er mir gegenüber vor dem Käfig und schaut nachdenklich zu

Natalie herab. Gleichzeitig tritt etwas wie Zorn, Rache und Bösartigkeit in seine Augen. Er hasst sie für das, was sie Moira angetan hat. Demnach bedeutet ihm Moira viel. Wieso?

Er schließt das Vorhängeschloss des Käfigs auf. Im selben Moment erhebe ich mich, um ihn mir zu schnappen. Allerdings schlingt jemand von hinten, den ich nicht bemerkt habe, ein Seil um meinen Hals und hält mich davon ab, zu Magnus zu gehen.

Natalie richtet sich wackelig auf. »Was willst du, du Wichser?!«

Ihn beschimpfen, halte ich für keine gute Wahl. Ich schiebe die Finger um das Seil, damit ich es von meiner Kehle zerren kann. Doch derjenige hinter mir übt noch mehr Kraft aus.

»Erwürg ihn nicht versehentlich«, lässt Magnus gefühlskalt den Kommentar fallen. *Keine Sorge, das wird er nicht.*

In Sekundenschnelle löse ich die rechte Hand vom Seil und greife durch das Gitter zu dem Typen durch. Ich bekomme seinen Gürtel zu fassen und spüre zwei Messergriffe. Schnell umfasse ich eines, ziehe es heraus und ramme es ihm in die Magengegend. Endlich gibt der Idiot meine Kehle frei. Als ich mich von den Gitterstäben abstoßen will, der Gegner hinter mir keuchend ins Taumeln gerät, erscheint Magnus vor mir und ich sehe nur das Blitzen eines Elektroschockers.

»Beruhige dich etwas, Arūnas. Du bist noch nicht an der Reihe.«

Ehe ich ihm das Ding aus der Hand schlagen kann, streift der brennende Stromschlag meinen Oberarm. Es geht ein heftiger Ruck durch meinen Brustkorb. Verdammt. Doch ich gebe sicher nicht so schnell auf und sehe seinen zweiten Versuch kommen. Bevor mich der Strom trifft, umfasse ich Magnus' Unterarm und drehe ihn schmerzhaft zur Seite. Gleichzeitig will ich seine Maske vom Gesicht reißen, doch er ist schneller und verpasst mir einen Haken unter das Kinn.

Wütend mahle ich mit den Kiefern, bevor ich ihn erneut angreife, und ihm mehrere Faustschläge in die Magengegend verpasse, und danach den Elektroschocker mit einem Fußkick aus seiner Hand katapultiere.

Magnus und ich stehen uns keuchend gegenüber, bevor er die Ärmel seines Pullovers hochschiebt und wütend zu Boden starrt. Natalie schaut zwischen uns beiden hin und her, aber gibt keinen Ton von sich.

»War das schon alles? Du betrittst den Käfig mit einem Elektroschocker und glaubst, mich damit außer Gefecht setzen zu können?«, provoziere ich ihn überheblich. »Mit einem Mann, der dir gewachsen ist, scheinst du Probleme zu haben. Es war sicher um einiges leichter, Frauen anzugreifen.«

Feindselig mustere ich ihn und entdecke dabei die frische Narbe auf seinem Unterarm. Es muss der Schnitt sein, den Moira ihm zugefügt hat.

»Deine lose Zunge wird dir irgendwann zum Verhängnis werden, Vanag!«, droht er mir und holt im nächsten Moment mit seiner Faust aus. Sie rast geradewegs auf meinen Kopf zu, sodass ich mich ducke, ihn an der Mitte zu fassen bekomme und direkt durch die Käfigtür dränge. Hart prallt er mit dem Rücken gegen die Wand seines Kellers, bevor er sein Knie in mein Gesicht rammt. Danach eskaliert die Prügelei völlig.

Er will mich angreifen, als ich einen Abstecher zu seiner Folterbank mache, sie mit einem Satz überwinde und mir ein Tranchiermesser schnappe. In der Hand lasse ich es kreisen und schaue keuchend zu Magnus.

Los, komm schon, greif mich an. Gegen mich hast du keine Chance, da du nur halb so gut im Training stehst wie ich.

»Dann hol dir meine Zunge«, fordere ich ihn schäbig grinsend auf. »Du hast keine Ahnung, mit wem du dich anlegst.«

»Du anscheinend auch nicht«, kontert er, geht auf die Folterbank zu und zieht sich ebenfalls geübt über die Holzplatte, bevor er sich blitzschnell ein Messer von der Wand greift und mich attackiert. Und zur Hölle, er ist gar nicht so übel, wie ich gedacht hätte.

Er muss Kickboxen können und eine andere Sportart, da er nun fast jeden meiner Angriffe abwehren oder umlenken kann.

Ich verpasse ihm zwar genauso viele Treffer und Schnitte wie er mir, dennoch muss ich mir eingestehen, er ist ein ebenbürtiger Gegner. Schwer atmend stoße ich mich von der Wand ab, taxiere ihn mit meinen Blicken und umrunde die Folterbank. Wir umkreisen sie und warten auf den nächsten Angriff des anderen.

Er wirkt nicht einmal erschöpft, ganz so, als könnte er eine weitere halbe Stunde mit mir kämpfen, ohne müde zu werden.

»Du bist gut, das muss ich dir lassen«, mache ich ihm das Kompliment. Obwohl er diese Maske trägt, weiß ich, dass er grinst. Die feinen Fältchen um seine düsteren Augen verraten ihn.

»Arūnas, Arūnas, Arūnas«, sagt er plötzlich, verschränkt die Arme vor der Brust und hält weiterhin die Klinge in der Hand. Woher kennen er und seine Truppe meine Namen? Sind wir uns irgendwann einmal begegnet? Dabei erkenne ich seine Stimme nicht wieder. Ich kann sie keiner Person zuordnen, die ich jemals getroffen habe.

»Ich denke, es könnte doch unterhaltsam mit dir werden.«

Zum Angriff bereit fixiere ich ihn. Er steht einfach bloß mit verschränkten Armen da. Will er, dass ich ihn angreife? Ich hätte die Bank schneller überwunden und ihm meine Klinge in den Hals gerammt, als er meine Attacke abwehren könnte.

Ich versuche es.

»Bedauerlicherweise habe ich nicht vor, auch nur eine Stunde länger in diesem schäbigen Keller zu verbringen.«

Er neigt das Gesicht, funkelt mir mit seinen düsteren

Augen entgegen und wartet geradezu darauf, dass ich den nächsten Zug mache. Das gefällt mir nicht.

Mit geöffnetem Mund hole ich tief Luft, um meine Kräfte zu sammeln.

»Sehr schade. Du hast natürlich jederzeit die Möglichkeit auszusteigen, bevor sich Moira entschieden hat. Aber bleib doch wenigstens so lange, bis ich Natalie die Augen aus dem Schädel geschnitten habe.«

Was für ein perfides Schwein. »Sie hat es verdient, da sind wir uns doch einig.« Magnus nickt in Natalies Richtung. »Sie hat versucht, eine Person, der wir beide nahestehen, umzubringen. Wenn ich es nicht übernehme, wird Tjark dies tun? Oder sogar du? Oder Rysand?«

Verärgert, da er ihre Namen kennt und einfach so ausspricht, als wären wir in der Vergangenheit beste Kumpels gewesen, balle ich die Hände zu Fäusten. Mein Atem geht schneller, mein Puls beschleunigt sich.

»Misch dich da nicht ein. Es ist nicht deine Angelegenheit. Wir halten uns auch aus deinen internen Streitigkeiten heraus!«, antworte ich ihm.

»Na, na, plötzlich so verärgert? Dich zerfrisst es, nicht zu wissen, was ich über euch weiß. So ist es doch?«

Ja, allerdings. Er wusste auch, dass die Vanags Moiras Mutter ermordet haben. Dass beide Elternteile unserer Organisation angehört haben. Woher verflucht?!

»Aber du liegst falsch mit der Annahme, dass ich mich bei euch einmische. Mir wäre es gleichgültig gewesen, hätte die Schlange dort hinten …« Er deutet zu Natalie, die ich aus den Augenwinkeln sehe. Sie steht an der Wand und starrt zu uns rüber. »Irgendeine andere Person angegriffen. Doch sie hat sich in mein Spiel eingemischt und sich als Störfaktor entpuppt.«

Seine Augen wandern in Natalies Richtung. »Niemand manipuliert meine Opfer oder Spielpartner, bringt sie durcheinander oder verletzt sie. Aus dem Grund ist sie hier, nicht weil ich mich in eure Kreise einmischen will.«

So, er sieht Natalie als Störfaktor an, weil sie Moira angegriffen hat. Das scheint ihm sein Spiel zu versauen. Was Natalie abgezogen hat, war absolut daneben, gar keine Frage, aber er hat deswegen noch lange nicht das Recht, sie zu bestrafen.

»Tja …«, seufze ich theatralisch. »Leider hast du das getan. Die Vanags sind sicher schon auf dem Weg hierher. Du hast dich mit dieser Aktion zum größten Feind unserer Organisation gemacht. Rede dir weiterhin ein, dass Moira dir gehört und du ihr mit dieser Entführungsaktion helfen wolltest. Es ist nicht so. Du hast einen weiteren Spielpartner aufs Spielbrett geholt und gegen diesen Gegner hast du mit deinen Kuttenträgern, die mit ihren Messerchen jonglieren, nicht die geringste Chance.«

Mit jedem Wort, das ich ausspreche, ziele ich mehr auf sein Ego ab. Er ballt die Hände, die in schwarzen Handschuhen stecken, ebenfalls zu Fäusten. Seine Armsehnen treten hervor und sein Blick wird hart.

»Wir werden sehen. Selbst der stärkste Feind besitzt

Schwachstellen und ein Habicht ist leichter vom Himmel geschossen, als einer Viper die Giftzähne ausgezogen werden können.«

Er immer mit seinem kryptischen Gerede. Allmählich nervt es. Ist er in einer Adelsfamilie großgeworden, in der ihm ständig diese übertrieben förmlichen Wörter ins Hirn gepflanzt wurden?

Genervt verdrehe ich die Augen. Er sieht nicht aus, als würde er weiterkämpfen, und ich habe keine Lust mehr auf das Theater. Wenn ich ihn ausschalte, kann ich gehen.

»Da gebe ich dir recht. Einer Schlange kann man jedoch sehr schnell den Kopf abhacken!«, kontere ich, überwinde mit einem lockeren Sprung die Folterbank und hole mit der Klinge aus. Noch bevor die Spitze seinen Hals streift, weicht er zurück und löst seine verschränkten Arme. Ehe ich den Schnitt spüre, stürze ich auf die Knie. Er zieht die Klinge aus meiner linken Flanke und tritt gegen meine Schulter.

»Pech gehabt. Du solltest lernen, deine Gefühle unter Kontrolle zu haben.«

Mit schmerzverzogenem Gesicht halte ich mir die linke Seite und kneife die Augen zusammen. »Geh am besten wieder freiwillig in deinen Käfig, Habicht. Natalie wird sich sicher um dich kümmern.«

Mieser Wichser.

Ich öffne die Augen, schaue zur Seite und stoße meine Klinge in seinen linken Oberschenkel.

Er knurrt vor Schmerz, bevor ich mich zurückziehe

und seinem Tritt ausweiche. Rückwärts schiebe ich mich über den Boden zur Wand und versuche, mich an ihr aufzurichten. Bei jeder Bewegung schmerzt meine Flanke höllisch, zerfrisst der Schmerz beinahe meinen Verstand.

Kurzzeitig verschwimmt das Sichtfeld vor mir. Hat er eine Arterie getroffen, ein Organ?

Magnus hält vor mir sein Bein. Im nächsten Moment sind zwei seiner Anhänger bei ihm.

»Wir haben Neuigkeiten zu Moira«, kann ich mit anhören und ziehe mich Zentimeter für Zentimeter an der Wand höher. Natalie schaut mit einem besorgten und zugleich hasserfüllten Blick in meine Richtung.

»Ihr seht, dass ich beschäftigt bin!«, fährt er seine Männer harsch an.

»Sie ist nicht mehr in ihrem Hotel.«

Sofort sind meine Sinne wieder hellwach. *Sie ist geflohen?*

Eine leichte Welle von Hoffnung durchflutet meinen Brustkorb, während Magnus beide abwechselnd anstarrt, sich dann zu mir dreht. Sein Blick ist mörderisch, als könnte er mit seinen todbringenden Augen alles in Flammen setzen. Ich kann mir mein spöttisches Grinsen nicht verkneifen.

»Schafft ihn in den Käfig zurück!«, befiehlt er grimmig seinen Speichelleckern, die mich links und rechts unter den Armen packen und in den Käfig zerren. Egal, wie oft ich versuche, mich aufzurichten, es gelingt mir nicht. Diese Runde gewann bedauerlicherweise dieser Frauenmörder. Trotzdem habe ich ihm einen Treffer verpassen können, der ihn eine Weile außer Gefecht setzt.

Denn er kommt humpelnd, nachdem die Käfigtür zugeschlossen wurde, zu den Gitterstäben und starrt zu mir auf den Boden.

»Freu dich nicht zu früh. Wenn Moira nicht mehr da ist, bist du für mich nutzlos. Genauso wie deine Killerschlampe. Eure Tage sind gezählt!«

Ich hieve mich auf die Unterarmen, um aufzustehen und ihm einen Haken durch die Gitterstäbe mitzugeben, allerdings verlassen mich meine Kräfte wieder.

Magnus lacht verachtend über meine Aufstehversuche und wendet mir danach den Rücken zu. Als er mit seinen zwei Kuttenträgern gegangen ist, sinke ich zurück auf den kalten Betonboden und schließe die Augen.

»Arūnas«, flüstert Natalie nach ein paar Minuten. Ich hatte mich schon daran gewöhnt, dass sie überhaupt nicht mehr spricht.

»Hm«, bringe ich hervor.

»Du hast alles gegeben.«

Leider nicht genug.

3

MAGNUS

Sie hat Litauen wirklich verlassen. Erstaunlich und zudem nicht verwunderlich. Das macht das ganze Geschehen umso interessanter, bringt noch mehr unvorhersehbare Sequenzen ein.

Nichts anderes habe ich von ihr erwartet, meiner hübschen klugen Psychologiestudentin. Am besten, ich lasse dich im Glauben, mir entkommen zu sein. Ruh dich aus, lege eine Verschnaufpause ein und erhole dich. Genau dann, wenn du dich am sichersten fühlst, werde ich bei dir sein. Ich werde jeden Schritt verfolgen, wie ich es immer getan habe.

Meine Augen wandern über den großen Flachbildfernseher, vor dem sich neben mir sieben Mörder unserer Vereinigung versammeln. Ich traue den meisten, besitze vollkommene Loyalität und Ergebenheit. Dennoch gefallen mir Nazeros auffällig starrende Augen nicht, als wir die Videoaufnahmen ansehen. Es sind die Aufnahmen, die Puikus auftreiben konnte, nachdem er sämtliches Videomaterial der Bahnhöfe, Flughäfen, Taxistände und Busbahnhöfe von Vilnius gesichtet hat.

Obwohl mein Bein die Last meines eigenen Körpergewichts nur unter schwerer Anstrengung tragen kann, lenke ich keine Sekunde den Blick von dem Monitor. Ich verfolge aufmerksam, wie Moira sich in der Halle ein Ticket am Schalter kauft, danach zum Bussteig 7 geht und mit ihrem Gepäck auf den Bus wartet. Als er eintrifft, entgehen mir ihre Blicke über ihre Schulter nicht. Sie behält ihre Umgebung wachsam im Auge.

Du hättest viel früher mit offenen Augen durch die Welt gehen sollen, Moira. Ich war immer da, wo du auch warst. Ich habe jederzeit, selbst als ich ein Niemand war, gewusst, wo du bist, oder stand vor dem Fenster deiner Wohnung, um sicherzugehen, dass sie dich nicht ausfindig machen. Sie dich nicht ebenfalls dazu überreden, Teil ihrer Organisation zu werden.

Du solltest nicht denselben Fehler begehen wie deine Eltern oder ich und nie in Berührung mit den kriminellen

Banden Litauens kommen. Ich hätte es mir für dich gewünscht. Nun, da das Schicksal mir Streiche spielt und ebendiese Organisation, die deine Mutter ermordet hat, sich in dein Leben einmischt, kann ich nicht länger wegsehen.

Ich musste eingreifen, nachdem mir klar wurde, wer abends im Callcenter bei dir angerufen hatte. Und dass dieser Typ, der jetzt mit klaffender Wunde in meinem Käfig sitzt, dich kennenlernen wollte. Hätte er sich bloß von dir ferngehalten, dann hätte ich dich niemals anrufen müssen.

Aber dann hätte Degutis dich auf die falsche Seite geführt. Er hätte dir niemals die Wahrheit gesagt und du hättest nie erfahren, wer deiner Mutter das vor über vierzehn Jahren angetan hat. Er hätte dich wie die Frauen zuvor um den Finger gewickelt, dich benutzt und mit gebrochenem Herzen zurückgelassen. Vielleicht wärst du ein paar Wochen oder Monate etwas Strahlendes für ihn gewesen, etwas Kostbares. Doch nachdem er sich an dem Leuchten in deinen Augen sattgesehen hat, hätte er dich verletzt und weggeworfen.

Er weiß nicht, was ich weiß. Er weiß nicht, wer du wirklich bist, Moira.

Nachdem sich die Bustüren schließen und der Bus mit der Aufschrift »Riga« aus dem Blickwinkel der Kamera fährt, senke ich nachdenklich den Blick.

»Was wirst du jetzt tun?«, erkundigt sich Cirones links von mir und fährt sich trotz Maske über seinen grauen gekräuselten Bart. Einen Moment schließe ich die Augen. Es gibt nicht viele Optionen. Sie hat die Aussetzenkarte gewählt, ich zwei Joker, die wertlos geworden sind und die ich nicht mehr ausspielen kann.

Mit einem Lächeln ziehe ich die Maske von meinem Gesicht, halte sie fest neben meinem Umhang umfasst und hebe geräuschvoll einatmend den Kopf in den Nacken.

»Das einzig Richtige. Wir lassen sie gehen.«

Arūnas und Natalie sind keine Gefahr für mich. In dem erbärmlichen Zustand wird er keine Woche durchhalten. Ich will ihn nicht töten. Das ist er mir nicht wert. An ihm haftet zu wenig Verdorbenheit und Grausamkeit, um ihn zu beseitigen. Natalie hingegen wird ihre gerechte Strafe erhalten, Moira angegriffen und ihre Ängste ausgenutzt zu haben.

Ich hätte sie vom Dach schießen sollen, als ich noch die Möglichkeit dazu hatte.

»Bist du dir sicher? Wenn du sie freilässt, werden sie wissen, wo wir uns aktuell aufhalten. Der Vanagskerl wird dir wieder in die Parade fahren und …«

Ich hebe die rechte Hand mit der Maske, damit er still ist. »Ich habe alle Eventualitäten einkalkuliert. Wir machen es so, wie ich es sage. Sie werden gehen.«

Nachdem ich meine Hand gesenkt habe, schiebe ich den linken Ärmel der Kutte zurück, um die Zeit abzulesen. »Sie werden kommen. Die Vanags werden bald eintreffen. Bis dahin sollten wir alle Spuren beseitigt haben. Nichts darf mehr darauf hindeuten, dass wir jemals an diesem Ort zusammengefunden haben.«

»Ich werde die Anfechter beauftragen, die Räume zu säubern«, beschließt Itronal. Die Anfechter, Opfer der ehemaligen Täter, die wir gerichtet haben und uns im Internet angefleht haben, sie aufzunehmen. Aktuell gibt es von ihnen zehn. Drei Frauen und sieben Männer, die bereit sind, alles zu tun, da sie die Judikative im Stich gelassen hat.

Unerwartet tritt Dikar an meine Seite und klappt sein Feuerzeug zu. Er begleitet mich wie ein Schatten überallhin.

»Wir sollten uns zurückziehen. Du musst dein Bein behandeln lassen«, raunt er mir ins Ohr, damit uns die anderen nicht belauschen können. Ich nicke unmerklich, bevor ich die Kapuze des Umhangs über den Kopf ziehe und die Versammlung verlasse.

»Wir finden uns in einer Woche wieder ein.«

Ich verlasse merklich hinkend die eiskalte Halle durch einen finsteren Ausgang, der in einen Innenhof führt. Bevor ich von einem anderen Mitglied aufgehalten werde, verschluckt mich die Dunkelheit und taumele ich mit der rechten Schulter gegen die Backsteinwand. Dikar tritt an meine Seite, hebt tonlos meinen linken Arm über seinen Nacken und hilft mir, den letzten Teil des Tunnels zurückzulegen und die Stufen zum Ausgang hochzusteigen.

Ohne ein Wort über die Lippen zu bringen, stützt er

mich und lässt mich am Ausgang stehen, um die dunkle Limousine vorzufahren.

Hinter mir höre ich keine Schritte. Qualm steigt aus den Gullideckeln der Kanalisation auf, da eine gnadenlose Kälte die Nacht regiert. Die Sterne waren seit Tagen nicht mehr so klar am Nachthimmel zu sehen wie heute.

Ein perfekter Abend für ein Ritual – zieht der Gedanke durch meinen Kopf.

Dikar hält den Wagen direkt vor mir, als ich den Umhang abnehme, ihn in der rechten Hand zusammenballe und auf den Wagen zuhinke. Er öffnet die hintere Tür, um mir beim Einsteigen zu helfen.

Kurz bevor er die Tür schließt, schaue ich in sein Gesicht und halte seine Hand, die den Türrahmen umfasst. »Ich hoffe für dich, du bist vorbereitet.«

»Ich kenne die Aufnahmen einige Minuten länger als du. Natürlich habe ich daran gedacht, was du als Nächstes planen könntest.«

»Sehr gut. Dann lass uns nach Lettland fahren.«

In seine dunklen, leicht schräg liegenden Augen dringt die Vorfreude, unser eigentliches Vorhaben fortzusetzen.

»Skamba kaip pokyčiai. – Klingt nach Abwechslung.«

»Be abejo. – Ganz sicher.«

4
MOIRA

An die Brüstung des kleinen Balkons angelehnt, beobachte ich den tanzenden Verlauf der Schneeflocken. Sie segeln wie kleine Federn vom Himmel direkt auf die Dächer der kleinen Strandhäuser unter mir.

Es war die beste Idee überhaupt, hierherzufahren. Jetzt sind zwei Tage vergangen, in denen ich zwar nicht sorglos schlafen kann, mich aber dennoch sicher fühle.

Die letzten Wochen waren der Horror. Allmählich

kann ich der Angst, die sich die gesamte Zeit mit ihren eisigen Klauen im Nacken festgekrallt hat, entfliehen. Ich bin Magnus entkommen.

So richtig kann ich es immer noch nicht glauben.

Ich nehme einen tiefen Atemzug, bevor ich die Zigarette anzünde. Eigentlich rauche ich nicht. Ich habe vor über sechs Jahren damit aufgehört, aber die letzten Tage haben mich nervlich an einen Abgrund getrieben. Mit dem Nikotin wollte ich meine Nerven beruhigen. Ob es hilft? Ich denke nicht.

Der Zigarettenqualm kriecht kratzig meinen Rachen entlang, bevor ich ihn ausstoße. Das Einzige, was mir wirklich Sorgen bereitet, ist Arūnas. Wie erfahre ich am besten, ob es ihm gut geht? Ob ihn seine Leute befreien konnten?

Ich könnte ihn anrufen oder ihm eine Nachricht schreiben, allerdings könnte Magnus die Nachrichten ebenfalls lesen, falls er ihm sein Handy abgenommen hat. Davon gehe ich fest aus.

Andere Vanags kenne ich nicht, deren Nummer ich habe. Doch … es fällt mir einer ein.

Wieder nehme ich einen Zug von meiner Zigarette und beobachte weiter unten einen Mann, wie er Papiereinkaufstüten aus seinem dunkelblauen Mercedes hebt und in das Ferienhaus trägt.

Ich könnte meinen Vater anrufen. Ob er noch Kontakte zu den Vanags besitzt, kann ich nur herausfinden, indem ich ihn frage. Bloß … will ich das überhaupt?

Einerseits will ich nichts, absolut gar nichts mit den Vanags zu schaffen haben, andererseits möchte ich wissen, wie es Arūnas geht. Das bin ich ihm schuldig nach allem, was er für mich getan hat.

Einen Versuch ist es wert.

Ich gehe auf meinem neuen Handy die wenigen gespeicherten Kontakte durch, suche die Nummer meines Vaters und rufe ihn an.

Es klingelt einmal, schon hat er abgenommen.

»Sveiki, Kudirka čia.« Ich habe seine brummige, beinahe bedrohliche Stimme seit Weihnachten nicht mehr gehört. Mein Verhältnis zu ihm ist nicht schlecht, aber auch nicht sonderlich gut.

»Hallo, Papa, ich bin es, Moira.«

»Moira, wie geht es dir?«

»Gut, schlecht, ich weiß es ehrlich gesagt nicht so richtig.«

Wie spreche ich am besten an, dass er ein ehemaliges Mitglied der Vanags war, ohne dass er mich löchert, woher ich diese Information habe?

»Stimmt etwas nicht bei dir? Hast du Probleme? Du kannst deinem alten Herren sagen, wenn was ist. Ich weiß, dass du nicht oft mit mir über deine Sorgen redest, aber es kann helfen.«

Einen Moment schließe ich die Augen und freue mich innerlich, dass er mir seine Hilfe anbietet.

»Ich … ich will ehrlich zu dir sein, ich habe einige Probleme, in die ich hineingeraten bin und die … die …«

»Spuck es aus. Nimmst du Drogen?«

»Was? Nein.« Ertappt schiele ich auf meine Zigarette in der rechten Hand.

»Hast du Geldsorgen? Einen Freund, der dich schlägt? Schick ihn zu mir und ich kläre das.« Gott, Papa. Warum denken Eltern immer an die drei Punkte: Geld, Drogen, schlechter Umgang. Wobei Letzteres gar nicht mal so falsch ist. Jedoch habe ich mir den Umgang nicht selbst ausgesucht.

»Ich habe keinen Freund, der mich schlägt. Ich habe einen …« *Ist Arūnas ein Freund für mich?* »Einen Mann kennengelernt, der in Schwierigkeiten steckt, und das möglicherweise wegen mir.«

Das klingt ziemlich verworren, wenn ich das so umschreibe. Ob mein Vater mir folgen kann?

Ich höre, wie er über die knarrenden Dielen ins Wohnzimmer läuft und dort den Fernseher leiser stellt. »Er hat Probleme wegen dir? Das kann ich mir nicht vorstellen. Du bist der aufrichtigste Mensch, den ich kenne, der bisher nie große Probleme angezogen hat.«

Ja, richtig und gerade überrollt mich eine gigantische Tsunamiwelle an Problemen und spült mich komplett aus meinem ehemals geordneten Leben.

»Eigentlich wollte ich nicht genauer darauf eingehen, aber ich brauche deine Hilfe.«

Als ich den letzten Zug genommen habe, lösche ich die Zigarette im Schnee und lasse den Filter in ein Einwegglas auf dem Boden fallen.

»Moira, sag, was passiert ist, und rede nicht drumherum«, fordert er mich mit seiner strengen und zugleich direkten Art heraus.

»Okay.« Ich sammele mich innerlich.

»Ich habe Arūnas kennengelernt, der jetzt in der Klemme steckt. Er ist ein Mitglied der Vanags. Er hat mir einiges über Mutter und dich erzählt. Die ganze Geschichte. Ich weiß es«, füge ich die letzten Worte leiser werdend hinzu. »Ich weiß, was damals passiert ist.«

Eine Weile ist es totenstill am anderen Ende der Leitung, sodass ich kurzzeitig befürchte, er hätte einen Herzinfarkt erlitten. Nicht einmal mehr der Fernseher ist zu hören. Aufgelegt hat er jedoch auch nicht.

»Sag bitte etwas«, bitte ich ihn vorsichtig.

»Wenn du von Arūnas sprichst, gehe ich davon aus, dass du *den* Arūnas meinst. Du kennst also Arūnas Degutis.«

»Ja.«

»Mein Rat, Moira. Triff ihn nicht wieder. Halt dich von ihm fern«, spricht er murrend und übel gelaunt ins Telefon.

»Das würde ich, wenn ich ihm nicht etwas schuldig wäre. Er ist wegen mir in Gefahr. Ich dachte, du hättest Kontakte, damit ich herausfinden kann, ob es ihm gut geht.«

»Das Gespräch ist beendet.«

Was? Nein!

»Papa, bitte …«

»Triffst du dich weiterhin mit den Vanags, gehen wir getrennte Wege.«

»Aber …«

»Kein Aber, Moira.«

»Ich bin deine Tochter, ich habe bisher nie irgendwas gemacht, was dich enttäuscht hat. Ich brauche dieses eine Mal deine Hilfe und du drohst mir sofort mit Kontaktverbot?«

Ich höre ihn rasselnd Luft holen. »Du weißt nicht, worauf du dich da einlässt. Wie mir zu Ohren gekommen ist, ist Arūnas kein kleiner Fisch mehr in der Vereinigung. Je näher du kriminellen Menschen kommst, desto schneller wird man dich als Leiche wiederfinden.«

Toller Ratschlag.

»Ich bin doch schon so gut wie tot …«, wispere ich niedergeschlagen, weil ich an Magnus denken muss.

»Ja, wenn du dich weiterhin mit ihnen abgibst.«

»Er war derjenige, dem ich womöglich mein Leben zu verdanken habe.«

»Inwiefern?«, fragt er.

»Ich stehe auf Magnus' Todesliste. Magnus, der Frauenmörder … du hast sicher von ihm gehört. Er hat mich im Callcenter angerufen, spioniert mich aus, schickt seine Leute zu meiner Wohnung. Wäre ich Arūnas nicht begegnet und hätte er nichts dagegen unternommen, wäre ich tot. Jetzt hat Magnus Arūnas gefangen und erpresst mich mit ihm.«

Wieder ist es so still, dass man selbst das Aufkommen

einer Stecknadel auf dem Boden hören könnte. Er verarbeitet sicher alle Informationen, die ich ihm gerade mitgeteilt habe. Er ist ein kluger, studierter Mann, der immer wusste, wie es weitergeht. Wenn er mir nicht hilft, stecke ich in einer Sackgasse.

»Wo bist du gerade?«

»Untergetaucht.«

Nun höre ich sein dumpfes brummiges Lachen. »Du weißt doch gar nicht, wie das geht. Aber besser, du verrätst es mir nicht am Telefon. Ich werde sehen, was ich tun kann. Bloß dieses eine Mal, Moira. Danach will ich das Wort nicht wieder aus deinem Mund hören.«

Sämtliche angestaute Luft strömt aus meinen Lungen, als ich erleichtert ausatme.

»Ich danke dir.«

»Ich mache es nur für dich, nicht für ihn, verstanden?«

»Klaro. Hab ich kapiert. Danke, Papa.«

»Ruf mich morgen Vormittag wieder an. Bis dahin habe ich etwas herausgefunden. Und pass auf dich auf, *Pelės*.«

Mäuschen – wann hat er mich so zum letzten Mal genannt?

»Das mache ich. Bis morgen.«

Als ich aufgelegt habe, durchströmt mich ein zufriedenes und zugleich erleichtertes Gefühl. Ein Gefühl von Schutz und Sicherheit. Wenn jemand weiß, was zu tun ist, dann er. Möglicherweise hätte ich mich viel eher bei ihm melden sollen. Irgendwann werde ich ihn besuchen und über das, was vor über vierzehn Jahren vorgefallen ist, sprechen. Heute wollte ich nicht näher darauf eingehen, da ich gespürt habe, dass er jeden Moment auflegen könnte. Er hat mit den Vanags gebrochen, somit wird es ihm sicher schwerfallen, wieder Kontakt mit ihnen aufzunehmen.

Nach dem Frühstück, das ich zusammen mit Henriette esse, gehe ich zum Supermarkt zwei Straßen weiter. Um Essen und Verpflegung kümmere ich mich selbst. Sooft mir Henriette, eine ältere und zugleich topfitte Frau, anbietet, mir alles zu besorgen, was ich brauche, habe ich abgelehnt. Ich will ihr keine Umstände machen.

Im Drogeriemarkt angekommen, kaufe ich Pflegeprodukte, die ich in der Eile nicht eingepackt habe.

Es sind viele Menschen unterwegs, Rentner wie auch Hausfrauen mit Kleinkindern. Von so vielen Menschen umgeben zu sein, verschafft mir das Gefühl von Schutz, auch wenn sich alles von jetzt auf gleich ändern und ich von hinten ein in Chloroform getränktes Tuch auf den Mund gepresst bekommen könnte.

Hinter dem Regal mit den Shampooflaschen und Schaumfestigern belausche ich ein Gespräch eines erwachsenen Mannes mit einem kleinen Mädchen.

»Malvine, kommst du?«

»Darf ich eine Badekugel nehmen?«, höre ich das Kind zurückhaltend flüstern.

»Nein, du hast schon drei zu Hause.«

»Aber nicht die blau glitzernde.«

Ich muss in mich hineinschmunzeln, als ich ihr Gespräch mithöre.

»Ich gehe zur Kasse. Leg sie zurück, Malvine. Du hast bald Geburtstag, dann bekommst du sie vielleicht geschenkt.«

»Ich will aber nicht so lange warten. Dann ist sie weg.«

Langsam umrunde ich mit meinem Einkaufskorb das Regal, um mir das Mädchen anzuschauen. Ich gebe vor, mir ebenfalls einen Badeschaum neben ihr genauer anzusehen. Zuerst springen mir ihre großen Locken ins Gesicht. Sie trägt einen olivgrünen Parka und helle Fausthandschuhe, die auf dem Handrücken zurückgeklappt sind. Ihr Gesicht kann ich nicht genau erkennen, da sie mit beiden Händen eine blau glitzernde Badekugel in den Händen hält und sie betrachtet. Auf der Kugel sitzt eine Nixe mit einem schillernden grünen Schwanz, über den sie streicht.

»Bitte … *tas.*«

Im Regal kann ich keine weitere Badekugel mit demselben Motiv entdecken. Von jeder anderen Sorte sind weitere vorhanden, aber keine mit einer Meerjungfrau.

Der Vater ist um die Ecke des Regals abgebogen, um ihrem Betteln nicht nachzugeben.

Malvine dürfte circa fünf Jahre alt sein.

»Hey«, spreche ich sie an, woraufhin sie mit einem

zaghaften Blick zu mir aufsieht. »Darf ich sie mir ansehen?«

»Nein, sie ist meine. *Te-stas* kauft sie mir sicher.« Ich habe den Namen nicht richtig verstanden, aber möchte auch nicht noch mal nachfragen, um sie auszuhorchen.

»Ich will sie dir nicht wegnehmen«, antworte ich ihr lächelnd. »Sie ist wunderschön.«

Malvine nickt und betrachtet sie wieder. »Finde ich auch.«

Als ich mich umblicke und ihren Vater, den sie merkwürdigerweise mit Vornamen anspricht, nicht sehe, hole ich drei Euro aus der Tasche.

»Darf ich dir die Kugel schenken und du benutzt sie erst, wenn du Geburtstag hast?«, biete ich ihr an.

Aufgeweckt schaut sie zu mir auf und nickt eifrig. »Versprochen.«

»Wann hast du Geburtstag?«

»Bald.« Ich muss wieder breit lächeln, bevor ich ihr die drei Euro gebe.

Jetzt hält sie die Badekugel in der einen Hand und in der anderen zwei Münzen und schaut mich an. »Du bist nett.«

Ich weiß noch, wie mir als Kind eine ältere Dame ein kleines Kuscheltier geschenkt hat und wie sehr ich mich darüber gefreut habe.

»Dann los, geh sie bezahlen und keiner kann sie dir wegnehmen«, antworte ich ihr und schaue in ihre haselnussbraunen Augen. Sie hat so wie ich schwache

Sommersprossen auf der Nase und ein so hübsches Gesicht, das von der einen Sekunde zur nächsten zu leuchten beginnt. Wieder nickt sie und sprintet los zur Kasse.

Ich hoffe bloß, dass der Mann nicht sofort um die Ecke biegt und mir das Geld zurückgibt. Aus dem Grund verstecke ich mich weiter hinten im Geschäft und kann aus der Entfernung sehen, wie der Mann in einem schwarzen Mantel mit Fellkapuze an der Kasse seinen Einkauf in einer dunklen Stofftasche verstaut. Was mir bei ihm zuerst auffällt, ist sein dunkles Haar und die Schatten auf seinen Handrücken. Entweder sind es Tätowierungen oder bloß Pulloverärmel. Als Malvine sich an den anstehenden Kunden vorbeischiebt und die Kugel auf das Band legt, schaut der schwarzhaarige Mann, der Ende dreißig sein dürfte, mit einem düsteren Blick zu ihr, dann auf die Badekugel. Er sagt etwas zu dem Mädchen, woraufhin sie den Kopf schüttelt und etwas in ihrer Hand zeigt.

Okay, jetzt ist der Moment gekommen, in dem ich mich verstecken sollte. Denn in derselben Sekunde deutet Malvine in meine Richtung, in die der Mann sicher auch blicken wird.

Es war eine nette Geste von mir, die allerdings genauso gut falsch aufgefasst werden könnte. Kurz stelle ich mir vor, wie der Typ auf mich zukommt und mich maßregelt, dass ich mich nicht in die Erziehung seiner Tochter einzumischen habe.

Als ich nach gefühlt einer Minute, in der ich die Vitaminpräparate studiere, wieder um das Regal schaue, sind beide fort. Ich stelle mich etwa fünf Minuten später ebenfalls an der Kasse an, aber kann weder das Mädchen noch den hochgewachsenen Mann sehen.

Nachdem ich einen Abstecher in den Supermarkt gemacht habe und mich mit zwei Beuteln auf den Rückweg begebe, hänge ich in Gedanken Arūnas nach. Es vergeht kaum eine Stunde, in der ich nicht an ihn denke.

Ich laufe über die frisch gestreuten Gehwege an den Ferienhäusern und verschneiten Gärten vorbei. Es ist ein reines Urlaubs- und Wohnviertel. Nirgendwo entdecke ich Industrien oder Hochhäuser. Vielmehr erinnert mich die Gegend an ein verlassenes Fischerdörfchen am Stadtrand von Riga, das nur in den Sommermonaten gut besucht ist.

Als ich an den wenigen an der Straße parkenden Wagen vorbeilaufe, sehe ich plötzlich aus den Augenwinkeln, wie auf der gegenüberliegenden Straßenseite ein Mann das Garagentor öffnet. Gleich darauf stürmt ein Kind aus dem Haus.

Verflucht. Das sind die beiden.

Ich schaue schnell in eine andere Richtung, damit ich nicht gesehen werde. Doch schon zwei Sekunden später höre ich Malvine rufen: »Hallo! Das ist die Frau!«

Bingo. Jackpot. Hauptgewinn.

Soll ich weitergehen oder mich umdrehen und ihr zuwinken? Ich wurde ohnehin erkannt, also was solls.

Ich drehe mich zu dem Kind und hebe die Hand, als im gleichen Augenblick der Mann nur in schwarzem Pullover mit V-Ausschnitt und grauen Jeans auf mich zukommt.

Heilige Scheiße. Gleich brennt's.

Denn sein düsterer Blick sieht nicht gerade erfreut, sondern eher bedrohlich aus.

»Hey! Sie!«

»Schimpf nicht mit ihr. Es ist ein Geschenk«, ruft Malvine ihm nach und umklammert die Torstreben.

Er dreht sich zu ihr um. »Du wartest im Garten. Das ist ein Erwachsenengespräch.«

Das sicher tödlich für mich enden wird.

»Ich verstehe, dass Sie sauer sind. Ich wollte ihr bloß eine Freude machen«, erkläre ich dem Mann, der vor mir anhält und nicht einmal in seinem Pullover in der Arschkälte zu frieren scheint. Mein Blick fällt auf seine Hände, auf denen ich dunkle Tätowierungen in Form von Ranken und Schriftzügen erkennen kann. Etwas eingeschüchtert schaue ich an seinem Pullover hoch. Weitere Tätowierungen sind bis zu seinem Halsansatz zu sehen.

Shit, Moira, der könnte sicher gefährlich sein oder einer Gang angehören.

Doch als ich in sein Gesicht blicke, sehe ich ihn breit lächeln.

»Weshalb sollte ich sauer sein?«, erkundigt er sich.

Meine Augen bleiben länger an seinem ausgeprägten Kiefer und seinen Wangenknochen hängen. Er trägt einen

Wochenbart, besitzt trotz seiner Düsternis eine freundliche Aura und ein ehrliches Funkeln in den Augen.

»Keine Ahnung. Ich kann verstehen, dass Sie nicht wollen, dass sie die Badekugel bekommt, weil sie gebettelt hat.«

»Ja, darin ist sie gut. Statt ihr Sparschwein anzuzapfen, lässt sie fremde Frauen ihr Portemonnaie öffnen. Sie ist echt raffiniert. Ich wollte mich bloß bedanken und keine Strafpredigt halten.«

»Da bin ich erleichtert«, antworte ich und stelle die schweren Einkaufsbeutel auf dem Gehweg ab, um meine rechte Schulter zu massieren. »Leider muss ich auch weiter.« Besser gesagt, ich will mich nicht zu lange auf offener Straße aufhalten, um gesehen zu werden. Denn hundertprozentig sicher sein, ob mich nicht doch jemand beobachtet, kann ich nicht.

»Klar, verstehe ich. Also noch mal danke.«

»Kein Problem.«

»Sie darf zu meinem Geburtstag kommen, oder?«, fragt Malvine, die auf das vereiste Gartentor klettert und ihre Mütze aus dem Gesicht schiebt.

»Äh«, sage ich und schüttele den Kopf.

Der Fremde kratzt sich an der Schläfe und sieht kurz überrumpelt von Malvines Frage aus.

»Sicher doch. Warum nicht? Aber dann lassen wir das Sie. Kęstas.«

Jetzt ergibt Malvines genuschelter Name in der Drogerie einen Sinn. Sie sagte nicht Testas, sondern

Kęstas. Ein außergewöhnlicher, zudem sehr klangvoller Name.

Mit einem einladenden Lächeln streckt er mir seine tätowierte Hand entgegen und schaut erwartungsvoll auf mich herab.

Da ich nicht unhöflich wirken möchte, reiche ich ihm meine Hand und überlege bis zur letzten Sekunde, ob ich ihm meinen echten Namen oder einen erfundenen nennen soll. Schließlich entscheide ich mich für: »Ich heiße Aurelia. Freut mich, dich kennenzulernen.«

Wetten, ich sehe den Mann in den nächsten zwei Wochen ohnehin nicht wieder? Aus dem Grund spielt es keine Rolle, ob ich ihm meinen wahren Namen verrate oder ihn anflunkere.

Seine langen Finger liegen ungewöhnlich ruhig und warm um meine Hand, während mich seine dunklen Augen wie gebannt im Blick halten. Als er sich selbst ertappt, mich etwas zu lange anzusehen, was ich nicht leiden kann, löst er seine Finger um meine Hand.

»Na dann, Aurelia … ich will dich nicht aufhalten. Du wohnst dort drüben, richtig?« Er nickt wie selbstverständlich zu dem dreistöckigen Wohnhaus mit Spitzdach und Balkon. Jetzt fällt es mir wie Schuppen von den Augen. Kęstas ist der Mann, den ich vor über einer Stunde vom Balkon aus beobachtet habe, wie er seinen Wagen entlädt. Somit hat er mich sicher schon ein- bis zweimal gesehen. Dabei bin ich so wachsam und hätte merken müssen, wenn er in meine Richtung schaut.

»Ja, richtig, gleich dort drüben.«

Gerade würde ich unsere Begegnung am liebsten rückgängig machen. Wenn mich schon ein Nachbar vom Sehen her kennt, bin ich eine miserable Frau auf der Flucht.

Ich schnappe meine Einkaufsbeutel, bevor er mich noch mehr fragt oder ich mich verplappere. Mir fällt auf, dass er dabei meine verletzte Hand betrachtet, da ich immer noch eine Schiene trage. Einen winzigen Augenblick sieht es so aus, als ob er mir helfen wolle. Aber als ich die Henkel über die Schulter gehängt habe, steht er in einem Meter Abstand die Hände locker in die Hosentaschen geschoben vor mir.

»Machs gut«, verabschiede ich mich von ihm und schaue lächelnd zu Malvine, die immer noch am Gartentor des Bungalows steht. »Wir laufen uns sicher über den Weg.«

»Du kommst doch zu meinem Geburtstag?«, fragt Malvine, als ich an Kęstas vorbeilaufe, der mir einen Moment hinterherblickt.

»Vielleicht. Ich versuche es«, antworte ich ihr freudestrahlend und winke ihr zu. Sie erwidert mein Winken. Bevor ich weiterlaufe, kann ich aus den Augenwinkeln mitverfolgen, wie der attraktive Typ über die Straße geht. Ich werde ganz sicher nicht zum Geburtstag der Kleinen gehen, da ihre Mutter bestimmt etwas dagegen hat.

Um nicht länger über die Begegnung nachzudenken,

steuere ich das Wohnhaus an, öffne das Gartentor und schließe die Haustür von Henriette auf.

Die Ferienwohnung befindet sich unter dem Dach, somit muss ich immer den Haupteingang benutzen und die Treppe im Flur nach oben nehmen. Auf der vorletzten Stufe funkelt mir ein grünes Augenpaar entgegen. Henriette besitzt neben einem Dalmatiner auch eine Katze, die mich immer feindselig anstarrt, obwohl sie angeblich halb blind sein soll. *Unheimlich.*

5

MOIRA

»Ich habe etwas herausfinden können.« Sofort setze ich die Teetasse von den Lippen ab.

»Wirklich?«, hake ich ungeduldig nach. »Was weißt du? Hast du herausgefunden, ob Arūnas frei ist?«

Ein Brummen dröhnt durchs Telefon, bevor ich höre, wie mein Vater mit einem Löffel in einer Tasse rührt.

»Das nicht. Ich habe aber erfahren, dass sie nach ihm suchen und sich angeblich sicher sind, zu wissen, wo sich Arūnas befindet. Im Übrigen suchen sie auch nach dir.«

Das ist gar nicht gut. Denn dann könnten die Vanags Magnus direkt zu mir führen, wenn er sich an ihre Fersen hängt.

»Okay.«

»Ich bleibe an der Sache dran und horche mich weiter um. Dir geht es gut, dort wo du bist?«

»Äh.« Ich schlucke den noch heißen Tee hinunter und stelle die Tasse auf den Schreibtisch des geräumigen Zimmers. »Mir geht es gut. Bisher konnte ich nichts Auffälliges beobachten.«

»Sehr gut. Ruf mich jederzeit an, falls etwas sein sollte. Du kannst auch nach Hause kommen, das weißt du.«

Irgendwie schwingt die Sorge um mich in seinem Angebot mit. Ich weiß, wie sehr ihn der Mord an meiner Mutter mitgenommen hat. Er wird es sicher nicht verkraften, sollten eines Morgens Polizisten vor seiner Tür stehen, die ihm mitteilen, dass ich tot aufgefunden wurde.

»Ich passe auf mich auf und melde mich bei dir.«

»Ruf mich jeden Tag an, damit ich weiß, dass es dir gut geht, Mäuschen.«

Mit einem Ziepen in den Augenwinkeln schließe ich die Augen und nicke, was er nicht sehen kann. »Das mache ich. Danke, Papa.«

Bevor ich in Tränen ausbreche, lege ich auf und lasse den Kopf auf die Tastatur meines Laptops sinken.

Also wurden Arūnas und Natalie immer noch nicht

gefunden. Jeden Tag lese ich die Nachrichten von Vilnius, um zu erfahren, ob ein weiteres Opfer von Magnus gefunden wurde. Doch es wird nur über Dalias Ermordung berichtet, nichts darüber, dass eine weitere Leiche gefunden wurde.

Mittlerweile dürfte Magnus wissen, dass ich verschwunden und aus seinem Spiel ausgestiegen bin. Er wird sicher rasen vor Wut und seine Leute nach mir aussenden. Aber was, wenn er sich eine neue Spielkandidatin auswählt? Würde er das tun?

Für gewöhnlich lässt er kein Opfer gehen.

Als es an der Tür des kleinen Appartements klopft, hebe ich den Kopf von der Tastatur und wische mir mit den Ärmeln meines weißen übergroßen Strickpullis die Tränen fort.

»Moira, kann ich kurz stören?«, spricht Henriette hinter der Tür. »Es ist Besuch für dich da.«

Besuch? Schreckhaft drehe ich das Gesicht zum Balkon und überlege mir, wie ich ihn am besten hinunterklettere, bevor die Vanags oder Magnus' Leute das Ferienhaus stürmen.

Sie sind hier?

»Schläfst du? Der Nachbar von gegenüber ist hier und möchte dich sehen.«

Der Nachbar? Ach, richtig, sie meint Kęstas.

Einen Wimpernschlag später setzt endlich wieder mein Herzschlag ein und die Anspannung fällt von mir ab.

Erneut wische ich die Tränen aus meinem Gesicht, streiche zwei Strähnen, die aus meinem Knoten gerutscht sind, hinter meine Ohren und erhebe mich vom bequemen Samtstuhl.

»Warte kurz. Ich komme gleich zu dir runter. Einen Moment, ja?«

»Ich warte unten auf dich.«

Bevor ich Kęstas unter die Augen trete, will ich zuvor einen Abstecher ins Badezimmer machen und den hässlichen blaugrünlichen Bluterguss überschminken. Mir ist aufgefallen, dass er meine verletzte Hand bemerkt hat. Ich will nicht auch noch, dass er sieht, wie schlimm mein Gesicht ohne Make-up aussieht. Etwa zehn Minuten später steige ich in schwarzen Jeans, grauen Stulpen und meinem Pulli, der schräg über meine linke Schulter hängt, die Treppe hinunter.

Schon am zweiten Treppenabsatz kann ich das Gespräch zwischen Henriette und Kęstas mitanhören.

»… im Frühling ist es weitaus schöner hier. Die Vorbesitzerin hatte immer den schönsten Garten der ganzen Straße.«

»Mit Blumen und Pflanzen habe ich es nicht so. Aber ich denke, meine Schwester wird ab und an vorbeischauen, damit das Unkraut nicht in die Eingangstür reinwächst«, antwortet Kęstas lachend.

Das bedeutet also, er wohnt noch nicht lange gegenüber.

»Hey«, sage ich freudestrahlend, als ich die Stufen

hinter mir lasse und im schmalen Flur hinter Henriette stehen bleibe.

»Da ist sie ja. Ich geh dann mal wieder in die Küche, das Mittagessen fertig machen.« Mit der Hand schiebt Henriette Pepper zurück in den Flur, der sich durch den Türspalt quetschen will.

Als Henriette jedoch in die Küche geht, folgt ihr der Dalmatiner wie ein Schatten.

»Hey, Aurelia, ich wollte bloß kurz vorbeikommen und dir eine Einladung übergeben.«

Meine Blicke wandern zuerst skeptisch über Kęstas' für einen Mann zu ebenmäßiges Gesicht und den dunklen Bartschatten, über seine dunkelblaue Sportjacke und die schwarzen Hosen zu einer bunt bemalten selbst gefalteten Einladungskarte.

Der Anblick der Karte genügt und jagt ein Schmunzeln über mein Gesicht.

»Ist sie von Malvine?«

»Würdest du mir zutrauen, solch ein Kunstwerk anfertigen zu können?«, amüsiert er sich über meine Frage.

Ich verdrehe lachend die Augen, bevor ich ihm die Karte abnehme, auf die Luftballons und eine Torte gemalt sind. Als wäre sie etwas Kostbares, klappe ich sie auf und lese die Einladung laut vor.

»Morgen habe ich Geburtstag und du darfst nicht fehlen. Wann? 15 Uhr. Wo? Bei mir zu Hause. Ich freue mich auf dich. Malvine.«

»Wirst du vorbeikommen?«

Kurz mit mir ringend beiße ich auf die Unterlippe und betrachte die verschnörkelten Blumen, die um die schiefe, schwer leserliche Schrift gezeichnet wurden.

Eigentlich würde ich am liebsten Nein sagen, da mir gerade nicht danach ist, an einem Kindergeburtstag teilzunehmen. Aber ich weiß, dass Malvine enttäuscht sein wird.

»Wer wird alles zur Feier kommen?«, frage ich Kęstas und schaue zu ihm auf. Ohne es bemerkt zu haben, hat er den einen Meter Distanz zwischen uns halbiert und steht näher vor mir, sodass ich zu ihm aufsehen muss.

»Ein paar Freundinnen aus der Vorschule kommen. Da ihre Mutter …« Seine palisanderbraunen Augen wandern über meine Schulter hinweg in den Flur, bevor er wieder meinen Blick auffängt. »…verhindert ist. Kannst du dir vorstellen, dass ich als einziger Erwachsener mit dem Kindergarten zurechtkomme? Wenn du dabei wärst, würde es sicher mehr Spaß machen.«

»Mehr Spaß für dich machen, willst du damit eigentlich sagen?«, kontere ich und hebe die linke Braue schmunzelnd in die Stirn.

»So direkt wollte ich es nicht aussprechen. Aber ich lüge nie, somit: Ja, es wäre mir eine Ehre, wenn du vorbeischauen würdest.«

Er lügt nie. Diese Aussage ist bereits eine Lüge. Jeder Mensch lügt, ob bewusst oder unbewusst. Und das angeblich mehr als siebenmal am Tag.

»Wie denkst du darüber?«

Er versteht sich wirklich gut darin, sofort eine Antwort zu erhalten.

»Klar, ich bin dabei. Ich kann Malvine nicht enttäuschen.«

»Und mich schon?« Während ich immer wieder seinen interessierten Blicken ausgewichen bin, schaue ich schlagartig zu ihm auf.

»Nein, natürlich nicht«, lüge ich. Irgendwie finde ich ihn faszinierend, und zugleich weiß ich, es ist der absolut unpassendste Moment, einen Mann näher kennenzulernen. Stände Arūnas vor mir und würde mich darum bitten, würde meine Antwort sofort Ja lauten. Mit ihm würde ich mir einen Kindergeburtstag mehr als nur spaßig vorstellen.

»Das freut mich. Dann sehen wir uns morgen, Aurelia.«

Ich nicke und verschränke die Arme vor der Brust. »Ich freue mich ebenfalls.«

Gerade als ich erwarte, dass er gehen wird, bleibt er weiterhin stehen. »Schmerzt es sehr?« Mit dem Zeigefinger deutet er auf meine verletzte Hand. Erst jetzt sehe ich einen Ring an seinem Ringfinger. Und einen weiteren am Mittelfinger. Zugleich entdecke ich den zu einem Grinsen verzerrten Unterkiefer eines Totenkopfes, dem einige Zähne fehlen, auf seinem Handgelenk.

»Nein, es geht schon. In einer Woche kann ich die Schiene abnehmen.« Lüge. Denn ich bin nicht einmal in der Lage, meine Finger zusammenballen zu können, ohne dass meine Hand von einer Schmerzwelle durchzuckt wird. Ich schiebe den Pulloverärmel weiter über die Schiene, damit er sie nicht näher betrachtet.

Manche Blicke sind mir einfach unangenehm.

Frag jetzt nicht, wie das passiert ist – bete ich innerlich. Denn ich will mir nicht noch eine dritte Lüge ausdenken.

»Dann bis morgen.« Bevor er mich weiterhin mit seinen Blicken studiert und vielleicht nur freundlich sein möchte, trete ich aus der verglasten Eingangstür zurück und winke ihm zu.

Als er die Stufe auf dem gepflasterten Weg hinter sich gelassen hat, schließe ich die Tür, während mein Herz rast wie bei einem Speedabhängigen.

Warum hab ich nicht einfach Nein gesagt?

Ich lerne es nie.

6

MOIRA

Mit einem Servierteller mit Krümelmonster-Muffins überquere ich die Straße und schaue mich verstohlen in alle Richtungen um.

Den gesamten Vormittag habe ich an meinem Roman geschrieben und gefühlt tausendmal an Arūnas gedacht. Meinen Vater habe ich gegen Mittag angerufen, doch leider hat er keine neuen Informationen über Magnus oder Arūnas oder die Vanags.

Als ich vor der Eingangstür des Bungalows angekommen bin, höre ich von drinnen das Gekicher und wildes Kindergeschrei von mehr als zwei Mädchen.

Kaum dass ich geklingelt habe, öffnet mir Malvine mit Zöpfen und einem breiten Lächeln die Tür.

»Du bist wirklich gekommen.« Hinter ihr sehe ich Kęstas mit einem Partypapphut und Luftschlangen um den Hals zur Tür kommen.

Ich gehe vor Malvine in die Hocke. »Natürlich bin ich gekommen. Ich habe dir auch etwas mitgebracht.« Sie sieht heute in ihrem hellblauen Kleid und weißen Strumpfhosen besonders niedlich aus. Ich überreiche ihr die Geschenktüte. »Alles Gute zum Geburtstag. Heute wirst du sechs Jahre, richtig?«

»Ja, ich bin jetzt sechs. Danke.« Sie schnappt sich die Tüte und stürmt zurück zu ihren Freundinnen, die sich im Flur versammelt haben und fragen: »Ist das die Frau deines Onkels?«

Ganz bestimmt nicht. Vor Kęstas erhebe ich mich wieder in meinen schwarzen Strumpfhosen, Stiefeln und grauem Strickkleid.

»Hey, ich hoffe, ich bin nicht zu spät. Du siehst aus, als wäre die Party in vollem Gange.«

»Was man nicht alles für seine Nichte macht. Komm rein.« Er hält mir die Tür auf. Als ich im hellen, wirklich heimelig eingerichteten Flur mit Kinderbildern stehe, werde ich meine Stiefel los.

»Du musst die Schuhe nicht ausziehen.« Er bleibt

neben mir stehen, und ich weiß, dass er mich von oben bis unten mustert.

»Ach was, ist kein Problem, das gehört sich …« Noch bevor ich den Satz beendet habe, rutscht mir die blöde Servierplatte mit den Muffins aus der Hand, da ich den Reißverschluss der Stiefel mit meinen verletzten Fingern öffnen will.

»Holla, geh es langsam an«, stößt er hervor, bekommt die Platte rechtzeitig zu fassen und hält mich am Oberarm fest, bevor ich umkippe. »Ich sagte doch, Schuhe musst du nicht ausziehen.«

»Glück gehabt. Danke«, keuche ich. »Trotzdem. Ich würde auch nicht wollen, dass mein Besuch mit seinen matschigen Schuhen von der Straße durchs Haus trampelt.«

»Du kannst trampeln?«

»Wenn du wüsstest«, antworte ich lachend und löse mich aus seinem Hilfegriff, denn er lässt meinen Arm nicht los.

»Die sehen wirklich gut aus. Hast du die selbst gemacht?«

Ja, selbst mit einer Backmischung. Aber immerhin, die Zutaten habe ich selbst in einer Schüssel zusammengeworfen.

»Möglicherweise«, sage ich schmunzelnd, nachdem ich meine Stiefel dieses Mal ohne Komplikationen losgeworden bin.

»Besser als meine Backversuche sind sie auf jeden

Fall. Komm, ich führe dich herum.«

Nachdem er mich durch den unteren Bereich des modern eingerichteten Bungalows geführt hat, die Kinder im Wohnzimmer spielen, nippe ich an meinem Kaffee auf dem Barhocker am Küchentresen.

»Du wohnst seit wann hier?«, erkundige ich mich, um mehr über ihn zu erfahren.

»Seit ein paar Monaten. Ich habe einen Zweitsitz in Litauen.«

Beinahe pruste ich den Kaffee quer über den weißen Tresen, als ich seine Antwort höre.

»Was ist los, Aurelia? Dein Lettisch ist auch nicht das beste. Man hört den litauischen Akzent heraus.« Direkt mir gegenüber stützt er sich auf den Ellenbogen ab und schaut mir aufdringlich ins Gesicht. »Was verschlägt dich nach Riga?«

Schnell schlucke ich den Kaffee hinunter, bevor ich antworte und seinen musternden Blicken ausweiche. »Sieh mich bitte nicht so an.« Ich halte ihm meine flache gesunde Hand entgegen.

»Wie soll ich dich dann ansehen?«, fragt er perplex.

»Nicht so, als würdest auf dem Kindergeburtstag deiner Nichte mit mir flirten.«

Nun lacht er belustigt. »Warum wohl habe ich dich eingeladen?«

Ja, das dachte ich mir. Ganz sicher nicht nur aus dem Grund, um Malvine eine Freude zu machen. Männer hegen doch alle diesen einen Hintergedanken.

»Du bist sehr direkt.«

»Ich bin nur ehrlich.« Den Satz sage ich meistens. Kurz aus dem Konzept gebracht blinzele ich und schaue ihn genauer an. Ich will einmal seinem Blick standhalten und sehen, wie er als Erster wegschaut. Doch ich scheitere bei dem Versuch kläglich. Wie gebannt hält er meinem Blick stand, sodass ich glaube, er würde jede einzelne Wimper von mir zählen. Ich schlucke hart und senke das Gesicht.

»Ich bin nach Riga gekommen, um meinen Roman in Ruhe fertigzuschreiben. Ich arbeite viel zu lange an der Geschichte und hätte eventuell einen Verlag, der daran interessiert ist. Zumindest möchte der Lektor die ersten Kapitel Ende der kommenden Woche lesen.«

»Du schreibst Bücher?«, erkundigt er sich ziemlich verblüfft und interessiert zugleich.

»Eigentlich studiere ich. Es ist mein erstes Buch und …«

»Und was?«, hakt er nach und richtet sich vom Tresen auf. Heute trägt er ein dunkelgraues Langarmshirt, das mir dieses Mal noch mehr Partien seiner tätowierten Arme, seiner Brust und seines Halses zeigt. Gott, sein gesamter Oberkörper ist sicher von Tattoos überzogen, was ich, wenn ich ehrlich bin, schon sehr anziehend finde. Noch anziehender finde ich, wie er mit seiner Nichte umgeht, die während des Gesprächs zweimal in die Küche platzt und fragt, ob sie noch Sahne und Kakao bekommen kann.

»Dort oben kommst du nicht allein rauf, Zwerg«, hat er ihr geantwortet, als sie einen Stuhl zum Hängeschrank schob und auf ihn geklettert ist.

»Sag nicht immer Zwerg zu mir, du Riese«, hat sie mit ihm geschimpft.

»Riesen sind cooler als Zwerge.«

»Zwerge sind schneller und cool und lustiger.«

Die beiden scheinen eine Vater-Tochter-Beziehung zu führen, fast als würde er sie allein großziehen.

»Wo sind Malvines Eltern gerade?«, frage ich vorsichtig an, als ich die Kuchenteller der Mädchen in den Geschirrspüler einräume und er das Geschenkpapier in die Mülleimer stopft.

»Ihr Vater hat die Biege gemacht, noch bevor sie geboren wurde. Ihre Mutter, meine ältere Schwester, ist zurzeit überfordert mit ihrem Job und allem anderen auch irgendwie. Deswegen passe ich ein paar Wochen auf sie auf, damit sie Zeit für sich hat.«

»Und Malvine wohnt auch in Litauen?« Mit der gesunden Hand klappe ich den Geschirrspüler zu, als er ein Fach über mir öffnet, um den Kakao wieder zurückzustellen. Dabei kommt er mir so nahe, dass ich seinen Duft, der mich an warmen Amber, Orange und weiches Zedernholz erinnert, einatme. Kurzzeitig weckt er etwas Vertrautes in mir, was ich glaube, irgendwann vergessen zu haben.

»Ja, sie geht in Vilnius in die Vorschule und hat gerade Ferien.« Wieder spüre ich bei der Erwähnung von

Vilnius, wie mich die Eiseskälte von hinten mit ihren kalten Fingern umarmt, da für mich ein Dämon sein Unwesen in der Hauptstadt Litauens treibt und ich am liebsten nicht mehr zurückwill.

»Verstehe.«

»Jetzt bin ich dran, dir Fragen zu stellen.« Lässig lässt er seine Hand über die helle Schranktür auf der Höhe meines Ohres rutschen und hält das Gesicht gesenkt.

»Was studierst du? Und warum zuckst du immer zusammen, wenn ich von Litauen oder Vilnius rede?«

Unmerklich wird mir wieder flau in der Magengegend.

»Ich zucke nicht zusammen«, weiche ich ihm aus und lache aufgesetzt über seine Anspielung.

»Doch, jedes Mal. Magst du deine Heimat nicht?«

»Früher mochte ich Vilnius sehr, auch jetzt, aber irgendwie … tut mir gerade der Abstand gut und ich fühle mich hier sehr wohl«, antworte ich nachdenklich. »Ich studiere Psychologie im letzten Jahr. Nächstes Jahr mache ich den Abschluss, wenn alles nach Plan verläuft.« Was ja wohl die letzten Wochen nicht mehr der Fall war.

»Psychologie?«, fragt er, als hätte ich seine Neugierde geweckt. »Hört sich interessant an. Es ist sicher kein leichtes Studium.«

»Nein, gar nicht. Momentan wird es mir noch schwerer gemacht.«

»Und nebenbei schreibst du einen Roman. Ich bin beeindruckt.« *Wirklich?*

Da ich manchmal nicht weiß, ob ein Kompliment ernst gemeint ist oder nicht, lächele ich bloß dankbar.

»Kęstas!«, ruft Malvine aus dem Flur, woraufhin er seine Augen von meinem Gesicht löst und sich von der Hängeschranktür neben mir abstößt.

»Nervenbiene?«

»Sag das nicht vor den anderen. Ich habe Geburtstag«, meckert sie und stemmt die Hände in die Mitte.

Er lacht belustigt, als sie weiterspricht: »Kannst du mal kommen und den Mulan-Film anmachen?«

»Klar, kann ich machen, Geburtstagskind.« Als er aus der Küche verschwindet, hole ich wieder gleichmäßig Luft. *Was war das gerade eben?*

Da ich nach einer Minute nichts in der Küche mit mir anzufangen weiß, gehe ich ebenfalls ins Wohnzimmer, in dem ein wüstes Durcheinander an Getränken, Luftschlangen, Ballons und Kissen herrscht. Kęstas hockt vor dem Fernseher, um in der Videothek den Film zu suchen.

»Ich bin kurz vor der Tür«, rufe ich in seine Richtung, damit er nicht denkt, ich würde im Haus umherlaufen und in den anderen Zimmern herumschnüffeln.

»Alles klar. Aber kipp nicht beim Schuhwechsel um«, muss er mich noch mal an meine Tollpatschigkeit nach der Begrüßung erinnern. *Fiessack.*

Vor der Tür zünde ich mir eine Zigarette an und hole mein Handy aus der kleinen Lederhandtasche hervor, um die Zeit abzulesen.

Ich bin bereits mehr als zwei Stunden hier, und

obwohl Kęstas mich hin und wieder auf Vilnius angesprochen hat, glaube ich seit Tagen, es ist eine Ewigkeit her, ein normales ruhiges Leben geführt zu haben.

Mit geschlossenen Augen atme ich die kühle frische Februarluft ein, nehme einen Zug von meiner Zigarette und spüre den Wind durch mein offenes Haar wehen.

Es könnte alles wieder normal werden – denke ich. *So, wie es war.*

7

MOIRA

Unerwartet reißt mich das Vibrieren meines Handys aus meiner Wunschvorstellung. Ich atme den Qualm aus, öffne die Augen und blicke auf das Display meines Smartphones. Es wird ein Anruf einer unterdrückten Nummer angezeigt. Sofort schießt mir der Gedanke durch den Kopf, dass es mein Vater sein könnte, der neue Informationen über den Aufenthalt von Arūnas für mich hat.

»Ja, hallo?«, nehme ich den Anruf entgegen und

entferne mich vom Hauseingangsbereich, um wenige Schritte tiefer in den hinteren Teil des Gartens zu gehen.

»Ich muss sagen, ich bin erstaunt. Erstaunt und teilweise verwundert, wie wenig dir das Leben anderer bedeutet, Moira«, dringt die verzerrte Stimme in mein Ohr, sodass mir das Handy aus der verletzten Hand rutscht.

Beinahe geräuschlos fällt es in den Schnee, während mir diese Worte den kompletten Boden unter den Füßen wegziehen.

Panisch schaue ich mich in alle Richtungen um, um auszuschließen, beobachtet zu werden. Dabei wandert mein Blick zum bodentiefen Wohnzimmerfenster, an dem ich vorübergegangen bin. Meine Augen bleiben bei Kęstas hängen, der mich verwundert anstarrt und mitbekommen haben muss, wie mir das Telefon aus der Hand gerutscht ist.

Da ich mein Handy nicht im Schnee liegen lassen kann und auf Kęstas nicht den Eindruck erwecken will, als hätte ich einen an der Waffel, gehe ich in die Hocke und ziehe das Smartphone aus dem Schnee. Auf dem Display verfolge ich, wie die Sekunden des Anrufs weitergezählt werden.

Gott, verdammt, Magnus ist immer noch am Telefon.

Schnell stecke ich die Zigarette in den Schnee, damit mich die Kinder nicht beim Rauchen erwischen, und winke ab, weil Kęstas aussieht, als würde er jede Sekunde zu mir aus dem Haus stürmen.

Mit zittrigen Fingern hebe ich das Telefon ans Ohr und wende dem Fenster meinen Rücken zu.

»Rede mit mir!«, höre ich seine wutverzerrte Stimme. Noch nie war er so wütend wie in diesem Moment.

»Hast du geglaubt, ich würde länger mitspielen? Du verstößt gegen deine eigenen Regeln. Egal, wie du an diese Nummer gekommen bist, ruf nie wieder an!«

»Überleg dir dreimal, ob du wirklich auflegst!«

Obwohl ich mit mir ringe, hebe ich das Handy vom Ohr und lasse den Daumen über dem roten Hörer schweben. Verbissen kneife ich die Augen zusammen und fluche. Gott, scheiße! Es ist so einfach und trotzdem unendlich schwer, einfach die rote Taste anzutippen.

»Okay«, spreche ich anschließend ins Telefon. »Was willst du?«

»Komm zurück. Egal, wo du bist, komm zurück nach Vilnius.«

»Bleib, wo du bist!«, höre ich Arūnas' Stimme im Hintergrund rufen. »Hör nicht auf –«. Metall klirrt, dann hört es sich an, als hätte ihm jemand mit der Faust in den Magen oder das Gesicht geschlagen, woraufhin er abrupt verstummt.

»Welch ein Narr. Du scheinst ihm ans Herz gewachsen zu sein, dass er deine Sicherheit über sein eigenes Leben stellt.«

Das bedeutet, die Vanags konnten ihn immer noch nicht ausfindig machen? Wie lange brauchen sie denn, verflucht! Ein Schluchzen verlässt meine Lippen, während ich mir vorstelle, wie sie Arūnas quälen und Informationen aus ihm herausfoltern.

»Wenn ich in Vilnius bin, was willst du dann? Du wirst ihn nicht gehen lassen.«

»Wenn du in Vilnius bist, erhältst du weitere Anweisungen. Ich gebe dir einen Tag Bedenkzeit. Wähle klug, ansonsten wirst du Arūnas nicht wiedersehen.«

Bevor ich ihn zur Hölle wünschen kann, hat er aufgelegt.

Gedankenverloren und mit einer betäubenden Leere, die sich in mir wie lähmendes Gift ausbreitet, starre ich auf die unberührte funkelnde Schneedecke zu meinen Füßen.

Der Albtraum geht weiter. Er lässt mich nicht in Ruhe. Wenn es ihm bereits gelungen ist, an meine Handynummer zu gelangen, wird er nicht mehr lange brauchen, um mich zu finden.

Ich sollte entweder die Nummer wechseln oder den Ort verlassen. Oder beides. Wenn ich mich länger in dieser Gegend aufhalte, bringe ich weitere Menschen in Gefahr. Menschen wie Henriette, Kęstas, Malvine …

Mit tauben Fingern schiebe ich das Handy in die Handtasche zurück und drehe mich um. Urplötzlich steht Kęstas wie ein Geist hinter mir, sodass ich laut schreiend zusammenfahre und einen Satz zurückmache. Dabei trete ich auf irgendeinen eingeschneiten Stein oder eine Beetkante, weite die Augen und kippe rücklings um.

Rechtzeitig ist Kęstas bei mir und bekommt meine Mitte zu fassen.

»Was ist mit dir, Aurelia? Ist etwas passiert?«

Wenn ich mit »Angeborene Tollpatschigkeit« antworte, wird er es mir sicher nicht abkaufen.

»Alles gut. Es geht mir gut«, antworte ich, um meinen Zustand herunterzuspielen. Dabei ist überhaupt nichts gut. Gar nichts.

»Du bist eiskalt und siehst aus, als hättest du einen Toten gesehen. Etwas stimmt doch nicht mit dir.«

Nun streichelt er, als ich nah vor ihm stehe, mit beiden Händen über mein figurbetontes Strickkleid.

»Ich kann nicht …« Ich kann es ihm nicht erzählen. Ich sollte niemandem von dem erzählen, was mir passiert ist.

Aber macht es einen Unterschied? Wenn ich es jemandem erzähle, kann er ebenso von Magnus gefangen genommen werden, wie wenn ich es nicht tue. Trotzdem …! Das Letzte, was ich will, ist, weitere Menschen mit meinem Problem zu belasten. Es hat mich schon eine Menge Überwindung gekostet, meinen Vater auf die Vanags anzusprechen.

»Kannst nicht was?«, fragt er vorsichtig nach. Mein verschwommener Blick wandert auf sein Langarmshirt mit dem V-Ausschnitt. Und ohne groß nachzudenken, klammere ich mich an seinem Shirt fest und vergrabe schluchzend mein Gesicht an seiner Brust.

»Es ist … ist zu ver-verworren … alles und ich will …

nie-niemandem Probleme machen … Ich bringe alle in Gefahr …«, stammele ich zusammenhanglos an seinem warmen Oberkörper und vergieße Träne um Träne, die ich eigentlich nicht vor jemand fast Fremden vergießen will. So bin ich nicht. Ich hielt mich immer für stark, ausgeglichen, mutig. Gerade erkenne ich mich nicht mehr wieder und halte den Psychoterror nicht mehr länger aus.

»Gleich küssen sie sich«, höre ich Malvines Freundin Lisa wispern, als sie in der offenen Terrassentür stehen. Augenblicklich versteife ich mich in Kęstas' Umarmung. Denn mittlerweile streichelt er beruhigend über meinen Rücken.

»Kęstas tröstet sie nur. Sie küssen sich doch nicht«, tuschelt Malvine zu ihren Freundinnen.

»Ich finde sie schön«, sagt ein anderes Mädchen.

»Bevor wir noch interessanter werden als der Film, sollten wir reingehen«, schlägt Kęstas mit seiner vereinnahmenden Ausstrahlung vor.

An seiner Brust nicke ich, hole geräuschvoll Luft und wische peinlich berührt von meinem kurzen Nervenzusammenbruch die Tränen unter meinen Augen fort.

Wieder im Haus spüre ich, wie eiskalt meine Finger in der Kälte geworden sind. Ich hocke auf dem Treppenabsatz, nachdem mir Kęstas die Stiefel ausgezogen hat und ich auf ihn warten soll, da die Mädchen uns weiterhin beobachten.

»Wie wäre es, wenn ihr nach oben geht und blinde Kuh spielt?«, schlägt er vor. »Wer die meisten erraten hat, kann sich seine Belohnung in einer halben Stunde abholen.«

Im Eiltempo rasen die Kinder an mir vorbei die Treppe hoch, während für mich der Moment gekommen ist, besser zu gehen, ansonsten sprenge ich den gesamten Kindergeburtstag.

Entschlossen, lieber jetzt zu gehen, bevor ich mir selbst fehl am Platz vorkomme, greife ich zu meinen braunen Lederstiefeln.

»Was hast du vor?«, will Kęstas wissen und zieht die dunklen Augenbrauen über seiner geraden Nase zusammen, sodass zwei tiefe Furchen auf seiner Stirn entstehen.

»Ich gehe besser. Es tut mir wirklich leid, dass ich …«

»Dass du dich an meiner Schulter ausgeheult hast und die Mädels etwas zu tuscheln hatten? Oder dass Malvine mich heute Abend die gesamte Zeit löchern wird, warum du früher gegangen bist?«

»Du bist fies«, nuschele ich zu mir selbst und öffne den Reißverschluss meiner Stiefel.

»Und du keine Belastung. Hier, trink etwas, das beruhigt die Nerven.« Er hält mir ein Glas Weißwein entgegen und schaut von mir zur Decke auf, da über uns das Getrampel der Kinder zu hören ist. »Sie sind eine Weile beschäftigt.«

Dankbar, obwohl ich für gewöhnlich selten trinke, nehme ich ihm das Glas ab und erhebe mich von der Treppenstufe.

»In Ordnung. Ich bleibe noch ein bisschen.« Im Wohnzimmer setze ich mich in die Couchecke, stoße mit ihm an und bin wieder seinen Blicken ausgeliefert. Dazu lächelt er herausfordernd, was mich nervös macht.

»Was?«, frage ich nach dem vierten Schluck.

»Willst du mir sagen, was passiert ist?«

»Besser nicht.« Ich will ihn da nicht mit reinziehen.

»Du hast davon gesprochen, dass du Menschen in Gefahr bringst, also wäre es nicht schlecht zu wissen, ob ich zu diesen Menschen zähle oder nicht.«

Er ist verdammt geschickt darin, Antworten aus einem herauszukitzeln, obwohl er keine direkten Fragen stellt.

Ich ringe mich durch, ihm davon zu erzählen, dass mich jemand bedroht, jemand, der sich an den Leuten rächt, die mir wichtig sind. Wobei Natalie ganz bestimmt nicht dazugehört. Würde ich von einem Serienmörder erzählen, säße ich sicher in drei Sekunden vor seiner verschlossenen Haustür, was ich ihm nicht einmal verübeln würde.

»So ist das also. Bist du schon zur Polizei gegangen?«

Ich schnaube abfällig. »Alles schon versucht. Es ist sinnlos. Sie fassen ihn nicht.«

»Ich verstehe. Du bist nicht nur hier, um deinen Roman zu Ende zu schreiben, sondern um zu verschwinden.«

Ohne den Blickkontakt abzubrechen, nimmt er zwei Schlucke aus seinem Glas, während meines bereits leer ist. Der leichte, zarte Rausch beginnt sich allmählich in meiner Brust auszubreiten und vertreibt jede Anspannung und Nervosität.

»Korrekt. Das ist der eigentliche Grund. Wie es aussieht, hat es nichts gebracht. Er ist an meine Nummer gekommen und das ganze Unterfangen war umsonst.«

»Du wirst doch nicht morgen abreisen?« Grübelnd, ob es die richtige Entscheidung wäre, schaue ich zum stumm geschalteten Fernseher, auf dem Mulan läuft.

»Aurelia?« Mit zwei Fingern dreht er mein Gesicht zu sich. Schulterzuckend lächele ich ihm traurig entgegen. »Was soll ich sonst tun?«

Schließlich foltert er Arūnas. Ich kann ihn nicht im Stich lassen. Er ist mehr als drei Tage in Magnus' Gefangenschaft. Wer weiß, was ihm Magnus und seine Leute angetan haben.

Kęstas füllt mein Weinglas wieder zur Hälfte auf.

»Bleib hier und schlaf mindestens eine Nacht darüber. Morgen sieht alles viel besser aus.«

Das sagt er so leicht.

Während ich in Gedanken versunken ins Weinglas blicke, streicht er eine Haarsträhne hinter meine Schulter. Überrascht von dieser Geste schaue ich in sein schön geschnittenes Gesicht. Zwei dunkle Haarsträhnen sind über seine Brauen gerutscht, die ich am liebsten zurückschieben will, es aber nicht tue.

Ehe ich einen Rückzieher machen kann, beugt er sich zu mir vor und streift hauchzart, ohne mich zu küssen, mit seinen Lippen meinen rechten Mundwinkel.

In derselben Sekunde verspüre ich den Drang, einfach hierzubleiben und nicht allein ins Appartement zurückzugehen.

»Ich bin für dich da, wenn du mich brauchst«, raunt er nah vor meinen Lippen und senkt den Blick auf meinen Mund, den ich leicht öffne, um zu antworten. Doch ich zögere, um den Gedanken aus meinem Hirn zu vertreiben, länger bei ihm zu bleiben. Das wäre keine gute Idee, jedoch wäre ich nicht allein.

Ich nicke wie in Trance, stelle das Glas, ohne die Distanz zu ihm zu vergrößern, auf dem Beistelltisch ab und schaue auf seine geschwungenen Lippen.

»Ich danke dir. Das ist wirklich freundlich, auch wenn wir uns kaum kenn…«

Ehe ich den Satz zu Ende gesprochen habe, umfasst er mein Kinn, hebt mein Gesicht wie etwas Kostbares an und legt seine Lippen auf meine. Von dem warmen Amber berauscht, dem Alkohol leicht benebelt und seinen Worten beruhigt, erwidere ich den Kuss. Noch bevor sich unsere Zungen richtig berühren, höre ich das laute Poltern von Kinderschritten die Treppe herunterjagen.

»Gewonnen, gewonnen, gewonnen!«, verkündet Malvine mit in die Luft ausgestreckten Armen, als ich zur Seite schaue. »Ich habe alle erraten, wo ist die Überraschung?«

Schlagartig trennen Kęstas und ich uns voneinander.

Malvine stürmt ins Wohnzimmer und stellt sich vor den Fernseher wie eine Siegerin.

Mit einem entschuldigenden Gesichtsausdruck erhebt sich Kęstas, um ihr eine Medaille und eine Packung Lutscher zu überreichen.

Die restlichen zwei Stunden vergehen unglaublich schnell. Auch wenn ich mich nicht vollständig auf die nächsten Kinderspiele konzentrieren kann, in jedem Elternteil, das seine Tochter abholt, einen potenziellen Anhänger von Magnus' Clan sehe, behalte ich die Nerven.

Als Kęstas gegen 21.00 Uhr Malvine ins Bett gebracht hat und ich das Wohnzimmer aufgeräumt wie auch in der Küche Ordnung geschafft habe, steht er unvermittelt hinter mir und schiebt seine Hände über meinen Bauch.

»Willst du noch bleiben?«

Eine Stimme in mir schreit Nein, die andere fleht mich an, Ja zu sagen.

»Eine Stunde kann ich noch bleiben«, antworte ich ihm, woraufhin er mein Haar zur Seite streicht und hinter mir stehend meinen Hals küsst.

»Das freut mich«, haucht er nah an meinem Ohr, sodass sich Gänsehaut auf meinen Unterarmen ausbreitet.

Um seine Lippen auf meinem Hals zu genießen, schließe ich die Augen und bin seltsamerweise wie erstarrt. Seine Hände streichen über mein Kleid, höher über meine Brüste und umfassen meinen Hals. Wenn er nur etwas mehr Kraft ausübt, könnte ich mich aus dieser Position nicht mehr befreien.

»Gefällt es dir?«, will er wissen und zum ersten Mal klingt seine Stimme eindringlich und rau zugleich.

Ich schlucke hart, nicke und drehe mich anschließend zu ihm um. Auch wenn ich es nicht tun sollte, da wir uns erst zum ersten Mal verabredet haben und es eigentlich kein richtiges Date ist, halte ich mich mit einer Hand an seiner Schulter fest. Nah vor ihm hebe ich mich auf die Zehenspitzen, um sanft seine Lippen mit meinen zu streifen. Ein anzügliches, beinahe triumphierendes Lächeln bildet sich auf seinen Lippen, als ich zu ihm aufsehe.

Ich erwidere das Lächeln, fahre über sein dunkles Haar und seine linke Gesichtshälfte entlang. Mit den Fingerkuppen der gesunden Hand gleite ich über seinen gepflegten Wochenbart, bevor ich ihn küssen will.

Doch gerade als ich meine Lippen auf seine legen will, dreht er das Gesicht mit den Worten »Nicht hier« zur Seite. »Malvine könnte jeden Moment hereinplatzen.«

Als stände seine Nichte bereits in der Küchentür, schaut er über die Schulter, danach zu mir und hebt mich mit einem Satz an sich hoch. Und das so spielend leicht, als würde ich nichts wiegen. Für einen winzigen Bruchteil einer Sekunde höre ich ihn leise fluchen und sehe, wie er die Augen zusammenkneift, als hätte er Schmerzen.

»Was hast du?«

»Mir den Fußknöchel letzte Woche gezerrt. Alles okay.

Mach dir keine Gedanken, dass du mich hochtragen musst«, scherzt er geheimnisvoll lachend.

Bisher war ich noch nicht in der oberen Etage des zweistöckigen Bungalows, da sich dort ganz sicher sein und Malvines Schlafzimmer befinden.

Nachdem er mich die Treppe hochgetragen, eine Tür mit dem Fuß aufgestoßen hat, legt er mich auf einem dunkelgrau bezogenen Bett ab. Ich schwöre, ich habe noch nie ein so perfekt gemachtes Bett bei einem Mann gesehen wie bei ihm. Allgemein ist das Haus aufgeräumt und sauber, als würde eine Frau den Haushalt schmeißen.

Kęstas geht zur Schlafzimmertür zurück, um sie abzuschließen, während ich mich auf dem Bett liegend in dem rot-blau beleuchteten Schlafzimmer umblicke. Am Fußende befindet sich eine komplette Spiegelwand, unterhalb der zwei Fenster zieht sich ein schwarzes Sideboard entlang. Das Bett ist ein großes Boxspringbett, an dem sich links und rechts zwei Nachttische mit Tischlampen befinden, die dieses bizarre Licht erzeugen.

Ich hebe mich auf die Ellenbogen, um einen Blick in das Nachbarzimmer zu erhaschen, schon steht Kęstas vor meinen Schienbeinen, die über der Bettkante hängen, und zieht sein T-Shirt aus. Was ich auf seiner Brust erkenne, ist das reine Dämonenspiel. Irgendwie unheimlich, zugleich unglaublich magisch, da die Bilder auf seiner Brust einen Machtkampf zwischen Engel und Dämonen darstellen, den die dürren gespenstigen Wesen der Unterwelt zu gewinnen scheinen.

»Wenn du nicht weitergehen willst, sag es mir.«

»Keine Sorge, ich will weitergehen.« Ich könnte jetzt einen Rückzieher machen, aber wieso sollte ich?

Ich bin weder in einer Beziehung noch muss ich mich rechtfertigen. Nach diesem Abend werde ich Kęstas vermutlich nicht mehr wiedersehen. Aus dem Grund will ich die letzten Minuten mit ihm genießen und nicht allein in meinem Appartement verbringen.

Ich setze mich auf, um mein Strickkleid auszuziehen und auf den Boden zu legen. Danach werde ich meine Strumpfhose los, die ich langsam über jedes Bein schiebe, da mir Kęstas' Blicke nicht entgehen. Er beobachtet mich schief grinsend wie seine Beute, öffnet seinen Gürtel und zieht ihn aus den Schlaufen seiner schwarzen Hose.

Als ich nur noch einen schwarzen BH und Slip trage, gehe ich leicht berauscht vom Wein auf ihn zu und fahre mit den Fingern über seine athletische Brust. Da das Schlafzimmer spärlich beleuchtet ist, kann ich nicht jede Tätowierung erkennen, aber die unterhalb seines Halses. Es sind Runen, die irgendein Wort bilden.

Mit einer schnellen Bewegung umfasst er mein Kinn und zieht mich bestimmend an sich. »Du bist so wunderschön, weißt du das?«

Da ich bei Komplimenten immer den Blick senke und verhalten lächele, will ich es auch dieses Mal tun. Aber er lässt es nicht zu.

»Übertreib nicht. Ich bin weder schön noch hässlich, eher mittelmäßig.«

»Das ist Sache des Betrachters«, raunt er vor meinen Lippen, beißt – das Gesicht leicht zur Seite gelegt – in meine Unterlippe und fährt mit seiner freien Hand über meine Bauchseite.

Irgendwie fühlt es sich an, als würden seine kühlen Berührungen winzige elektrische Schläge auf meiner Haut verursachen. Obwohl seine Hände kalt sind, tobt eine seltsame Wärme in mir, die mein Verlangen nach ihm ins Unermessliche ankurbelt. Dieses Gefühl kannte ich bisher überhaupt nicht.

Mit einem trägen Blick schaue ich zu ihm auf, bevor ich mit meinen Lippen über seine gleite. In der nächsten Sekunde küsst er mich zuerst rücksichtsvoll und verspielt, danach immer hungriger und leidenschaftlicher.

Er raubt mir mit dem Kuss den Atem. Mein Herz schlägt zwar langsam, dennoch fühlt es sich an, als würde mein Puls rasen, was im Widerspruch steht. Die Zeit scheint sich zu verlangsamen, zugleich kann es mir nicht schnell genug gehen.

Als ich mich von seinen Lippen löse, öffne ich die Augen und finde mich auf dem Bett liegend wieder. Ich trage keinen BH mehr. Aber es ist egal. Ich will nicht wissen, warum ich nicht bemerkt habe, wie er ihn mir ausgezogen hat. Ich will alles nur spüren.

Und Gott, wie er an meinen Brustwarzen saugt,

meinen Hals mit seinen Küssen übersät, löst noch mehr diese Sehnsucht, ihn endlich in mir zu spüren, aus. Es ist ein Gefühl der reinen puren Gier und unstillbaren Lust.

Nach gefühlt drei Minute blinzele ich erneut und sehe ihn zwischen meinen aufgestellten Beinen zu mir aufblicken, entdecke sein charismatisches Lächeln, bevor er mit seiner Zunge in mich eindringt und ich stöhne. Wieder stöhne.

Ich wölbe meinen Rücken zu einem Hohlkreuz, umfasse den seidigen Stoff der Bettwäsche und kämpfe gegen die unersättliche Gier nach mehr an. Ich will mehr, aber ich sollte nicht zu laut sein. Malvine schläft sicher schon und …

Wie ein heißes Lauffeuer erhitzt der tiefe Orgasmus meinen kompletten Körper. Ich vergesse den Schmerz in meiner linken Hand, habe jegliches Zeitgefühl verloren und fühle mich so unendlich leicht und schwerelos wie lange nicht mehr.

Stöhnend kneife ich die Augen zusammen. Das nächste Mal, als ich sie öffne, ist er über mir, knabbert an meinem Ohr und raunt mir irgendwelche Worte zu. Seine Lippen bewegen sich, dennoch kann mein Verstand keines seiner Sätze aufnehmen.

Eine unbändige Hitze lässt mich erneut tief kommen. Mein Körper zittert, er bewegt sich weiterhin über mir, ohne mich zu küssen. Er sieht mich an. Da ist ein Funkeln in seinen dunklen Iriden, das gefährlich wirkt und zugleich etwas Vertrautes in mir weckt.

Mir kommt es vor, als würden sich die Tätowierungen auf seiner Haut bewegen, sich von seinem Körper ablösen und als schwarze Schatten im Raum verteilen. *Gottverdammt. Ich bilde mir alles bloß ein.*

Wieder küsst er mich fordernd und zugleich hingebungsvoll, vögelt mich härter, schneller und tiefer.

Erneut schließe ich die Augen, forme die Worte: »Verdammt, hör nicht auf. Fick mich weiter.« Und hebe die Hand zu seinem Gesicht. Er umfasst mein Handgelenk und drückt es in die Decke neben meiner Wange. Danach dreht er mich auf den Bauch, küsst mein Schulterblatt und nimmt mich von hinten. Blinzelnd entdecke ich meine festgebundenen Handgelenke, spüre seinen Griff in meinen Nacken und höre seine verwaschenen Worte.

Warum zur Hölle verstehe ich ihn nicht richtig? Warum beginnt sich die Welt plötzlich vor meinen Augen zu drehen und bin ich nicht mehr Herr meiner Sinne?

Noch bevor mich die Frage weiterhin quält, höre ich ihn stöhnen, spüre seine Hände um mein Becken und wie er hart in mich eindringt. Danach versinke ich in einer weichen geschmolzenen Dunkelheit, die mich wie ein schwarzes Meer verschlingt und mit sich in die Tiefe zieht.

8

ARŪNAS

Den Kopf auf Natalies Schoß gebettet atme ich unter Schmerzen aus und wieder ein. Das unaufhörliche Brennen in meiner Flanke lässt mich kaum tief durchatmen, ohne dass dieser ziepende Schmerz meinen Körper durchflutet.

Die Finger ihrer rechten Hand streichen fürsorglich über meine Stirn.

»Ich wollte dir noch etwas sagen, bevor wir hier

draufgehen sollten«, höre ich ihre melodische Stimme an den Kellerwänden widerhallen.

»Wir gehen nicht drauf«, versichere ich ihr, wobei das Wasser knapp wird und keiner der Kuttenträger sich in den letzten Stunden blicken ließ, als würden sie einer anderen, viel wichtigeren Sache nachgehen. Neue Opfer kidnappen oder Moira aufspüren. Wohl eher Letzteres.

Mir juckt es in den Fingern, die massiven Metallstäbe irgendwie aufzubiegen, was zwar sinnlos wäre, aber nicht so sinnlos, wie auf dem Boden zu liegen und nichts zu tun.

»Hör mir zu, ich meine es wirklich ernst.« Sie räuspert sich und legt eine künstliche Pause ein. Fragend, was sie mir zu sagen hat, schaue ich zu ihr auf. Ihre blauen Augen tasten über mein Gesicht, während sie müde und kraftlos aussieht.

»Ich liebe dich, Arūnas«, flüstert sie, als könnten wir belauscht werden. *Ich habe mich gerade verhört, oder?*

»O nein. Liebesgeständnisse … bevor der Tod eintritt, sind … sind die Erfindung von Drehbuchautoren«, antworte ich und senke den Blick. Ich kann ihr Liebesgeständnis nicht ernst nehmen. Nicht in diesem Moment. Mal abgesehen davon, dass wir nicht draufgehen werden, mich eine Stichverletzung nicht killt, hege ich keine Gefühle für sie.

Ohne den Blick von den Gitterstäben abzuwenden, spricht sie weiter. »Wenn wir das hier überstehen und deine Verletzung behandelt wurde …«

»Was dann?« Mit einem gequälten Stöhnen richte ich mich von ihren Beinen auf. Sie zittert vor Kälte am gesamten Körper, sieht kreidebleich und mitgenommen aus. Weiterhin ist ihre linke Hand an der Wand fixiert, sodass sie sich kaum bewegen kann. Entweder hat Magnus mitgedacht, damit sie mich nicht im Käfig belästigen kann, oder aber er steht drauf, Frauen festzuketten, und wartet, bis ich es mir zunutze mache. Dieser verschlagene Sack.

Ich rutsche neben ihr mit dem Rücken an die Wand und strecke das linke Bein aus. Das andere winkele ich an und schaue zum Schloss. Es gibt immer einen Weg, um sich zu befreien. Immer. Man muss nur ideenreich genug sein. Weiterhin halte ich meine blutende Verletzung, die mein Shirt wie auch meine Jacke mit Blut durchtränkt.

»Kannst du etwas dazu sagen?«, fordert mich Natalie auf.

»Natalie …«, bringe ich keuchend hervor und schaue aus den Augenwinkeln zu ihr. »Du Frau meiner Träume«, antworte ich, hole schwerfällig Luft und drehe mich zu ihr, um ihr Kinn zu umfassen. Sie öffnet ihre vollen, mittlerweile spröden Lippen und schaut mit ihren großen Augen auf meine Hand. »Ich fühle mich geehrt, dass eine Frau wie du mir ihre Gefühle gesteht, ja wirklich.« Ich komme ihr mit meinen Lippen näher. »Ich fühle ganz genauso.« Sanft küsse ich ihren Mund und sie schiebt ihre lackierten Finger unter meine Jacke. Ihre Hand rutscht unter mein Shirt und wandert über meine Brustmuskeln, als sie den Kuss erwidert und ich ihr grinsend ausweiche.

»Aber …« Ich liebe das Wort »aber«, denn es lässt jeden Zauber mit einem Schlag verpuffen. Vor ihr weiche ich zurück, umfasse ihr Handgelenk und schiebe es von meinem Adoniskörper, damit sie nicht noch feucht wird. Wir wollen es in meinem Zustand nicht gleich übertreiben. »Wir haben es unter anderem dir zu verdanken, hier festzusitzen«, fahre ich mit todernster und strenger Stimme fort. Ich besehe sie mit einem mörderischen Blick, als ich mich neben ihr erhoben habe und nach ihrer Haarspange, die ihr blondes zerwühltes Haar beinahe verdeckt hat, greife und aus ihren Strähnen ziehe. Sie quietscht auf und hält sich ihr Haar mit diesem verwirrt beleidigten Blick.

»Gerade lässt du dir noch den Kopf von mir kraulen, jetzt bin ich die Schuldige, weil wir in diesem Schlamassel sitzen.«

»Ich brauchte kurz ein paar Streicheleinheiten. Wenn das einer von Magnus' Männern übernommen hätte, hätte ich auch nichts dagegen gehabt«, antworte ich ihr süffisant lachend, woraufhin sie mich pikiert anstarrt.

Mit der Spange in der Hand und meine Flanke umfassend bewege ich mich an den Stangen wie ein alter Greis zum Schloss vor. Einen Versuch ist es wert, das Schloss mit der Nadel zu knacken. Wozu trägt sie sonst diesen Plunder bei sich.

»Du verarschst mich gerade, oder?«

»Warum plötzlich so beleidigt, meine Schöne? Hättest du deine Gehirnzellen angestrengt und Moira nicht vom Dach stoßen wollen, würdest du dir in diesem Moment die Fußnägel lackieren und deinen Prosecco trinkend im Pool abhängen. Aber du musstest ja ausgerechnet die Person, hinter der Magnus her ist … angreifen, ihr beinahe … die Finger zertrümmern und sie mit einem Tritt vom Dach stoßen. Glaubst du ernsthaft …« Ich gehe vor dem Schloss in die Hocke und hole flach Luft. »Ich habe Bock auf so eine intrigante Frau? Du solltest dich behandeln lassen. Deine Eifersucht ist schon krankhaft. Nicht, dass es mir nicht …« Ich keuche angestrengt, als bei einer Bewegung mein Bauch in Flammen steht, und schließe verbissen die Augen.

»Du bist echt das Letzte. Ich wünsche dir, dass alles umsonst war und sie vor deinen Augen stirbt und zuvor von Magnus gefoltert und misshandelt wird.«

Mit geschlossenen Augen höre ich das Klappern der Haarnadel, die mir aus den Fingern gerutscht ist. Ohne an meine Beschwerden zu denken, erhebe ich mich mit einem todbringenden Blick, beuge mich zu ihr hinab und verpasse ihr einen Schlag ins Gesicht. »Für gewöhnlich schlage ich Frauen nicht. Aber wenn du so …« Ich umfasse ihre Kehle. »Abartig über deinesgleichen redest, bist du nicht mehr wert als der Schimmel an dieser Decke. Wenn wir rauskommen, werde ich als Erstes …

dafür sorgen, dass du im nächsten Verlies einchecken kannst!« *Abartiges Miststück!*

Sie umfasst meinen Unterarm, um meine Hand wegzudrücken, während ihre andere Hand, die sie nicht gebrauchen kann, in der Metallschelle zuckt. Würgend und röchelnd kämpft sie weiter gegen mich an, obwohl ich den Druck um ihre Kehle erhöhe.

Wie kann man so durchtrieben und verdorben sein wie sie! Sie zeigt nicht einmal Reue, sondern will weiterhin Besitzansprüche aussprechen.

»Fick … dich, Arūnas!«, bringt sie mit einem arroganten Blick hervor. Ich gebe sie frei, als ihre Augen flattern und sie jede Sekunde ohnmächtig wird.

»Halt den Rand! Wenn ich noch etwas von dir höre, schwöre ich dir, reiße ich dir die Zunge aus deinem hübschen Mund.«

Ich habe mich viel zu sehr aufgeregt, sodass mein Blickfeld verschwimmt. Knurrend wende ich mich von der Furie ab, um dort weiterzumachen, wo ich aufgehört habe.

Ihr Schniefen und Heulen ist plötzlich zu hören, als ich die Nadel erneut in das Hängeschloss einführe und nach einem zweiten spitzen und schmalen Gegenstand Ausschau halte. Ich brauche etwas, um den Zylinder aufzuspannen.

In dem Moment höre ich Schritte von mehreren Personen. Es sind nicht diese langsamen, einschläfernden

Schritte von Magnus' Männern, sondern schnelle feste Schritte von schweren Schuhen.

Plötzlich höre ich eine ohrenbetäubend laute Explosion, die Staub auf uns herabrieseln lässt. Ich halte die Hände über mein Gesicht, als ich mir zu tausend Prozent sicher bin, dass sich meine Leute in diesem Gebäude befinden. Endlich, es wurde auch Zeit.

»Wir sind hier!«, rufe ich mehrmals, damit sie wissen, in welche Richtung sie gehen müssen.

Nach etwa fünf Minuten höre ich Schüsse, danach wird die Metalltür aufgestoßen und Rysand betritt gefolgt von Zydrunas, Nojus und weiteren Männern den Keller.

Rys kommt auf mich zu, während ich Gott danke, dass sie uns gefunden haben.

»Mann, habt ihr lange gebraucht«, verarsche ich Rysand, der vor dem Käfig stehen bleibt und mich von oben bis unten mit seinen Blicken studiert. Danach greift er durch die Gitterstäbe und tastet nach meinem Puls, während Zydrunas das Schloss mit einem Bolzenschneider öffnet.

»Ich dachte, du würdest sie die gesamte Zeit aus Langeweile vögeln, und wollte dich dabei ungern stören«, kontert Rys, der Natalie mit seinen Blicken misst.

Schön wär's.

»Nehmt sie mit und steckt sie ins Verlies«, antworte ich träge. »Sie wollte Moira töten … Aus dem Grund sind wir hier …«

Rysand betritt den Käfig, um mich abzutasten. »Wir kümmern uns um sie. Du solltest einen Moment an dich denken.«

Ach wirklich? Moira ist auf der Flucht und Magnus jagt ihr hinterher. Soll ich mich ausruhen und warten, bis sich alles von selbst regelt? Im Leben nicht.

Zwei Vanags schnappen Natalie, nachdem sie sie von der Handschelle befreit haben, da der Keller genug Werkzeuge bietet, und zerren sie an uns vorbei.

»Wo bringt ihr mich hin? Ich habe nichts verbrochen. Zuvor will ich mit Tjark sprechen … Er –«. Robert verpasst ihr einen Knebel, bevor er sie fesselt und abführt.

»Du wirst keine Vorsprache erhalten«, sage ich ihr. »Ich kann ebenso … bestimmen, was mit dir als Nächstes geschieht, falsche Natter. Macht schon, führt sie ab.«

Rysand dreht sich verwundert um. »Gab es Ärger im Paradies?«

»Nicht … der Rede …« Plötzlich spielt mein Kreislauf verrückt. Ich kann mich gerade so auf den Knien abfangen, um nicht umzukippen, und beiße die Zähne zusammen.

»Holt eine Trage.«

»Dein Ernst?« Vor Schmerz lache ich schnaubend. »Tragt mich raus, wenn … wenn ich tot bin.«

Neben mir geht Rysand in die Hocke, umfasst meinen Arm wie auch Zydrunas auf meiner linken Seite. Zusammen helfen mir beide, den Käfig zu verlassen, während die Vanags vor und hinter uns mit ihren Waffen in den Händen jeden Winkel im Auge behalten.

Im Gehen hebt Rysand mein Shirt an und stöhnt grimmig. »Sieht übel aus.«

»Du musst ja nicht hinschauen«, scherze ich mit pochendem Schädel. Seine Gesichtszüge wirken besorgt und konzentriert zugleich. Als wir ins Freie treten, genau die Ladefläche erreichen, von der mir Moira erzählt hat, hieven sie mich in einen Van. Weitere vier Wagen stehen in der Zufahrt, die alle gekommen sind, um uns zu finden. Kaum dass ich liege, betritt eine dunkle Person die Ladefläche des Vans.

»Ruft Vilius und Deividas«, richtet er die Worte an den Beifahrer. »Wir fahren zum Anwesen zurück und flicken dich zusammen.« Vor meinem vernebelten Gesichtsfeld erscheint Tjark, der nach meiner Hand greift und sich neben Rysand hinsetzt.

»Du bist auch gekommen … wäre nicht nötig gewesen.«

Tjark schnaubt abfällig. »Ich weiß, du lebst ja noch. Ich dachte schon, ich würde dich bloß noch in einem Leichensack raustragen.«

»Du hast einen so grottenschlechten Humor.« Tjark lächelt knapp. »Wie habt ihr uns gefunden?«

»Indem wir einen Mörder der Vereinigung schnappen konnten und etwas nachgeholfen haben, bis sich seine Zunge gelockert hat.«

Das wird Magnus auf die Palme bringen. Gefällt mir.

»Konntet ihr herausfinden … wo Moira …«

Der Wagen setzt sich in Bewegung, als Rys und Tjark Blicke austauschen. »Noch nicht. Ihr Vater hat uns angerufen. Sie ist untergetaucht und telefoniert regelmäßig mit ihm. Wir finden sie vor Magnus. Jetzt denk an dich und ruh dich aus. Lass uns den Rest übernehmen.«

9
MOIRA

Eine kühle Brise weht über meine Wange, bevor ich die Augen aufschlage und … mich in meinem Appartement wiederfinde.

Bin ich hier eingeschlafen? Was ist passiert?

Noch vollkommen benebelt, reibe ich mir die Augen.

Zuletzt befand ich mich stöhnend auf allen vieren vor Kęstas, jetzt bin ich hier?

Verdammt. »Verdammt, verdammt, verdammt! Ich habe einen kompletten Filmriss.«

Bisher ist mir das als Jugendliche ein Mal passiert, ansonsten nie wieder, da ich selten Alkohol trinke und erst recht keine Drogen konsumiere.

Schnaufend vergrabe ich mein Gesicht im Kissen und ziehe die Decke über meinen Kopf. Dabei fällt mir auf, dass ich meine Unterwäsche trage. Mehr jedoch nicht.

Ich habe höchstens eine drei Viertel Flasche Wein getrunken. Wie kann es sein, dass ich nicht mehr weiß, was nach dem Sex passiert ist?

So weit fühle ich mich, bis auf einen immer stärker werdenden dumpfen Kopfschmerz, ganz gut. Dann habe ich schon Sex mit einem Mann und bin komplett weggetreten. Wie peinlich.

Ich zerre die Decke von meinem Kopf, drehe das Gesicht zur Seite und sehe mein Kleid wie auch meine Strumpfhose über die Lehne des Samtsessels vor dem Schreibtisch hängen.

Also entweder bin ich nach der Nummer zurück nach Hause gegangen, was ja der Plan war, und habe mich bei ihm angezogen, um mich hier wieder auszuziehen. Oder aber ich wurde hierhergebracht.

Mein Blick wandert weiter zum Wecker. Es ist bereits 9.47 Uhr. Im selben Moment höre ich Schritte die Treppe hochsteigen. Henriette will sicher nach mir sehen, da ich meistens früh wach bin.

Es klopft leise an der Tür. Da ich mit Henriette vereinbart habe, dass sie jeden Morgen nach neun Uhr vorbeikommen kann, um nach dem Rechten zu sehen, antworte ich ihr mit: »Ich bin wach.« Zumindest zur Hälfte.

Sie öffnet vorsichtig die Tür und schiebt ihren Kopf durch den Spalt. Wie meistens trägt sie ihr aschblondes etwas krauses Haar offen. In meinen Augen finde ich sie für ihr Alter noch sehr attraktiv. Sie sieht nicht aus wie fünfzig, eher wie Anfang vierzig, ist schlank und wesentlich kleiner als ich.

»Ich wollte dich nicht wecken, bloß nachsehen, ob es dir gut geht.«

»Mir geht es prima«, lüge ich. Mir sprengt es jeden Moment den Schädel, während ich mich im Bett aufsetze.

»Mein Nachbar meinte, du wärst auf der Couch bei ihm nach einer Flasche Wein eingeschlafen.« *Wirklich?*

An eine Couch kann ich mich nicht erinnern.

»Und dann hat er mich hergebracht?«

»Ja. Du warst nicht mehr wach zu bekommen. Zuerst dachte ich …« Sie lacht in sich hinein und betritt das Zimmer. »… es wären Drogen im Spiel gewesen. Du hast aber noch Dinge genuschelt wie: Es war ein toller Geburtstag.«

Wenn man Magnus' Anruf ausklammert, war es ein toller Kindergeburtstag, der mit Sex geendet hat.

»Ich muss wohl wirklich zu viel getrunken haben.« Dabei wollte ich heute um 13 Uhr fit sein, wenn ich zum Schießkurs gehe. Ich werde neben den anderen sicherlich eine lächerliche Figur abgeben.

»Hast du Aspirin für mich? Mein Kopf fühlt sich an, als wäre eine Bombe explodiert.«

»Ich bringe dir eine Tablette. Unten wartet frischer Kaffee. Ich stell dir alles auf den Frühstückstisch.«

Nickend lasse ich mich rücklings in die Kissen fallen, hebe den Unterarm über mein Gesicht und hoffe, dass meine Erinnerungen zurückkommen.

Doch auch nach einer Dusche, drei Tassen Milchkaffee und zwei Zigaretten kehren die letzten Minuten bei Kęstas nicht mehr zurück. Ich werde alt und vergesslich, das sollte ich wohl hinnehmen. Wieso vergesse ich nicht die Terroranrufe, stattdessen die letzten Minuten mit einem attraktiven Mann im Bett?

Wie ärgerlich.

Im Kurs angekommen, nippe ich an meinem RedBull und Kaffee gleichzeitig, um meine Gehirnzellen in Schwung zu bringen. Ich konzentriere mich auf die Belehrungen des Lehrers, der sieben Leuten erklärt, wie der Umgang mit einer Pistole funktioniert. Da es sich um einen Schützenverein handelt, darf ich keine Waffe mit nach Hause nehmen, dafür lernen, wie das Magazin eingesetzt, die Patronen eingelegt und die Waffe entsichert und gesichert wird. Wir erhalten Infos zu den Schießpositionen, lernen die korrekte Körperhaltung und dann geht es auch schon los zum Stand.

Mit der Zeit schärfen sich allmählich meine Sinne und ich kann mich auf den Kurs konzentrieren.

»Gar nicht so schlecht für eine Anfängerin«, ruft ein

flachsiger Typ mit roten Haaren auf Russisch zu mir vom Stand Nummer drei. *Gräbt der mich gerade an?*

»Danke, bei dir sieht es ja eher mau aus«, antworte ich ihm mit der Schutzbrille auf der Nase und dem Ohrenschutz auf dem Kopf.

»War nur eine Aufwärmübung. Ich will dir ja nicht imponieren.«

Ja, sicher doch, du Clown. Runde um Runde verschieße ich meine Munition schneller als die anderen, halte mich an die korrekten Anweisungen des Lehrers, der mir hin und wieder in seinem eng anliegenden schwarzen Muskelshirt über die Schulter blickt. Mit der Zeit macht es mir erstaunlich viel Freude, auf die weiße Plastikmaske, die ich mir vor der Zielscheibe vorstelle, zu schießen.

Wenn ich Magnus das nächste Mal begegne, sollt er nicht nur mit einem Kratzer davonkommen, sondern dafür büßen, was er mir und anderen Menschen antut. Er sollte genauso hart zur Rechenschaft gezogen werden wie jeder andere Pädophile, Serienmörder und Vergewaltiger!

Als die letzte Runde vorbei ist, sich mein Nacken verspannt und meine Arme starr und müde anfühlen, senke ich die Magnum. Am liebsten würde ich sie einpacken und mitnehmen, um mich sicherer zu fühlen. Allerdings werden alle Waffen genauestens durchgezählt und kontrolliert.

Immer noch schwingt das Vibrieren der Rückschläge in meinen Armen nach.

»Kleine, du hast von uns die meiste Munition verballert und die höchste Punktzahl erreicht.«

»Liegt in den Genen«, scherze ich mit dem rothaarigen Mann, der seine Pistole in die Plastikschale und das Magazin daneben legt.

»Bist du eine Killerbraut und deine Eltern haben dich statt mit Barbies mit Waffen spielen lassen?«

Schlagartig verstummt mein Lachen, da ich an meine Mutter denken muss.

»Nein, im Gegenteil. Ich wäre nicht im Anfängerkurs, wenn ich bereits wüsste, wie es funktioniert. Bis zum nächsten Mal«, verabschiede ich mich von dem netten, wenn auch etwas forschen Kerl, der mir ungeniert auf den Arsch glotzt.

Ich hebe den Mantel vom Haken, streife ihn über, wickele einen dicken Schal um meinen Hals und hänge meine Tasche im Gehen um, bevor ich die Halle verlasse.

Als ich aus meiner Manteltasche eine Zigarette hervorhole und im Freien anzünden will, flammt ein Feuer vor mir auf. Erschrocken gebe ich einen Schrei von mir und zucke zusammen. *Heilige Scheiße.* Direkt vor mir steht Kęstas im Lichtkegel der Flamme, der mich spöttisch angrinst.

»So schreckhaft solltest du eigentlich nicht sein, wenn du im Schützenverein bist.«

Wie … wieso ist er hier? Ich wollte ihn eigentlich nach meiner peinlichen Einpenn-Nummer nicht so schnell wieder treffen. Er denkt sicher, ich bin total verstrahlt.

Heule ihm auf dem Kindergeburtstag seiner Nichte die Ohren von einem Typen, der sich an mir rächen will, voll, besaufe mich und habe danach einen Absturz vom Feinsten.

»Ich bin erst im Anfängerkurs«, antworte ich als Ausrede, nehme einen Zug von der Zigarette und schaue hinter ihm auf den halb leeren Parkplatz, um auszuschließen, dass wir beobachtet werden.

»Ah, sicher wegen dem gefährlichen Typen, der die Menschen in deinem Umkreis bedroht. Gehöre ich seit gestern Nacht auch zu diesen Menschen?«, erkundigt er sich mit einem süffisanten, leicht herausfordernden Lächeln, schiebt seine Hand unter meinen noch offenen Mantel und zieht mich an der Mitte näher an sich.

Ohne mich vorzuwarnen, küsst er mich unvermittelt, und das so, als würden wir uns Jahre kennen. Ein anzüglicher Pfiff ist hinter mir aus der Eingangstür zu hören.

»Holla, du lässt ja nichts anbrennen. Ballerst erst die ganzen Karten nieder, dann vergnügst du dich mit deinem Stecher. Ich sagte doch, Killerbabe.«

»Killerbraut, hast du gesagt«, rufe ich Troy hinterher, der sich an uns mit seiner aufgeschulterten Sporttasche vorbeischiebt und mich kurz locker mit dem Ellenbogen anstößt. Ich lache über ihn, doch mein Lachen verstummt, als ich Kęstas' mörderischen Blick sehe. Er sieht aus, als würde er Troy hier und jetzt von einem Pferdegespann in vier Teile reißen wollen.

»Du warst so gut?« Mit einem Mal ändert sich sein harter Gesichtsausdruck und er gibt meine Mitte frei.

»Definiere gut. Ich bin zufrieden. Warum bist du hier?«

»Ich wollte heute Nachmittag nach dir sehen, doch du warst nicht da. Henriette hat mir erzählt, dass du hier bist. Kann ich dich zurückfahren?«

Da ich mit dem Bus hergekommen bin, ist das ein Angebot, das ich nicht ausschlagen werde.

»Wieso nicht. Wo ist Malvine gerade?«

»Sie ist bei einer Freundin. Also wenn du den Abend freihast, können wir ihn gern zusammen verbringen.« Weiter vor uns entriegelt Troy seinen VW, der uns belauscht haben muss und nun wieder pfeifend die Hüften kreist.

»Was ein abartiger Bastard«, kann ich Kęstas' leises Raunen hören.

»Sprich nicht so über ihn. Er ist nett und witzig.«

»Nett und witzig genug, um sich mit ihm zu verabreden?« Die unangebrachte Frage trifft mich wie ein Faustschlag mitten in die Magengrube.

»Was hast du gesagt?«, frage ich ernst.

»Ein Scherz.« Unvermittelt lacht er und fährt sich mit einem gespielt genierten Gesichtsausdruck durch sein mitternachtsschwarzes Haar. »Komm, wir sollten gehen. Es ist verdammt kalt hier draußen.«

Kann es sein, dass Kęstas ziemlich schnell eifersüchtig ist, oder war das wirklich bloß ein missratener Witz?

Wie dem auch sei, ich werde ihn weiterhin im Auge behalten, da ich ihn noch nicht für vertrauenswürdig halte.

In seinem schwarzen Audi, in dem es sogar noch warm ist, hauche ich meine eiskalten Finger an.

»Ging der Kurs mit der verletzten Hand?«, fragt er nach einer Weile, die wir durch Riga gefahren sind.

»Ja, es ging.« Mit Schmerztabletten. Aber lieber nehme ich die, als Magnus nächstes Mal wehrlos ausgeliefert zu sein.

»Was hältst du davon, wenn wir etwas essen gehen? Ich kenne hier ein gutes einheimisches Restaurant mit top Bewertungen.«

Da ich nicht will, dass er mich einlädt, und ich selbst etwas knapp bei Kasse bin, schüttele ich den Kopf. »Fahr mich besser nach Hause.«

»Wieso? Ich dachte, wir essen noch etwas?« Überrascht von meiner Antwort schaut er von der Fahrbahn zu mir. »Wir können auch bei mir kochen. Was hältst du davon?«

»Kannst du gut kochen?«, hake ich nach.

»Definiere gut«, gebraucht er meine Worte von vorhin lachend und fährt sich über sein Kinn, sodass ein kratzendes Geräusch von seinen dunklen Bartstoppeln ausgeht.

»In Ordnung, fahren wir zu dir.« Aber dieses Mal lasse ich den Wein weg. Seine Augen beginnen zu leuchten, als er meine Antwort hört.

Kaum dass wir seinen zweistöckigen Bungalow betreten haben, er das Licht angeschaltet hat und ich meine Stiefeletten losgeworden bin, zieht er mich an der Hüfte an sich und umfasst zärtlich mein Kinn. Mit dem Daumen reibt er über meine Unterlippe.

»Der Pferdeschwanz steht dir.« Wieder ein Kompliment, das meinen Herzschlag beschleunigt.

»Danke, du siehst heute auch wesentlich entspannter aus.«

»Liegt daran, dass ich keine Papierschlangen tragen muss«, scherzt er, bevor er seinen Kopf senkt und seine Augen auf meinen Lippen ruhen.

Ich lache über seinen Scherz, als er den Daumen zwischen meine Lippen schiebt und mich dabei beobachtet. Zugleich werde ich meinen Mantel los, den er über das Treppengeländer hängt.

Ich umfasse sein Handgelenk, um seinen Daumen aus meinem Mund zu nehmen, als er sagt: »Deine Lippen gefallen mir am meisten. Ich musste oft an gestern Nacht denken.«

Das musste ich auch, obwohl die Hälfte meiner Erinnerungen immer noch im Sumpf begraben liegt.

Gerade als ich antworten will, lässt er mein erstes Wort mit seinen Lippen auf meinen verstummen. Er küsst mich so unbändig und voller Sehnsucht, dass mir beinahe schwindelig wird.

Ich schlinge meine Handgelenke um seinen Hals,

spüre an meinem Bauch, wie seine Härte anschwillt und er meine rechte Pobacke besitzergreifend umfasst.

Stürmisch erwidere ich den Kuss. Er küsst anders als Arūnas, wesentlich bestimmter, dominanter, fordernder, wenn man es so beschreiben kann. Dennoch geht mir, egal wann ich mit Kęstas Zeit verbringe, Arūnas nicht aus dem Kopf. Er braucht meine Hilfe, während ich mich vergnüge.

Wenn ich ehrlich bin, nagt das schlechte Gewissen an mir, trotzdem kann ich Kęstas nicht zurückstoßen oder abweisen. Es fühlt sich an, als würde er mit seiner Anwesenheit die innere Leere und Hoffnungslosigkeit in mir füllen und kurzzeitig alles vergessen lassen, was mich belastet.

Wie ein sich weiter annähernder Tanz verschmelzen unsere Zungen miteinander. Geschmeidig hebt er mich an sich hoch und trägt mich dieses Mal nicht in sein Schlafzimmer, sondern zur einladenden hellen Eckcouch.

Links und rechts stützt er sich über mir ab, öffnet meine Sweatjacke, während er mich küsst. In weniger als zwei Minuten hat er mich aus meiner Hose und von meinem Shirt befreit. Ich liege schneller in Unterwäsche im dunklen Wohnzimmer auf der Couch unter ihm, als mir lieb ist.

Er küsst meinen Hals abwärts, schiebt mit seinen Fingern meinen Slip zur Seite und fährt durch meine Spalte. Sofort breitet sich das irrsinnige Verlangen in meinem Becken aus. Sein warmer, maskuliner Duft dringt wie eine Droge in meine Nase. Ich ziehe ihm das Shirt aus, öffne seinen Gürtel und richte mich vor ihm auf.

»Wir wollten zuerst kochen.«

»Hat keiner gesagt. Wieso nicht zuerst das Festmahl genießen und im Anschluss die Nachspeise?«

»Hört sich gut an«, hauche ich vor seinen geschwungenen Lippen und suche seinen Blick. Er lässt sich von mir langsam auf den Rücken legen. Ich sauge an seinem Hals, lecke über sein Schlüsselbein und wandere mit den Lippen seine Brust abwärts. Zugleich spüre ich seinen prallen Schwanz unter der geöffneten Hose.

Gerade als ich bei der Hälfte seiner Brust angekommen bin, umfasst er mit beiden Händen meinen Kopf und zieht mich wieder höher. Er löst die Häkchen meines BHs, um gleich darauf meine Pobacken zu massieren.

»Reite auf mir. Ich will dich sehen. Die ganze Zeit.« Es ist keine Bitte, vielmehr eine Aufforderung.

Er hebt sein Gesicht an, um es zwischen meinen Brüsten zu vergraben. Zugleich zupft er fester am String und zieht anschließend meine Pobacken auseinander. Als er an meinen Brustwarzen saugt und knabbert, keuche ich wimmernd, denn, verdammt, er ist nicht gerade zurückhaltend.

Er zwirbelt meine linke Brustwarze so fest, dass ich beinahe Tränen vergieße. Als ich das Ziepen, das währenddessen von seinen Fingern, die meine Klit feucht umkreisen, fortgespült wird, kaum mehr ertrage und das Gesicht senke, entdecke ich etwas Silbernes.

Er hat mir Klemmen angelegt, die im schwachen Licht vom Flur herrlich glitzern.

»Gefallen sie dir?« Ich kann jetzt unmöglich einen Rückzieher machen und sie abnehmen, obwohl sie verdammt schmerzhaft sind. Allerdings lassen sie mich noch feuchter werden. Schmerz und Lust sind kaum mehr zu unterscheiden.

Nachdem er die zweite Klemme angelegt hat, ich wimmere und mich an seiner Schulter festhalte, dringt er mit seinem Schwanz in mich ein.

Ich weiß nicht, worauf ich mich zuerst konzentrieren soll: ob auf das beißende Brennen meiner Brustwarzen, seinen großen Schwanz in mir, der mich mit einem Mal dehnt und beinahe zerreißt, oder der Lust und diesem hungrigen Blick von ihm.

Obwohl er mich auf sich reiten lassen wollte, führt er das Spiel. Es ist eindeutig. In seine dunklen Iriden tritt das reine Verlangen vermischt mit Macht und Gier.

Ein letztes Mal leckt er über meine Brustwarzen, sodass ich vor Schmerz wimmere, und legt sich anschließend auf die Couch zurück.

Sein Körper verschmilzt beinahe mit den Schatten im modernen Wohnzimmer, als er mit einer Hand meine linke Pobacke massiert, mit der anderen mich auffordert, mich an ihm festzuhalten.

»Zeig, was du kannst. Für gewöhnlich lasse ich nicht jede auf mir reiten.«

Aber mir erlaubt er es? Als würde er wissen, dass ich diese Stellung hin und wieder liebe.

Ich schlage das Angebot ganz sicher nicht aus, halte mich an seiner Hand fest und hebe mein Becken in rhythmischen Bewegungen. Zuerst bewege ich mich langsamer, bevor ich das Tempo beschleunige, da ich schnell zum Höhepunkt kommen will.

Ich reite ihn wie im Wahn, während er hin und wieder ein Seufzen und Zischen von mir hervorlockt, wenn er an den Klemmen zupft. Der Schmerz ist gar nicht mehr so unerträglich wie zu Beginn. Im Gegenteil, er schärft meine Sinne und lässt jede Hemmung fallen.

Sein Schwanz, den ich bisher noch nicht gesehen habe, stößt immer tiefer in mich, beinahe ebenfalls schmerzhaft, dennoch kann ich nicht aufhören. Mit einem sanften dunklen Lächeln beobachtet er mich keuchend, schaut meine Brüste an, betrachtet meinen Bauch, liest meine Tätowierung auf der Hüfte, bleibt mit seinen Blicken länger an meiner Kehle und meinem Gesicht hängen.

»Gut so?«, hake ich nach.

Er hebt die linke dunkle Braue. »Genau so habe ich es mir vorgestellt.«

Ein Schmunzeln wandert über meine Lippen, das von einem Keuchen abgelöst wird, als er mit seinen Fingern meine Klit umkreist und nicht nur meinen G-Punkt mit seiner Schwanzspitze stimuliert.

Nach etwa einer Minute zittern meine Beine, prickeln

meine Brustwarzen noch mehr als vorher und kontrahiert meine Pussy. *Ich kann gleich nicht mehr.*

Keuchend und stöhnend werfe ich den Kopf in den Nacken und komme zum Höhepunkt. Er umfasst meinen Hals, ohne ihn zuzudrücken, und hebt meine Hand zu seiner Kehle. »Spürst du den Puls?«

Ich nicke stöhnend, obwohl ich gerade nur den phänomenalen Orgasmus spüre, der sich prickelnd unter meiner Haut ausbreitet und mir den Verstand raubt.

Als ich schwer keuchend, erhitzt und vollkommen erschöpft den Kopf wieder senke, fahren seine Finger in mein Haar und er zieht mich an seine Lippen.

»Ich denke nicht, dass ich dich jemals wieder gehen lassen kann«, spricht er auf Litauisch und küsst mich vereinnahmend.

Als könnte er uns mit diesem Kuss für immer aneinanderbinden. Kęstas ist attraktiv und ein Mann zum Verlieben. Er weiß genau, was er will und wann er es will. Ihm sind Kinder wichtig und er hat diesen Beschützerinstinkt, was mir ebenfalls gefällt, allerdings sehe ich Arūnas direkt vor mir, nachdem ich mich von seinen Lippen gelöst habe.

Mit einer Bewegung hebt er mich von seiner Hüfte, rollt mich auf den Rücken und ist direkt über mir. Ein fast schon geheimnisvolles Lächeln umspielt seine Lippen, als er mit tiefen Stößen in mich eindringt und ein Bein von mir über seine Schulter legt.

Er fickt mich unglaublich intensiv, sodass ich meine

Finger in sein Haar schiebe, um mich an ihm festzuhalten.

Und dieses Mal umschließt er meinen Hals. Ich kann jede Fingerkuppe einzeln auf der linken Seite meines Halses spüren. Wie sie sich in meine Kehle drücken, als hätte er den Einfluss auf mich.

Doch schon im nächsten Moment lockert er den Griff, als ich nach Atem ringe, und bewegt sich schneller in mir. Sein Rücken ist von einer dünnen Schweißschicht bedeckt, während ich mit der Hand über ihn gleite. Dabei spüre ich unregelmäßige Erhabenheiten. Als hätte er feine Narben auf den Schultern oder Muttermale. Bisher habe ich ihn noch nie von hinten gesehen. Und das werde ich wohl auch nicht, da er sich aus mir zurückzieht und mich unter sich auf den Bauch legt. Erneut dringt er mit einem Stoß in mich, hebt meine Hüfte an und besorgt es mir, dass ich sicher drei Tage nicht mehr gehen kann.

Meine gereizten Brustwarzen reiben über den groben Stoff der Couch, meine Klit pocht und ist angeschwollen. Eine Berührung von ihm und ich komme erneut zum Orgasmus. Als hätte er meinen Gedanken gehört, massiert er kurz meine Klit, vögelt mich weiter und drückt mich in die Kissen, bevor ich wimmernd komme.

Im selben Moment klingelt mein Handy im Flur.

Doch er hört nicht auf und dringt weitere Male hart in mich ein, bevor er kehlig stöhnend kommt und sich in mir ergießt. Gleich danach verstummt das Handyklingeln, und ich hebe das Gesicht aus den Kissen, um nach Luft zu schnappen.

Angestrengt keuchend schließe ich die Augen und genieße seinen Schwanz in mir. Er fährt über mein Rückgrat, berührt meine Brüste und schiebt mein Haar aus dem Nacken.

Als ich einen Blick über die Schulter werfe, atmet er tief durch und zieht sich aus mir zurück.

Erschöpft von dreißig Minuten Sex sinke ich vollends auf der Couch zusammen, lausche meinem kräftigen Herzschlag und höre mein Blut in den Ohren rauschen.

Dieses Mal habe ich alles mitbekommen. Und der Sex war … war überwältigend verdorben und unglaublich süchtig machend.

10
MOIRA

Nachdem Kęstas in die Küche gegangen ist, ich kurz im Bad verschwunden bin, um mich wieder anzuziehen und auf Toilette zu gehen, wühle ich in meiner Manteltasche im Flur nach meinem Handy.

Wenn Magnus angerufen haben sollte und ich nicht drangegangen bin, was wird passiert sein? Eine Brandrodung? Massenmord? Bombe in der Innenstadt Vilnius?

Denn bisher habe ich nie einen Anruf verpasst.

Als ich das Smartphone anschalte, lese ich einen verpassten Anruf und sechs Nachrichten. Es sind Nachrichten von einer fremden Nummer.

Ich öffne sie und lese sie aufmerksam durch:

Wo steckst du gerade?
Komm zurück nach Vilnius.
Arūnas will dich sehen.
Rysand

Ich habe Nachrichten von dem mies gelaunten arroganten Killermonster erhalten.

Dir scheint es ja echt am Arsch vorbeizugehen,
wie es Arūnas geht.
Geh an dein Telefon.
Es ist wichtig.

Mach schon!

Danach sehe ich eine Sprachnachricht, die ich auf der Treppe sitzend abspiele.

»Hey, Sonnenscheinchen …« Abrupt stoppe ich die Sprachnachricht, die über eine Minute geht. Es ist Arūnas' Stimme. Egal, wo er gerade ist, er ist in Rysands Nähe, da die Sprachnachricht über sein Handy verschickt wurde.

»Alles in Ordnung bei dir?«, erkundigt sich Kęstas über die Musik aus der Küche hinweg.

»Ja, klar, ich beantworte nur Nachrichten. Bin gleich da«, rufe ich zurück und spiele danach die Sprachnachricht weiter ab.

»Ich hoffe, dir geht es gut, wo du auch gerade bist. – frag sie doch einfach, dann holen wir sie und alles ist bestens«, unterbricht Rysand ihn im Hintergrund.

»Halts Maul, ich rede …« Er atmet tief durch, hört sich irgendwie geschwächt und müde an, als stände er unter Medikamenteneinfluss. »Wo war ich? Ah ja. Ich ruf dich später an. Mir wurde eine volle Dröhnung Tabletten verabreicht. Aber mir geht es gut. Hey, ich lebe noch. Pass auf dich auf, Magnus sucht nach dir. Er weiß, dass du irgendwo in Lettland steckst.«

Nein! Das darf nicht wahr sein. Er kann es nicht wissen. Verzweifelt ziehe ich die Augenbrauen zusammen.

»Leg dich wieder hin, Arūnas«, spricht im Hintergrund Rysand zu ihm.

»Ich sitze bloß. Mir schmerzt der Arsch vom ständigen Liegen. Sei endlich still, wenn ich die Aufnahme mache. Rys ist so ein hirnamputierter Wichtigtuer. Wie dem auch sei. Ich melde mich. Wir holen dich ab.«

Das sind seine letzten Worte. Wir holen dich ab?

Während mir ein Stein vom Herzen fällt, da er lebt, es ihm einigermaßen gut geht und seine Freunde bei ihm sind, verkrampft sich zugleich mein Magen. Will ich überhaupt zurück? Ich wollte noch ein bis zwei Wochen in Riga bleiben, den Schießkurs beenden, weiterhin ein halbwegs normales Leben führen. Nur für zwei Wochen.

Aber wenn Magnus bereits weiß, wo ich bin, wird er nicht lange brauchen, um mich zu finden.

»Du siehst so nachdenklich aus. Alles gut bei dir?« Unvermittelt steht Kęstas vor mir, sodass ich panisch zusammenfahre. *Wie verflucht macht er das jedes Mal?*

Ich würde mich nicht als schreckhaft bezeichnen, aber ihm gelingt es immer wieder, dass ich fast unter der Decke klebe, wenn er wie aus dem Nichts vor mir steht.

»Alles bestens.« Ich sollte mich freuen und das tue ich auch. Daher lächele ich Kęstas entgegen, der mir einen Löffel mit Rote-Bete-Suppe entgegenhält. Ein einheimisches Gericht aus Litauen. Ehe ich antworten kann, hat er den Löffel schon in meinen Mund geschoben.

»Wie schmeckt sie?«

Verdammt gut.

»Hast du die selber gemacht?«

»Jetzt beleidigst du meine Kochkünste.« Sein Gesichtsausdruck wird schlagartig düster. »Los, komm mit. Ich kann Hilfe in der Küche gebrauchen.«

Ich schiebe mein Handy in die Hosentasche, um Arūnas' Anruf nicht zu verpassen. In der Küche angekommen, herrscht das komplette Chaos. Dabei glaubte ich, er wäre ordentlich. Beim Kochen jedoch nicht.

»Äh, was willst du genau kochen?«, erkundige ich mich.

»Alles, was mir einfiel. Rote-Bete-Suppe, Backofenbrot gefüllt mit Käse und Tomaten und *Zeppeline*. Die magst du hoffentlich?«

Im Ofen entdecke ich das gelbgoldene mit Käse überbackene Brot. Sofort werden meine Augen größer, als ich mir das ausgehöhlte und befüllte Brot ansehe.

Hinter mir schiebt Kęstas seine Hand um meine Hüfte und zieht mich an sich. »Bleib über Nacht hier, Aurelia«, flüstert er in mein Ohr und streift mit seinem Kinn über meine Ohrmuschel.

»Was ist mit Malvine?«

»Sie hat mich den gesamten Morgen angebettelt, bei ihrer Freundin übernachten zu dürfen. Wir hätten den ganzen Abend und die gesamte Nacht für uns.«

Er streichelt über mein Langarmshirt, schiebt seine Finger in meinen Hosenbund und küsst meinen Hals.

Im selben Moment klingelt mein Telefon. Ein etwas genervtes Stöhnen dringt an mein Ohr. »Du scheinst echt beschäftigt zu sein.«

»Dauert bloß einen Moment.« Noch bevor ich mein Handy aus der Hosentasche gezogen habe, hat er es herausgeholt und will es mir übergeben. Im selben

Moment rutscht es aus seiner Hand und schlittert klappernd über den harten Fliesenboden.

»Scheiße, nein«, stoße ich hervor und hechte ihm hinterher.

»Verdammt, das wollte ich nicht.«

Als ich das Smartphone aufgehoben habe, ist das Klingeln verstummt und das Display meines nigelnagelneuen Telefons hat einen großen Sprung.

»Das tut mir wirklich leid. Ich werde es dir ersetzen oder reparieren lassen.« Neben mir geht Kęstas ebenfalls in die Hocke. »Du bist jetzt sicher sauer auf mich.«

Etwas schon, da es aus seiner und nicht meiner Hand gerutscht ist. Wäre es mir selbst passiert, könnte ich mich später ohrfeigen, aber ihn werde ich sicher nicht schlagen.

»Nein, kann passieren.« Das Dumme ist nur, dass der Anruf anonym war, genau wie der, als wir auf der Couch gevögelt haben. Ich rufe einfach Rysand an, schließlich ist er bei Arūnas.

»Kann ich kurz einen Moment telefonieren oder brauchst du meine Hilfe?«

»Du kennst die Antwort«, neckt er mich, lächelt smart und hilft mir auf.

»Du kannst tausendmal besser kochen als ich. Ich würde das Essen bloß ruinieren. Bin gleich zurück.«

Nachdem ich meinen Mantel übergestreift, Stiefeletten angezogen und mir eine Zigarette aus der Tasche geholt habe, gehe ich in den Garten, um ungestört zu telefonieren. Kęstas vermutet sicher, dass mir der Abend mit ihm nichts bedeutet, weil ich ständig am Telefon hänge.

Tief atme ich den ersten Zigarettenzug ein, bevor ich Rysand anrufe, der mit einem: »Falsche Nummer, Babe«, rangeht.

»Kannst du mir Arūnas geben?«

»Warum bist du nicht erreichbar?«

»Weil ich nicht ständig am Handy klebe.«

Er schnaubt verächtlich. »Hier, für dich. Die Seelsorge.« Was ein aufgeblasener Arsch.

»Hey«, geht Arūnas ans Telefon. »Ich muss mich etwas kurzfassen.«

»Nein, sag, wie es dir geht. Wie konntest du dich befreien?«

Er holt tief Luft. »Die Vanags haben den Standort gefunden. Ich saß im selben Käfig wie du. Dummerweise habe ich bei einer Auseinandersetzung mit Magnus den Kürzeren gezogen.«

»Was ist passiert?«

Er erzählt mir davon, dass er sich mit ihm geprügelt hat und dabei seine Flanke verletzt wurde. »Wird schon. Auch wenn ich deine seelische Betreuung gern hier und jetzt in Anspruch nehmen würde. Zumindest hat Magnus auch ein Andenken von mir erhalten.«

»Inwiefern?«

»Ich habe ihm einen Schnitt in den Oberschenkel verpasst wie mir seine Leute vor wenigen Wochen.« Das wird ihn sicher noch mehr vor Wut schäumen lassen. Aus dem Grund hat er mich nicht angerufen, da Arūnas befreit werden konnte und er kein Druckmittel mehr besitzt.

»Was … was ist mit Natalie?« Nicht, dass es mich wirklich interessieren würde, wie es dieser Bitch geht, aber ich will wissen, wen ich morgen als aufgehängte Leiche auf dem Titelblatt sehe.

»Seit Magnus erfahren hat, dass du abgehauen bist, ließ er uns in Ruhe. Ich wette, er hat dich bald gefunden. Daher bleib, wo du bist, und warte, bis wir bei dir sind.«

Wieder nehme ich einen Zug meiner Zigarette, laufe über den freigeschobenen Weg im Garten auf die Garage zu. Hinter dem Zaun läuft eine Frau im Dunkeln mit ihrem Hund vorbei. An der Straße parken nur wenige Wagen. Bei Henriette brennt Licht, wie jeden Abend um diese Uhrzeit. Alles wirkt unauffällig und ruhig.

»Okay. Und du willst nicht wissen, wo ich mich aufhalte?«, hake ich nach.

»Kätzchen, du bist wirklich drollig. Ich weiß, dass du in Riga am Meer hockst, und das in einer ruhigen Wohngegend.«

Mir sackt das Herz fast in die Kniekehle, als ich seine Worte höre. Er weiß, wo ich bin.

»Woher?«

»Woher schon. Wir haben einen Fachmann, um unsere Leute aufzuspüren. Wir konnten dein Handy orten.« Dann wird es Magnus auch bald können, wenn er an meine Nummer kommt.

Er ist bereits an meine Nummer gekommen, schließlich hat er mich gestern angerufen.

»Arūnas …«, flüstere ich.

»Was ist, Kleine?«

»Magnus hat mich gestern angerufen. Woher hat er meine Nummer?«

Im Hintergrund höre ich ein Glas zerschellen. »Warum sagst du das erst jetzt? Er könnte sie von meinem Handy haben, weil er es mir abgenommen hat. Oder er hat ebenfalls Leute, die dich ausfindig machen konnten. Wir fahren heute noch los.«

»Ja, klar«, antwortet Rysand. »Tjark hat den Piloten seines Jets bereits informiert.« Ehrlich?

»Spar dir deine Sprüche.«

»Hör auf, den Helden zu spielen. Du bist gerade ziemlich im Arsch, Arūnas, und kannst sie nicht abholen.«

Also muss es wirklich sehr schlecht um ihn stehen, was sicher meine Schuld ist, weil ich abgehauen bin.

»Wir holen sie, zuvor sollte sie ihr Telefon loswerden und ihr solltet nicht länger plaudern. Leg jetzt auf, sie können uns im schlechtesten Fall ebenso zurückverfolgen.«

»Tut mir leid, Moira. Werde das Handy los und lern zuvor Rys' Nummer auswendig. Wir holen dich«, ruft er aus Entfernung ins Telefon.

Schon hat er aufgelegt oder ihm wurde Rysands Handy abgenommen. Überrumpelt von den neuen Informationen fahre ich mir keuchend über die Stirn, atme flach ein und wieder aus.

Hinter mir höre ich knirschende Schritte im Schnee. Als ich mich umdrehe, entdecke ich Kęstas, der mich mit einem fragenden Blick besieht.

»Telefonkonferenz beendet?«

»Jep«, antworte ich gut gelaunt und schalte mein Handy aus, nachdem ich mir Rysands Nummer gemerkt habe und leise vor mich her murmele. Ich muss es später loswerden, auch wenn ich mir sicher bin, dass Magnus' Männer bereits wissen, wo ich untergekommen bin. Aber werden sie mich auch bei einem Nachbarn vermuten? Ganz sicher nicht.

Am Tisch, den er gedeckt hat, nehme ich Platz, nippe an meinem Tee und schaue zu Kęstas, der die Suppe in Schüsseln füllt und immer wieder neugierig zu mir schaut.

»Ist etwas passiert? Du bist so still.«

»Mein Handy wurde vermutlich gehackt oder so. Zumindest weiß der kranke Psycho, wo ich stecke.«

Alarmiert hebt Kęstas die Brauen in die Stirn, wobei er die Lippen etwas öffnet.

»Tatsächlich? Dann solltest du es loswerden und gegen ein anderes tauschen.«

Er trägt beide Schüsseln zum Tisch, stellt eine vor mir, die andere auf dem Platz neben mir ab und beugt sich anschließend zu mir, um meine Stirn zu küssen.

»Ich weiß. So wie es aussieht, werde ich morgen abreisen.«

Vollkommen überrascht von meinen Worten erstarrt er und umfasst anschließend mein Gesicht. »Wohin willst du gehen? Zurück nach Vilnius?«

»Ganz sicher nicht. Ich werde morgen abgeholt.«

Seine Augen forschen in meinen, bevor er sich über die Lippen leckt, den Blick senkt und zu sich selbst nickt.

»Verstehe. Sehr schade. Ich dachte, wir könnten uns noch mehr kennenlernen.«

Ich komme mir so blöd vor, weil ich ihn so schnell verlasse, wo es gerade anfing, interessant zwischen uns zu werden.

»Das habe ich auch gedacht.«

Sanft streichelt er über meine Wangen und nimmt im Anschluss neben mir Platz. Eine Weile herrscht eine beklemmende Stille zwischen uns, bevor ich ihn in Gedanken vertieft aus dem Fenster blicken sehe.

»Willst du morgen abgeholt werden oder wurde das über deinen Kopf hinweg entschieden?«

Ich halte in meiner Bewegung inne und schaue auf den Löffel mit der leckeren Suppe. »Beides irgendwie. Ich kann nicht bleiben.«

»Aber du musst dich auch nicht abholen lassen, oder?«, vergewissert er sich.

»Nein, das nicht. Ich bin kein Kind mehr.« Ich lache und gähne hinter vorgehaltener Hand.

»Dann lass uns zusammen verreisen.«

Bitte was?

»Kommt nicht infrage. Du weißt nicht, wer hinter mir her ist.«

»Wer denn?«, fragt er interessiert, stellt den rechten Ellenbogen auf dem Tisch ab und stützt den Kopf auf die Hand. Sein forscher Blick geht mir unter die Haut.

Soll ich ihm wirklich davon erzählen?

»Sag es schon, Aurelia.« Jedes Mal, wenn er meinen Namen ausspricht, komme ich mir schlecht vor. Wenn das zwischen uns wirklich weitergehen soll, wird die Lüge irgendwann platzen. Spätestens, wenn ich auf Arūnas und die Vanags treffe, wird er wissen, wie ich wirklich heiße.

»Ein Killer. Ein bekloppter Psychopath, der mir das Leben zur Hölle macht und alles als ein lächerliches Spiel betrachtet.«

Seine Gesichtszüge verdunkeln sich, bevor er abfällig schnaubt und zu sich selbst nickt. »Ein Psychopath also.«

»Warum schaust du so komisch?«, hake ich nach und kurzzeitig zieht der Gedanke durch mein Hirn, er könnte Magnus sein. Mir wird schlagartig übel bei der Vorstellung. Aber das kann nicht sein. Magnus ist wesentlich älter, glaube ich zumindest. Kęstas ist vielleicht Ende dreißig, spricht vollkommen anders und verhält sich nicht so überheblich und narzisstisch wie Magnus.

»Ich denke nach. Lass uns zusammen verschwinden.«

»Und dein Job? Was ist mit Malvine?«

»Die nehmen wir natürlich mit. Denkst du, ich parke

sie bei ihrer Freundin? Nein, wenn, dann verreisen wir zu dritt, um dem Psychopathen zu entkommen.«

Das würde er auf sich nehmen? »Nein, das ist zu viel verlangt. Das geht nicht. Ich würde euch –«. Mit einem Mal hält er mir den Mund zu, verdreht genervt die Augen und stöhnt gequält.

»Sehe ich aus, als hätte ich keine Chance gegen einen Mörder?« Fragend blickt er mir entgegen. »Sag jetzt nichts Falsches.«

Sofort schüttele ich unter seiner Hand den Kopf.

»Nein, siehst du nicht aus«, nuschele ich.

»Na dann, packen wir später deine Sachen, reisen morgen ab und besorgen dir ein neues Handy.«

Das hört sich alles so einfach an, als würde es ihm keine Umstände bereiten.

Wenn ich ehrlich bin, bin ich nicht davon überzeugt, eine weitere Person und zudem ein Kind in die ganze Sache reinzuziehen.

Obwohl ich nicke, entscheide ich mich gegen Kęstas' Vorschlag und werde später gehen, wenn er eingeschlafen ist.

Wir essen gemeinsam zu Ende und Gott, er kann unglaublich gut kochen, was ich niemals erwartet hätte. Nach dem Essen nimmt er eine Dusche, während ich von Minute zu Minute müder werde. Auf der Couch schaue ich einen Film an, habe eine kuschelige Decke über die Beine gelegt und stütze den Kopf auf der Armlehne ab. In immer kürzeren Abständen fallen mir die Augen zu.

Bleib wach, du wolltest doch gehen. Nach weiteren Minuten habe ich den Kampf gegen die Müdigkeit verloren und sinke in einen tiefen Schlaf. Etwas später blinzele ich, da ich hochgehoben werde.

Wach auf! – wandert der Gedanke durch meinen schläfrigen Verstand, doch ich kann nichts ausrichten und gebe dem Schlaf nach.

11

ARŪNAS

Könntest du mal etwas mehr Stoff geben? Du fährst wie meine Oma«, beschwere ich mich auf der Rückbank des Vans liegend.

»Du hast gar keine Oma«, murrt Nojus angefressen. »Und überhaupt, du sollst pennen und dich ausruhen.«

»Wäre wohl doch besser gewesen, ihn gefesselt im Bett zurückzulassen, so wie es Moira getan hat«, fügt Rysand mit diesem süffisanten, herablassenden Grinsen hinzu, als er sich vom Beifahrersitz mit einem Snickers in der Hand zu mir umdreht. Seine dunklen Augen funkeln mir spöttisch entgegen.

»Pass auf, was du sagst, sonst findest du dein Snickers unverdaut in deinem Arsch wieder.«

Mit hochgezogenen Brauen beißt er genüsslich von dem Riegel ab, während sich nun Zydrunas zu mir umdreht. »Hat sie dich echt ans Bett gefesselt?«

»Hat sie«, fügt Rys seine Kalorienbombe genüsslich kauend hinzu.

»Du bist noch zu jung, um das zu verstehen, Zydrunas. Du hättest ebenfalls zu Hause bleiben sollen.«

»Zu jung wofür?«, fragt Nojus. »Beim Sex Handschellen benutzen, ist ja keine Seltenheit. Polina steht mega drauf. Ich auch, wenn ich sie danach betteln lasse, zu ihr zu kommen.«

Boah, müssen die jetzt ihr Sexleben vor mir ausbreiten. Zydrunas dreht sich zu Nojus und stützt sich auf dem Beifahrerrücksitz ab. »Und dann? Was gefällt ihr daran so sehr?«

»Probier es aus und du wirst es erfahren«, antwortet Nojus, bevor er endlich die Autobahnabfahrt nimmt und wir jeden Moment in Riga sind.

»Alles Anfängerspielchen. Polina bettelt nur, weil du es gern hörst. Aus dem Plüsch-billig-Handschellen-Scheiß kann sie sich mühelos selbst befreien.« Wieder beißt Rysand ab. Wenn er jetzt seine Bondagegeschichten mit Oriana auspackt, kotze ich gleich im Strahl.

Doch bevor er weitererzählen kann, tritt Nojus kräftig

auf die Bremse, sodass ich fast eine Seitwärtsrolle in den Fußraum mache. Gerade so kann ich mich an Zydrunas' und Jones' Rücklehnen abdrücken. Jones schaut zu mir.

»Alles okay.«

»Was hast du gesagt?« Mitten auf der Kreuzung stoppt Nojus den Van, um sich mit Rysand anzulegen, der lässig die Füße auf dem Armaturenbrett ablegt und zu ihm rübergrinst. »Nur die Wahrheit. Ist doch so.«

»Du willst also sagen, ich bring es nicht im Bett und sie täuscht mir alles bloß vor?«

Gleich steige ich aus und nehme mir ein Taxi.

»Hast du Dreck in den Ohren? Das habe ich nicht gesagt. Ich sagte, sie macht es bloß, weil du es gern hörst.«

»Das Gebettel oder wie?«

Bevor sie sich noch prügeln, sich die Pistolen an die Köpfe halten oder einer der hupenden Autofahrer hinter uns aussteigt und gegen die Scheibe klopft, rufe ich: »Reißt euch zusammen. Wir sind nicht zum Feriencamp unterwegs! Du bist der beste Stecher im Bett und Rys ist eben … Rys.«

»Das hast du schön gesagt«, erwidert Rysand und dreht sich zu mir um.

Nojus atmet tief durch. »Ich frag sie.«

»Mach doch«, sagt Rysand. »Aber bitte erst, wenn wir wieder zurück sind. Du blockierst gerade die Kreuzung.«

Nojus schenkt ihm einen überheblichen Blick, bevor er Gas gibt und wir uns endlich wieder vorwärtsbewegen.

Von der abrupten Bremsung schmerzt meine operierte Flanke höllisch. Ich tippe Jones an der Schulter an, um ihm danach die flache Hand hinzuhalten. Mit einem besorgten Blick dreht er sich zu mir, sieht vermutlich die Schweißperlen auf meiner Stirn und meinen abgekämpften Blick.

»Warte …« Aus der Sporttasche holt er meine Tabletten, die nur er mir verabreichen darf, weil Vilius glaubt, ich würde die gesamte Dose auf einmal hinunterspülen. Was immer alle von mir denken …

Er gibt mir zwei Filmtabletten und reicht mir danach ein Wasser. Ich wollte, solange ich die Schmerzen aushalte, keine Tabletten nehmen, um vor Moira nicht als Schlappschwanz dazustehen. Außerdem sollte ich auf das, was vor Ort passieren könnte, vorbereitet sein. Schließlich könnten Magnus' Männer das Ferienhaus umzingeln und erst dann zuschlagen, wenn sie uns entdecken.

Doch als wir zwanzig Minuten später vor dem besagten Haus ankommen, ist weit und breit kein auffälliger dunkler Wagen zu sehen. Es parkt ein alter rostiger Ford Fiesta zwei Häuser weiter, in dem sicher nicht Magnus' Männer hocken.

Auch sonst wirkt die Gegend ruhig und friedlich. Beinahe zu friedlich.

»Endstation. Hier muss es sein.« Nojus schaut über das Lenkrad hinweg zu dem einzigen Haus mit dem Balkon. Mittlerweile ist es kurz vor elf Uhr.

»Ich informiere Tjark.«

»Ja, ruf Mutti an«, fügt Nojus hinzu, woraufhin er sich einen Stoß von Rysand kassiert. Ich richte mich auf der Rückbank des Vans auf.

»Jones, kannst du Platz machen?« Er schiebt die Tür auf und sieht sich zugleich überall um. Ich halte mich am Türrahmen fest, setze einen Schritt auf die Stufe und kippe vorwärts in den Schneeberg.

Im nächsten Moment ist Rysand bei mir und hilft mir auf. »Es wäre besser gewesen, dass du Pflegefall im Bett bleibst.«

»Ohne eine Frau ist es halb so unterhaltsam.«

Rysand verdreht die Augen, bevor er mir an die Wange klopft. »Bleib besser im Wagen und lass sie uns abholen.«

Auf gar keinen Fall. »Ich habe mir nicht drei Stunden lang eure hirnlosen Unterhaltungen angetan, um jetzt im Auto zu warten.« »Du siehst wirklich scheiße aus, Arūnas«, sagt Zydrunas, schließt seine Jacke und mustert mich. Das hätte ich ihm vor wenigen Wochen im Krankenhaus sagen sollen.

»Gehen wir es an. Je eher wir sie holen, desto schneller liege ich im Bett.«

»Richtige Einstellung, Mann«, sagt Nojus lachend und verschließt den Wagen.

Rysand hilft mir beim Gehen, bis ich ihn vor der Tür wegschiebe. »Es geht schon.«

Ich will bloß keinen üblen und erbärmlichen Eindruck

erwecken. Nachdem Nojus geklingelt hat, Jones und Zydrunas am Tor den Gehweg im Auge behalten, höre ich das Kläffen eines Hundes. Danach sehe ich verschwommen hinter den milchigen Glasscheiben eine Person auf uns zukommen, die die Tür öffnet.

Es ist eine Frau circa Ende vierzig, die ihren Dalmatiner am Halsband festhält. Knurrend fixieren mich die Augen des Hundes.

»Einen schönen guten Morgen«, begrüßt Nojus die Frau auf Russisch. »Wir möchten gerne Moira besuchen. Ist sie da?«

Misstrauisch wandern die zu Schlitzen zusammengekniffenen Augen der Frau von Nojus zu Rysand, danach zu mir.

»Sie hat mir Bescheid gegeben. Warten Sie einen Moment.«

Erleichtert atme ich durch. Sie ist also noch hier. Die Frau schließt die Tür wieder. Als sie sie erneut öffnet, hält sie mir den Lauf eines Jagdgewehres entgegen.

»Ihr seid die, die sie verfolgen!«

Sofort ziehen Rysand und Nojus ihre Waffen und halten sie ihr entgegen.

»Wir sind die, die sie beschützen«, erklärt Nojus. »Sie ist hier nicht sicher. Der Serienmörder wird sie finden.«

»Was ist mit dem da? Er sieht aus, als wäre er keine Hilfe. Kippt er gleich um?« Rysand dreht sich nach der Andeutung der Frau zu mir und packt meine Schulter.

»Setz dich besser, Kumpel.«

»Geht schon. Ich bin Arūnas. Hat Moira Ihnen … von mir erzählt?«, bringe ich mit einem schmerzverzogenen Gesicht hervor.

Sie starrt mich feindselig an, mustert mich vom Scheitel bis zur Schuhsohle, bis sie den Lauf des Gewehres sinken lässt.

»Hat sie. So habe ich dich mir auch vorgestellt. Tut mir leid, sie ist nicht hier.«

Die Frau setzt einen Schritt aus ihrer Haustür und deutet zum Nachbarhaus. »Sie ist gestern Abend zu unserem Nachbarn rübergegangen und hat sicherlich bei ihm übernachtet.«

Nachbarn übernachtet?

Ich drehe mich zu dem Haus um, dessen Garten vom frischen Schnee bedeckt ist. Alles sieht unberührt aus, selbst die Rollläden sind noch heruntergefahren, bloß die Ausfahrt der Garage ist freigeschippt worden.

»Was ist das für ein Kerl?«

»Ein Zugezogener mit seiner Nichte. Er macht einen netten Eindruck und hat sie zu dem Kindergeburtstag vorgestern eingeladen. Doch eine Sache war merkwürdig.«

Sofort sind meine Schmerzen trotz Medikamente wie fortgeblasen und ich drehe mich alarmiert zu der Frau um.

»Was war merkwürdig?«

»Er brachte sie mitten in der Nacht zurück. Sie war kaum wach zu bekommen. Mir hat sie immer erzählt, sie würde keinen Alkohol trinken, und wenn, dann nicht viel. Aber sie war vollkommen weggetreten, als hätte sie eine Whiskyflasche geleert.«

Was die Dame sagt, gefällt mir überhaupt nicht. Was, wenn dort drüben nicht irgendein Nachbar wohnt, sondern sich Magnus einquartiert hat?

Während Rysand und Nojus die Frau weiterhin befragen, senke ich das Gesicht und streiche den kalten Schweiß von meiner Stirn.

Gestern noch war sie hier. Es könnte gut möglich sein, dass Magnus genau wusste, wann wir eintreffen, und sie zuvor weggebracht hat.

Scheiße, verdammt! Warum hat sie sich einem fremden Mann anvertraut? Sie würde das nicht tun. Das passt nicht zu ihr. Wie zur Hölle ist es ihm gelungen?

Die Frau erwähnte ein Kind. Seine Nichte. Würde Magnus das alles inszenieren, um vertrauenswürdig zu erscheinen? Er hätte sie genauso gut abpassen, betäuben und wegfahren können.

»Wenn sie sich … bei Ihnen meldet«, bringe ich die Worte nur mühsam hervor und halte meine Flanke, »rufen Sie mich an. Gib ihm meine Nummer, Rys. Es ist wirklich wichtig.«

»Du denkst auch, was ich denke?«, raunt mir Rysand ins Ohr, hebt meinen Arm über seinen Nacken und verlässt die Haustür, nachdem er der Eigentümerin des Ferienhauses meine Nummer auf einen Zettel notiert hat.

Ich kann bloß nicken. »Wir sind zu spät.«

»Sie haben nur einen kleinen Vorsprung, mehr nicht.«

Das sehe ich etwas anders. Möglicherweise hat Moira keine Ahnung, in welcher Gefahr sie schwebt, oder aber ich täusche mich und der Nachbar will ihr wirklich nur helfen.

Eher glaube ich an die Wiederauferstehung meiner Stiefmutter als an einen Mann, der nach zwei Tagen mit einer für ihn fast fremden Frau flieht.

Ich will mir besser nicht ausmalen, was er zuvor mit ihr gemacht hat, bevor er sie bewusstlos in ihre Ferienwohnung brachte.

Verärgert, enttäuscht und wütend balle ich die Hände zu Fäusten und könnte laut fluchen.

Wir finden sie!

Wir müssen einfach!

12

MOIRA

Ein kleines Pferd hopst über den Berg. Es kommt ein zweites dazu, das sieht aus wie du. Es springt in einem Bogen über den Zaun, wenn du zusiehst, kannst du nur staun'. Hops, hops, hops – Wann sind wir endlich da?«

»Gleich. Es dauert nicht mehr lange«, höre ich die maskuline raue Stimme, während ich träge die Augen öffne und mich in einem Auto wiederfinde.

Heilige Scheiße, wo bin ich?

»Das hast du schon vor einer Minute gesagt und trotzdem sind wir noch nicht da«, antwortet ihm Malvine mürrisch. Vor mir sehe ich, wie eine Kinderhand ein Pony über das Armaturenbrett hüpfen lässt. »Hops, hops, hops.«

Sie lässt das Pferd zum Lenkrad springen, woraufhin Kęstas es gereizt zur Seite schiebt.

»Willst du, dass wir einen Unfall bauen? Mach das nicht noch mal.«

»Nein. Ich lasse es hier drüben weiterspringen.« Auf der Kante unterhalb des Fensters schiebt sie ihr Plastikpony in meine Richtung, dreht sich um den Sitz und macht große Augen, als sie mich sieht.

»Aurelia ist wach. Du hast aber lange geschlafen.«

»Hm, ja«, murmele ich, fahre mir verschlafen übers Gesicht und lese im nächsten Moment die Uhranzeige auf dem Navidisplay des Audis. Verdammt, es ist 11.47 Uhr.

Was ist los mit mir, dass ich auch den zweiten Tag A woanders aufwache, als ich eingeschlafen bin, und B viel zu lange penne?

Gähnend richte ich mich auf der Rückbank auf. Mein Nacken ist total verspannt von der schiefen unbequemen Lage, sodass ich ihn mit einem Stöhnen massiere, mir danach die Augen reibe.

»Guten Morgen, Aurelia«, begrüßt mich Kęstas gut gelaunt, der einen Blick in den Rückspiegel wirft, danach die Augen auf die verschneite Landstraße richtet, die von hohen Fichten umgeben ist.

»Hey ... Wie ...? Seit wann ...? Wieso?«

»Beendest du auch eine der vielen Fragen, die du mir stellen willst, oder soll ich anhalten, um dir einen Kaffee aufzutreiben?«

»Ich will auf einen Spielplatz«, platzt es aus Malvine heraus. »Mein Pony auch.«

»Ich habe aber Aurelia zuerst gefragt.«

Sofort dreht sich Malvine über die Rücklehne zu mir mit ihren großen leuchtenden Kinderaugen um.

»Willst du auch auf den Spielplatz?«

»Zuerst will ich meinen Verstand zusammenkratzen. Seit wann sind wir unterwegs? Und wohin geht die Reise?«

Mit einem zusammengekniffenen Auge, da mein Schädel brummt, lehne ich meine Schläfe gegen das kühle Fensterglas.

»Wir sind kurz nach acht Uhr gestartet und reisen nach Klaipéda.«

Klei..., was? Nach Litauen zurück? Warum hat er mich nicht vorher geweckt, meinetwegen mit zehn Liter Eiswasser, damit er mich nicht über meinen Kopf hinweg in seinen Wagen bugsiert und über die Grenze fährt?

»Nein, wir können nicht nach Litauen«, beschwere ich mich auf der Stelle.

»Wieso denn nicht?«, fragt Malvine neugierig. »Ich freue mich drauf. Dort gibt es auch Wasser.«

»Weil ...« *Weil ich noch nicht bereit war für die Abreise.* Ich wollte nachts, wenn Kęstas schläft, zu meiner Ferienwohnung rübergehen. Jetzt ist er mir zuvorgekommen und hat mich schlafend in seinen Audi gesetzt.

Fragend schaut er in den Rückspiegel, bevor er den Blinker setzt und in einer Haltebucht im Wald stoppt.

»Malvine, du bleibst im Wagen. Wir müssen kurz ein Erwachsenengespräch führen.«

Wackelig steige ich aus.

»Aber ich will mit raus«, bettelt sie und zerrt an dem Türgriff.

»Nein«, sagt er eindringlich. »Du wartest hier, sonst wirst du überfahren und dein Pony auch.«

Erschrocken schaut sie zu ihm auf und bleibt hocken, während ich die Autotür schließe und auf Kęstas losgehe.

»Sag mal, spinnst du, mich einfach in deinen Wagen zu verladen und nach Klaipéda zu fahren?!«

»Das reimt sich sogar.« Er lacht, streckt die Arme in die Luft und verschränkt die Finger hinter seinem Kopf, um sich zu recken. Er ignoriert meine Attacke komplett, auch, dass ich kräftig gegen seine Brust schlage.

»Verarsch mich nicht!«

»Wenn sich jemand verarscht vorkommt, dann bin das wohl ich, Aurelia. Du hast gestern beim Abendessen genickt, als wir über die Reise gesprochen haben, jetzt machst du einen Aufstand, als hätte ich dich entführt. Ich wollte dir bloß helfen. Denkst du, ich bringe Malvine zum Spaß nach Klaipéda? Ich habe mir die Ferien mit ihr auch anders vorgestellt.«

Schnaubend umrundet er die Motorhaube, verriegelt

den Wagen und weicht Malvines Blicken aus, da sie mit ihrer kleinen Nase förmlich an der Frontscheibe klebt, um das Gespräch zu belauschen.

Sofort nehme ich die Verfolgung auf und schlinge die Arme um mein weißes Shirt, da es saukalt ist.

»Du hättest mich zuvor wecken können.«

»Dann stell dir nächstes Mal einen Wecker«, ranzt er mich an, woraufhin ich ihn zwischen den Schulterblättern anstoße.

»Nicht witzig!«

Reflexartig dreht er sich zu mir um, schnappt mein Handgelenk und zieht mich mit einem Ruck an sich.

»Es ist auch kein Scherz gewesen, Aurelia! Mach mich jetzt nicht dafür verantwortlich, dass du von einem Typen verfolgt wirst und ich unseren gemeinsamen Plan durchgezogen habe. Wenn du gezögert hast, hättest du es mir rechtzeitig sagen sollen. Und schlag mich nicht ständig, Kratzbürste! Ich habe dir nichts getan.«

Sein Blick wird plötzlich unfassbar finster, während seine Gesichtszüge wie in Stein gemeißelt sind. Doch gleich darauf werden sie weicher. »Wenn du zurückfahren willst, organisiere ich dir ein Taxi, damit ich mir nicht nachsagen lassen muss, ich hätte eine Frau entführt.«

Tief durchatmend und zornig schaue ich zur Fahrbahn, als zwei Wagen an uns vorbeirauschen. Was soll ich jetzt machen? Wenn wir kurz nach acht Uhr losgefahren sind, befinden wir uns bereits in Litauen. Es kann nicht mehr weit sein bis zur Hafenstadt Klaipéda.

Noch vollkommen aufgelöst, beiße ich auf die Wangeninnenseite und reiße mich aus seinem Griff los.

»Was jetzt?«, hakt er nach.

»Gib mir einen Moment. Ich muss nachdenken.«

Es wäre besser, wenn ich Rysand anrufe, da sie sicher schon auf dem Weg nach Lettland sind. Ich könnte mich in Klaipéda mit ihm treffen, was wohl die klügste Idee ist. Was Besseres fällt mir auf die Schnelle nicht ein.

»Kannst du mir kurz dein Telefon ausleihen?«

»Sicher.« Er lässt mich beleidigt stehen, geht zum Wagen zurück, öffnet die Autotür und holt sein Smartphone aus dem Seitenfach.

Danach entsperrt er es und hält es mir hin. »Wen willst du jetzt anrufen?«

»Einen Freund, damit sie wissen, wo ich bin, und meine Sachen aus der Ferienwohnung abholen. Ich gehe mal davon aus, dass ich nichts dabeihabe außer das, was ich am Körper trage.«

Sein Schulterzucken beweist mir, dass es so ist. Henriette hätte ihn unmöglich in die Ferienwohnung gelassen, um meine Sachen zu packen. Sie kennt einen Teil meiner Vorgeschichte und wird nicht jeden in ihr Haus lassen.

Ich tippe Rysands Nummer ein, hebe das Handy zum Ohr und warte auf das Klingeln. Doch es geht kein Anruf raus. Nach dreißig Sekunden blicke ich verdutzt auf das

Display. Ich habe nur einen Balken. *Verdammt, wo ist hier Empfang?*

Nervös laufe ich den Waldweg, der von der Bucht abzweigt, weiter entlang und versuche es erneut. Kaum dass das erste zittrige Tuten ertönt, nimmt eine Frau ab.

»Ja, hallo, Zwonké.« *Was?*

Kęstas beobachtet mich aufmerksam und hebt fragend die Brauen.

»Kennen Sie einen Rysand?«

»Einen Rysand? Nein, kenne ich nicht.« *Verdammte Kacke!* Aufgewühlt trete ich gegen den Schneeklumpen zu meinen Füßen.

»Tut mir leid, ich habe mich wohl verwählt.« Ich lege auf, als mir klar wird, dass die Nummer falsch ist. Dabei habe ich sie auswendig gelernt und besitze ein super Zahlengedächtnis. Es muss sicher ein Zahlendreher drin sein.

Gott, verdammt. Und was jetzt?

»Was ist?«, erkundigt sich Kęstas genervt.

»Falsche Nummer. Ich hab sie wohl nicht richtig auswendig gelernt.«

»Und wie geht es jetzt weiter? Willst du noch ein Taxi oder fährst du mit uns?« Mein Blick wandert von Kęstas, in dessen dunklem Haar sich immer mehr weiße Schneeflocken verfangen, zu Malvine, die mit dem Gummipony gegen die Frontscheibe klopft.

Ich habe kein Geld. Ich habe kein Handy. Ich habe

nicht einmal meinen Laptop, Wechselkleidung oder Ausweise. Im Prinzip habe ich gar nichts.

Plötzlich fällt mir ein, dass ich Henriettes Kontakt im Internet suchen könnte. Zwar habe ich mir ihre Nummer nicht gemerkt, aber ich kann ihre Kontaktdaten bei AirBnB suchen.

Dummerweise ist hier kein Internet. Das Netz ist miserabel.

»Kommt endlich!«, ruft Malvine im Wagen.

Kęstas tritt an mich heran, umfasst meine Mitte und zieht mich an seinen geöffneten schwarzen Mantel. Behutsam streichelt er über mein offenes braunes Haar und legt sein Kinn auf meinem Kopf ab.

»Fahr mit uns und wir sehen, wie es weitergeht. Ich kann dir auch Geld leihen. Das ist überhaupt kein Problem.«

Das will ich aber nicht. Nur hier im Wald ohne Handy hocken und auf ein Taxi warten, das mich womöglich nicht findet, ist auch keine Option. Trampen kommt überhaupt nicht infrage, laufen geht sowieso nicht. Also was bleibt mir schon übrig? In Klaipéda hätte ich wenigstens die Möglichkeit, wenn ich es immer noch will, in eine Bahn zu steigen und zu gehen.

»Okay«, ringe ich mich zu der einzig richtigen Entscheidung durch. »Fahren wir weiter. Ich komme mit. Aber nur, wenn ich wirklich einen Kaffee bekomme«, sage ich schmunzelnd und boxe gegen seine Brust.

Ich höre ihn belustigt schnauben, bevor er mich an

den Schultern ein Stück zurückschiebt, danach mein Kinn besitzergreifend umfasst und ich gezwungen bin, in sein schön geschnittenes Gesicht zu blicken.

Er schlingt eine Hälfte seines Mantels um mich, bevor er geheimnisvoll lächelt und mich danach küsst. Weitere Schneeflocken wirbeln um uns herum, als der Kuss an Geschwindigkeit zunimmt und unsere Zungen immer neckender und verspielter miteinander verschmelzen.

»Du wirst es nicht bereuen«, raunt er vor meinen Lippen mit diesem dunklen Funkeln in seinen Iriden. Er weiß genau, was er tut, was mir in diesem Moment irgendwie eine schwere Last von den Schultern nimmt. Denn mit der Zeit, so kommt es mir vor, weiß ich nicht mehr, was ich noch tue. Als würde ich wie eine verlorene Feder aus dem Himmel über einer Stadt umherstrudeln und nicht wissen, wo ich landen soll.

Doch er bietet mir beide Hände an, um mich aufzufangen, damit ich nicht vom finstersten Kanal verschluckt werde.

»Tut mir leid wegen vorhin«, wispere ich, streife meine Lippen über seine und versinke in seinen palisanderfarbenen unergründlichen Iriden.

»Vergessen wir es einfach. Du bist durcheinander und verwirrt, das kann ich gut nachvollziehen.« Behutsam streichelt er über meinen Rücken.

»Gehen wir zurück zur Ponyhalterin, bevor sie das Auto demoliert.« Mit einem charismatischen breiten Lächeln schaut er an mir vorbei zu seinem dunklen Audi, dreht mich bestimmt an den Schultern um und schiebt mich anschließend zu seinem Auto.

Im Gehen überlasse ich ihm wieder sein Handy. Irgendwie fühle ich mich in seiner Nähe ausgeglichen und beruhigt, als wäre alles nicht so schlimm, wie es eigentlich ist. Er hat eine sehr beruhigende Ausstrahlung, die auf mich abfärbt.

Im Auto lausche ich den Liedern von Malvine, da sie eine CD eingelegt hat und mitsingt.

Nicht lange und wir erreichen Klaipéda, eine der größten Hafenstädte Litauens. Kęstas erzählt mir während der Fahrt, wo wir unterkommen werden. Dass er einen Freund kennt, der dort ein Haus besitzt, das für ihn allein viel zu groß ist.

Als wir vor dem besagten eingezäunten Haus halten, hätte ich mir auf der Fahrt nicht träumen lassen, wie groß das Gebäude wirklich ist. Es ist eine moderne Stadtvilla mit großen Fensterfronten, Balkonen mit Glasgeländern, einem großen, neu angelegten Garten mit Pavillon und abgedecktem Pool.

»Sind wir jetzt da?«, fragt Malvine, die das Haus noch nicht zu kennen scheint.

»Ja, jetzt sind wir da.« Unruhig rutscht sie auf dem Sitz hin und her, schiebt das Pony in ihren türkisfarbenen Anorak und schnallt sich ab, während sich das große Flügeltor öffnet. Kęstas fährt auf die Einfahrt zu der Doppelgarage und hält vor den Toren. Augenblicklich springt Malvine aus dem Auto, hüpft freudestrahlend durch den Schnee und blickt zehn Sekunden später einem Dobermann entgegen, der laut kläffend vor ihr anhält. Panisch schreit sie auf und drückt sich gegen den Audi.

Kęstas umrundet die Motorhaube, als ich aussteige, um ihr zu helfen, und macht nur ein Handzeichen, schon legt sich der große schwarze Hund mit dem feindseligen Blick hin und winselt leise.

Malvine rennt um die Motorhaube auf Kęstas zu, um sich hinter ihm zu verstecken und an seinem Bein festzuhalten.

»Ich habe Angst vor ihm.«

Wenn ich ehrlich bin, habe ich die auch, da er vollkommen aggressiv auf Malvine zugerannt ist.

»Er kennt dich bloß noch nicht und dachte, du bist ein Eindringling. Neptun!« Kęstas pfeift und sofort erhebt sich der Hund, der auf ihn zuläuft und sich danach zwischen den Ohren kraulen lässt.

So wie es aussieht, scheint Kęstas öfter bei diesem besagten Freund zu sein, wenn selbst der Hund auf ihn hört. Ein zweiter läuft geschmeidig um die Garage herum auf uns zu, sodass ich nach Luft schnappe. Allerdings bellt und knurrt er nicht, sondern setzt sich direkt neben Neptun vor Kęstas hin. »Streichel ihn ruhig, Malvine.«

Sie schüttelt den Kopf und kneift die Augen zusammen.

»Da seid ihr ja endlich«, ruft jemand laut vom Hauseingang, sodass ich mich schreckhaft umdrehe und einen

Typen mit schwarzem zusammengebundenem Haar, in dunklem Hemd und Anzughose in der Tür stehen sehe. Daneben befindet sich eine Frau in einem cremefarbenen Rollkragenpullover, engen blauen Jeans und einem roten Tuch in ihrem hellblonden Haar.

Sprach er nicht von einem Freund?

»Ja, was soll ich sagen, es gab einige Baustellen und Staus. Schön, dass es so kurzfristig geklappt hat«, begrüßt Kęstas die beiden. »Das sind Aurelia und meine Nichte Malvine. Aurelia, das sind Narusha und Rimus«, stellt er uns vor, als er auf beide zugeht.

»Was soll der Blödsinn? Ich kenne Malvine doch. Mann, bist du groß geworden. Das letzte Mal habe ich dich vor einem Jahr gesehen.«

Malvine hingegen trottet, um Kęstas' Beine herumschleichend, auf beide zu und behält die Hunde wachsam im Auge.

Aus den Augenwinkeln schaue ich zu den beiden Dobermännern, die in einem lockeren Gang auf ihre Besitzer zugehen und mich nicht mehr beachten.

Als Kęstas und Malvine ins Haus gehen, da es draußen eiskalt ist, dreht er sich zu mir um.

»Kommst du?«

Ich gebe mir einen Ruck, bevor ich mich dazu entschließe, ihnen zu folgen. Was ich noch nie mochte, ist, das Haus fremder Leute zu betreten. Allerdings kann ich nicht in der Kälte stehen bleiben und zur Eisskulptur werden. Können schon, aber wollen nicht.

Im Haus von Narusha und Rimus ist nichts Auffälliges zu finden. Klar sind beide nicht gerade arm und stellen zur Schau, was sie sich leisten können, trotzdem sieht es aus wie in einem normalen Hausstand.

»Kęstas«, rufe ich ihn und tippe gegen seine Schulter, als wir die Betontreppe mit Glasgeländer nach oben steigen.

»Was ist?«

»Ich will mich nicht aufdrängen. Am besten, ich suche mir ein Hotel oder –«.

»Keine Sorge, Aurelia, du bist keine Last. Mach dir darüber keine Sorgen«, spricht Rimus direkt hinter mir und schiebt mich die Treppe höher. »Ihr bekommt die zwei Zimmer gleich rechts neben dem Bad.« Mit der rechten Hand deutet er Kęstas an, wo er abbiegen soll.

Umzingelt von Kęstas und Rimus kann ich kaum eine Drehung machen und abhauen. Außerdem käme ich nicht ungesehen an den Hunden vorbei, die sicher Alarm schlagen, sobald ich davonlaufe. Und das Tor könnte auch zum Problem werden. Warum nur beschleicht mich dieses merkwürdige Gefühl, in der Klemme zu sitzen?

Sie sind alle freundlich und wollen uns helfen, wieso also habe ich dieses mulmige Gefühl, direkt in eine Falle gelaufen zu sein?

Im dritten Stock angekommen, öffnet Rimus zwei hohe Türen, hinter denen sich je ein Schlafzimmer mit Kommoden, Fernseher und Schrank befindet.

»Kommt erst mal an und packt in Ruhe aus.« Rimus

lächelt mir freundlich entgegen, bevor er die Räume abläuft und die Heizungen kontrolliert.

Äh, ja, klar. Wie soll ich etwas auspacken, wenn ich nichts dabeihabe?

»Darf ich das Zimmer haben?« Malvine zeigt in den Raum, in dem ein 1,80 breites Bett steht. Im anderen Raum befindet sich ein ganz normales Bett für eine Person.

»Ich dachte eher, du nimmst das schönere Zimmer mit dem größeren Fernseher und ich teile mir eines mit Aurelia.«

Augenblicklich erstarre ich, als ich Kęstas' Worte höre.

»Kein Ding. Ich nehme auch das Einzelbett und ihr beide teilt euch das große«, lege ich mein Veto ein, da ich es für keine gute Idee halte, mit Kęstas in einem Bett zu schlafen. Das wäre die erste gemeinsame Nacht, falls ich hierbleiben sollte.

»Dein Ernst?« Kęstas schaut mich irgendwie enttäuscht und überrascht an, da er wohl nicht mit dieser Reaktion gerechnet hat.

»Nein, ich möchte mein eigenes Zimmer haben«, sagt Malvine. »Dann nehme ich das mit dem großen Fernseher.« Sie rennt in das Zimmer, woraufhin Rimus ihr folgt.

»Was ist los mit dir? Vertraust du mir nicht? Mache ich dir Angst?«, erkundigt sich Kęstas bei mir, tritt an mich heran und sucht meinen Blick.

»Nein.« Ich schüttele den Kopf und weiche seinen forschenden Blicken aus. »Das nicht. Ich bin kein Angsthase. Aber denkst du nicht, es wäre etwas zu früh, wenn wir nebeneinander schlafen?«

Nicht einmal Arūnas ließ mich die ersten Nächte neben sich schlafen, geschweige denn, ich hätte es freiwillig gewollt, neben dem Schlafwandler ein Auge zuzumachen.

»Ah, verstehe. Du brauchst keine Hemmungen zu haben. Los, hab dich nicht so.« Er hebt mich an der Mitte an, um mich in das große Zimmer, das sogar hinter der Tür versteckt einen Tisch mit vier Stühlen besitzt, zu tragen. Auf dem Bett lässt er mich fallen und ist keine zwei Sekunden später über mir, um mich zu küssen.

Seine Hand schmiegt sich um meinen Unterkiefer, während seine Zähne an meiner Unterlippe knabbern und er jeden Gesichtszug von mir studiert.

Um nicht wie eine Vollidiotin rüberzukommen, erwidere ich den Kuss, schiebe meine Finger in sein dunkles seidiges Haar und winkle mein rechtes Bein neben seiner Hüfte an.

Er lässt mich seine Härte spüren, als er sich zwischen meine Beine schiebt und an mir reibt.

»Das wird sicher eine unvergessliche Zeit, meine Schöne«, raunt er betörend vor meinen Lippen, bevor er sich alles von mir nimmt und den Kuss führt, ohne dass ich mich von seinem Mund trennen kann.

13

ARŪNAS

Immer wieder schrecke ich auf, kämpfe gegen den bestialischen Schmerz an und, ich schwöre, würde mir jeden Moment die Organe selbst herausschneiden, wenn es dadurch endlich aufhören würde, so wehzutun. Ich bin sicher keine Memme oder ein Weichei, aber das sind die höllischsten Schmerzen meines gesamten Lebens.

Als ich auf der Rückbank liegend das graue Shirt anhebe, um mir die genähte Wunde anzusehen, fallen mir die roten Ränder auf. Das Fieber, der Schüttelfrost, die Atemnot, die Krämpfe und dieses Herzrasen …

Mein Mund fühlt sich trocken an, das Schlucken fällt mir immer schwerer.

»Rys«, bringe ich hervor und umfasse die Lehne von Jones' Sitz, damit er mich über die Musik hinweg bemerkt.

Als hätte ich Rysand nur in Gedanken gerufen, hebt er den aufgestützten Kopf von der Hand und dreht sich zu mir.

Ein Blick von ihm in mein Gesicht genügt und er weiß, was los ist. Er kann mich angestrengt keuchen sehen, auch wenn er es nicht hört.

»Die Klinge war vergiftet«, stößt er hervor. »Warum bin ich nicht eher darauf gekommen? Nojus, stopp sofort.«

»Wir sind auf der Autobahn und ich fahre 170 km/h.«

»Scheißegal, selbst wenn dort ein Zebra stehen würde. Halt am Standstreifen an!«, befiehlt Rysand Nojus, der rechts auf dem Standstreifen mit eingeschalteten Warnblinkern abbremst.

Rysand springt aus dem Wagen, geht zum Kofferraum, um den Notfallkoffer herauszuholen, und tauscht mit Jones die Plätze.

»Jetzt fahr wieder weiter!«, ruft er Nojus zu, da er sich zu uns umdreht.

»Was hat er?«, fragt Zydrunas.

Ich greife nach Rysands Hand, als er den silbernen

Koffer aufklappt, darin die Ampullen, Medikamente und Seren durchsucht.

»Mach keinen Scheiß, okay?«, bitte ich ihn mit einem flehenden Blick. Er hat zwar Medizin studiert, beliest sich auch heute noch zu der Thematik, aber hatte nie eine Lizenz, Menschen zu behandeln.

»Keine Sorge, du bist nur mein Versuchskaninchen.« Er grinst überheblich, bevor seine Gesichtszüge ernst werden. »Herzschlag?«

»Etwa 160 pro Minute oder so«, antworte ich ihm. Ich habe mehrmals meinen Puls abgetastet und gezählt. Er rast, als würde ich einen Sprint über mehrere Kilometer hinlegen.

Um selbst zu überprüfen, ob ich richtig gezählt habe, nimmt er mein Handgelenk und kontrolliert meinen Puls. Danach flucht er und fordert mich auf, den Mund zu öffnen. Im selben Moment schlingert der Wagen kurz.

»Nojus, Augen auf die Fahrbahn!«, maßregelt er ihn, woraufhin ich grinsen muss.

»Ich will nie dein Sohn sein. Echt nicht, Rys.«

»Ich bin der beste Vater der Welt, das hat letztens noch Riana zu mir gesagt.« Ein spöttisches Grinsen breitet sich auf seinen Lippen aus, bevor er meine Schleimhäute mit dem Taschenlampenlicht seines Handys begutachtet.

»Mir wäre es lieber, ich wäre bewusstlos, wenn du meine Mandeln betrachtest«, nuschele ich mit halb offenem Mund.

»Glaub mir, ich schaue Riana auch lieber in den

Mund, wenn sie schluckt, als dir. Sieht übel aus. Warum hast du nicht eher etwas gesagt?«

»Ich heul nun mal nicht gleich bei … dem kleinsten Kratzer los.«

»Jones, wofür bist du da?«, ranzt er ihn an. »Wie viele Tabletten hast du ihm gegeben?«

»Die Maximaldosis laut Vilius. Er hat nur gepennt. Ich dachte, ihm geht es gut, und wenn nicht, würde er es mir sagen.«

»Lass ihn in Ruhe«, murmele ich. Jones ist der netteste und korrekteste Typ von uns allen. Er hätte mich nie absichtlich leiden lassen.

Während Nojus mit Vollgas über die Autobahn fährt, Rysand eine Spritze aufzieht, klingelt meine rechte Pobacke. Ich rolle mich auf der Rückbank zur Seite, um mit der Hand danach zu tasten, aber erreiche sie nicht.

»An den Arsch gehst du mir nicht auch noch«, sage ich, als Rysand sich über mich hinweg beugt und nach meinem Telefon tastet.

»Was treibt ihr dort hinten?«, erkundigt sich Jones.

»Die befummeln sich gerade.« Nojus lacht. »Am besten, wir legen einen Stopp ein, bevor uns der Sauerstoff ausgeht und die Scheiben beschlagen.«

Ich muss über Nojus' dämlichen Joke lachen, bevor ich Rys' Lederjacke zu fassen bekomme und ihn zu mir ziehe. »Geh du ran.«

Anschließend gebe ich ihm mein Handy und hoffe so sehr, dass es Moira ist, die sich meldet.

»Ich rufe gleich zurück. Zuvor musst du …« Schon schiebt er meinen Ärmel höher, bindet meinen Arm ab, sucht eine Vene und schiebt die Nadel in meinen ausgestreckten Arm, obwohl ich jeden Moment die Befürchtung habe, er sticht daneben.

»Kannst du mal sagen, wenns losgeht!«, beschwere ich mich. Rysands Augen funkeln spöttisch.

»Du bist ja wie eine Frau.«

Ich zeig dir gleich, wie ich wirklich bin.

»Leute, das nächste Mal fahre ich hinter euch her. Das geb ich mir nicht noch mal.« Zydrunas schaut genervt zwischen Rys und mir hin und her.

»Dumm nur, dass wir das Sagen haben. Jetzt treib was zu trinken auf, bevor er dehydriert. Kaffee wäre ideal.«

»Gin bitte«, antworte ich mit geschlossenen Augen. Was für ein hammermäßiges Zeug hat er mir verabreicht? Er zieht die Nadel aus meinem Arm, übt Druck auf die Stelle aus und klopft mit der anderen Hand an meine Wange.

»Noch nicht einschlafen.«

Wieso nicht? Ich versuche die Augen offen zu halten, gegen die Müdigkeit anzukämpfen und sehe im selben Moment Moiras grüne Augen vor mir. Ihr Gesicht nimmt nach und nach Gestalt an. Ich würde sie am liebsten an mich ziehen.

»Was sagt er da?«, höre ich Zydrunas fragen.

»Es wird gleich wieder. Sein Kreislauf spielt verrückt.«

Tief in meinem Inneren höre ich, wie sich meine Herzschläge verlangsamen und sich die Unruhe und das schwere Atmen auflösen.

»Er ist dermaßen in die Kleine verknallt.« Es ist Nojus, der das sagt, irgendwo weiter entfernt. Er hat recht. Ich will Moira. Ich will sie finden und es dieses Mal richtig machen. Mich nicht mehr von diesem Bastard Magnus täuschen, abstechen und vergiften lassen. Diese Ratte spielt jedes Mal unfair. Wenn dieser Nachbar Kęstas Tumat wirklich Magnus ist, werde ich ihn wie einen Fisch ausnehmen. Noch bin ich mir nicht sicher, ob ich mit meiner Vermutung richtigliege, da die Datenbank wenig über ihn verrät. Wenn ich vor ihm stehe, werde ich wissen, ob er es ist. Ich werde ihn an seinen heimtückischen Augen erkennen, seiner geraden Haltung, seinem markanten Gang, seiner gekünstelten Stimme.

Und danach werde ich keine Sekunde zögern, um ihn loszuwerden.

14
MAGNUS

Das Klacken des Haustürschlosses ist zu hören.

Das Tapsen des Hundes über die Fliesen erklingt.

»Ab auf die Decke«, weist sie ihren Hund an.

Zu tragisch – denke ich. *Wer wird sich um ihn kümmern? Was solls, es kann mir egal sein. Vielleicht jage ich ihn über die Straße und er findet winselnd Zuflucht bei einem Nachbarn.*

Gelassen kreise ich die Klinge zwischen meinen

Händen. Die Spitze bohrt sich in das dünne Leder der linken Handfläche, während ich es einfach bloß hinter mich bringen will.

Entspannt lehne ich mich auf dem Sessel zurück, wippe mit dem rechten Fuß, dessen Knöchel auf meinem linken Knie ruht.

Innerlich zähle ich ihre letzten Sekunden. Ihre Atemzüge, ihre Herzschläge, die bereits gezählt sind.

Komplett in der Dunkelheit sitzend bemerkt sie mich zuerst gar nicht, geht vom Wohnzimmer in die Küche und stoppt auf der Hälfte des Weges.

Ich neige das Gesicht hinter der hellen Maske zur Seite und folge jeder ihrer Bewegungen. Sie zuckt zusammen, ihre Finger bewegen sich unruhig neben ihren Beinen. Sie weiß ganz genau, in welcher bedrohlichen Situation sie sich befindet. Ganz sicher legt sie sich einen Plan zurecht, um mir zu entkommen oder zu der versteckten Waffe neben der Anrichte zu greifen.

Lass es besser bleiben. Es ist vorbei. Du hattest deine Chance, Henriette.

Absolut lebensmüde, wie sie ist, greift sie zum Gewehr und dreht sich mit ihm zu mir.

»Ich habe mich schon gefragt, wann deine Leute oder du mich wieder besuchen werden.«

»Dass ich solch einen unvergesslichen Eindruck hinterlassen habe, dass du auf meinen Besuch sehnlichst wartest, schmeichelt mir sehr.«

Ich stoppe das Drehen der Schneide, richte mich im

Sessel, in dem sie jeden Abend regelmäßig vor dem Fernseher eindöst, auf und lache süffisant. »Leider bin ich ohne Begleitung hier. Meine Leute warten vor dem Haus.«

Sie hat sie nicht einmal bemerkt.

Sie lädt ihr Gewehr und kommt langsam auf mich zu. »Du lässt dich dazu herab, persönlich und ohne Schutz aufzutauchen? Es ist eine Falle.«

»Es ist der Tag, an dem wir getrennte Wege gehen werden. Doch bevor wir das tun …« Langsam schwinge ich meinen Mantel zurück und erhebe mich geschmeidig aus dem Sessel. Hin und wieder tritt dieses lästige Stechen in meinem Oberschenkel auf, das ich kaum zurückdrängen kann. Dafür wird Arūnas sicher auf der Schwelle des Todes stehen und ich ihn endgültig los sein. »… Will ich wissen, wann sie bei dir aufgekreuzt sind.«

»Wen meinst du?«

»Stell dich nicht so dumm. Die Vanags. Du hast Moira die Nummer einer der Anführer gegeben.«

»Woher …« Sie blinzelt mit geöffnetem Mund, bevor sie schäbig lacht. »Ich wusste es. Die gesamte Zeit. Ich sage gar nichts und hoffe für Moira, dass sie gefunden wird.«

Feindselig kneife ich die Augen zusammen. »Henriette, hoffen ist etwas für die Schwachen, beten für die voller Trauer und Verzweiflung. Handeln für die Mutigen.«

»Lass dein Gerede, Magnus!« Sie wagt es, weiter auf

mich zuzukommen, während ich überlegen lache. Ihr Hund springt bellend gegen die geschlossene Wohnzimmertür. »Wir wissen beide, dass du hier bist, um mich zu töten, weil ich dein Angebot abgelehnt habe.«

Ich stöhne gespielt nachdenklich unter der Maske. »Du weißt zu viel. Du hattest eine Aufgabe und hast sie nicht erfüllt. Hättest du die Tür nicht geöffnet, wäre ich nicht hier.«

»Fahr zur Hölle!«, schreit sie mich an und drückt den Abzug. Ein Klacken ist zu hören, dem kein Schuss folgt. Wieder neige ich das Gesicht interessiert, um ihre Reaktion abzuwarten.

»Glaubst du wirklich, ich statte dir einen Besuch ab, ohne mich vorher vergewissert zu haben, wo welche Waffe herumsteht?« Aus der Manteltasche hole ich die Patronen, die ich mit ausgestrecktem Arm nach vorn einzeln auf den Boden fallen lasse und dunkel lache, als ihr die Verzweiflung ins Gesicht geschrieben steht. Ihre Augen werden größer, als sie begreift, mir vollkommen ausgeliefert zu sein. Sie könnte den Patronen hinterherhechten, wird sie aber nicht rechtzeitig im Dunkeln finden, bevor ich ihr die Kehle aufgeschlitzt habe.

»Einen letzten Wunsch?«, richte ich meine Frage an sie, umfasse ihr Gewehr und ziehe sie zu mir. Sie zerrt an der Waffe und schüttelt den Kopf. »Du wirst damit nicht ewig durchkommen. Irgendwann finden sie dich!«

»Diese Worte höre ich nicht zum ersten Mal.« Mit

einem Ruck ziehe ich die Waffe zu mir und drehe dabei Henriette direkt vor mich, um den Lauf des Gewehrs zu ihrem Hals zu heben. Mit all ihren Kräften stemmt sie sich dagegen und umfasst den langen Lauf des Jagdgewehres, um es von sich zu drücken. Gegen mich hat sie keine Chance.

Sie will mich treten, schreit laut um Hilfe und stemmt sich gegen ihre eigene Waffe, die ich fest an ihre Kehle drücke.

»Du wirst es kaum spüren«, flüstere ich ihr nach Minuten, in denen sie gegen den Tod ankämpft, beinahe zärtlich ins Ohr. Sie stöhnt und keucht immer schwächer, bevor ihre Finger vom Lauf abrutschen, ihr Kopf gegen meine Schulter drückt und sich hin und her bewegt.

Ich atme ihren Geruch ein, als sie sich immer weniger zur Wehr setzt und ihre Kräfte sie verlassen. Jaulend springt ihr Dalmatiner weiter gegen die Glastür, scharrt vor der Schwelle und bellt aufgeregt.

Bevor er die Nachbarn anlockt, verstärke ich den Druck um Henriettes Hals, höre ihr hohes Röcheln und ihre schwachen letzten Atemzüge. Als sie schlaff zusammensackt, löse ich nach über einer Minute den Lauf von ihrem Hals, lege ihren leblosen Körper behutsam auf den Teppichboden vor der Couch ab und hole meine Klinge unter dem Mantel hervor. Das Gesicht zur Seite gedreht, sind ihre Augen geschlossen. Ihre Hände ruhen locker neben ihrem Becken.

Bedauerlicherweise hat sie zu viel gesehen und weiß zu viel. Langsam setze ich die Klingenspitze auf ihren Hals, bevor ich den Druck erhöhe und das Bellen des Hundes ausblende.

»Erzähl den Toten von mir«, raune ich in ihr Gesicht, beuge mich über sie und ziehe die Klinge mit einer geübten Bewegung über ihren Hals. Blut quillt hervor, tritt aus dem Schnitt wie ein überquellender Fluss und rinnt ihren Hals entlang. Nach einer Minute liegt ihr Kopf in einer Blutlache, verströmt Blut diesen unverwechselbaren Duft von Leben und Tod. Ich nehme einen tiefen Atemzug, knie einen Moment neben ihr, um mich von ihr zu verabschieden. Mit den behandschuhten Fingern streiche ich krause Strähnen aus ihrer Wange und lausche dem Ticken ihrer Standuhr. *Tick-tack. Tick-tack.*

Der Tod kommt auf leisen Sohlen in dieses Haus geschlichen, um sich die Seelen der Sünder und Verräter zu holen. Sie hätte leben können, wenn sie nicht so närrisch gewesen wäre. Ich hätte ihr ein langes Leben geschenkt.

Als ich fertig bin, richte ich mich mit einem Knurren auf. Wieder sticht der Schmerz in meinem Oberschenkel. Ich wische die Klinge am Mantel ab und verlasse danach das Haus durch das Fenster.

Weiterhin begleitet mich das Jaulen und Winseln des Hundes, als ich durch den Garten laufe und auf die schwarze Limousine zugehe.

Rowan öffnet mir die Tür, bevor ich einsteige und ihm das Messer überlasse.

»Öffnet die Haustür, brecht die Schlösser heraus und werft die Scheiben ein. Durchwühlt ihre Sachen, aber vergreift euch nicht an den Tieren. Lasst es wie einen Einbruch aussehen und die Leiche verschwinden.« Zwei meiner Leute nicken ergeben unter ihren schwarzen Kapuzen, dann begeben sie sich wie Schatten zum Haus.

Die Polizei dürfte eine Weile beschäftigt sein, bevor sie irgendwann oder nie auf mich stoßen. Denn ich lasse sie nur meine Ritualmorde wissen und präsentiere sie ihnen wie ein Schauspiel. Die Menschen, die friedlich durch meine Hand sterben durften, achte ich. Sie haben die Blicke der fremden Schaulustigen nicht verdient, die sie mit ihrer Anwesenheit kränken und im Tod beschämen. Der Tod ist etwas Heiliges, etwas Unumkehrbares, etwas Intimes, was ich respektiere. Ich zeige bloß das auf, was mit reuelosen, getriebenen, im Inneren verkümmerten und selbstverliebten Menschen geschieht, die anderen Steine in den Weg legen oder sich unfairerweise am Leid der anderen profitieren, sich an ihrer Trauer ergötzen und sich besser fühlen, indem sie andere Menschen mit Füßen treten.

Meine Handlungen wird niemand verstehen bis auf meine treuen Anhänger. In den Medien werden meine Morde missverstanden und als Gräueltaten bezeichnet. Ich bin für sie nichts weiter als die Personifikation des

Teufels, der den Menschen auf grauenhafte Art und Weise ihre Seelen raubt.

Man kann den leichten Weg einschlagen und nur das sehen, was vor einem liegt. Man kann sich jedoch die Mühe machen und die Hintergründe genauer beleuchten. Bisher werden die Opfer in Schutz genommen, als wären sie brave Lämmchen gewesen, die stets freundlich und friedfertig waren. Nach dem Tod werden bloß ihre guten Charaktereigenschaften erwähnt. Die Spuren des Leids, die sie zuvor hinterlassen haben, interessiert weder die Presse noch die Ermittler. Es ist auch herrlich leicht, wenn die Rede davon ist, dass Unschuldige ermordet wurden. Das erhöht die Sensationsgeilheit. Niemand würde Bedauern zeigen oder Mitgefühl mit einem Triebtäter oder einer intriganten, manipulativen Frau haben. Das Interesse wäre nur halb so groß, da unter den Zuschauern einige nickend meine Taten für gutheißen könnten.

Wozu sollte ich Menschen, die versuchen, ein strukturiertes ehrliches Leben zu führen, töten, wenn die Welt so viele verdorbene Seelen für mich übrig lässt? Ich gebe ihnen zuvor immer die Möglichkeit, sich zu ändern, doch die meisten ignorieren meine Vorschläge und glauben, mir entkommen zu können. Wie absolut töricht von ihnen, so über mich zu denken.

»Lief alles nach Plan?«, erkundigt sich mein Fahrer, nachdem ich es mir auf dem Sitz bequem gemacht habe, mein verletztes Bein ausstrecke und zum Haus, das zwischen verschneiten Büschen steht, schaue.

»Ja. Bald sind alle Hindernisse aus dem Weg geräumt«, antworte ich Dikar mit einem ruhigen, selbstzufriedenen Klang in meiner Stimme.

Er nickt erleichtert und lässt danach den Motor an. »Wir sollten uns in wenigen Tagen um Kęstas kümmern. Es könnte von Vorteil sein, wenn wir ihm zeigen, in welche Sache er sich ungebeten eingemischt hat.«

Dikar lacht dunkel, gibt Gas und fährt durch die verschlafene Wohngegend, in der in den wenigsten Fenstern Licht brennt.

»Vor Moira?«

»Wieso nicht. Es kann nicht schaden, wenn sie sieht, dass es niemanden gibt, der sie beschützen kann außer uns.«

Mit geschlossenen Augen lehne ich mich tiefer in den Rücksitz und massiere dabei sanft mein Bein. Anschließend nehme ich die Maske von meinem Gesicht und werde den Mantel los, der verbrannt werden muss.

»Dann geht es nach Klaipéda?«, erkundigt sich Dikar mit einem rasiermesserscharfen Blick. Zwischen seinen dunklen Brauen entdecke ich eine tiefe Furche, die weitere Stirnfalten hervorruft.

»Noch heute Nacht. Informiere die wichtigsten Mitglieder. Es soll ein Szenario werden, das sie nicht so schnell vergisst.«

Dikar hebt den Blick von der Fahrbahn zum Rückspiegel. Er nickt ergeben, hebt seine rechte Hand als Zeichen, meinen Befehl zu befolgen. Denn auf seinem

Handrücken starrt mich das schwarze Auge der Verdammnis an, das alles sieht und nichts vergisst. Ein feines und müdes Lächeln lässt meine Mundwinkel zucken.

»Du kannst dich auf mich verlassen.«

Ich schaue von ihm zu der verschneiten Winterlandschaft und atme ein letztes Mal den Duft des Blutes ein, das an meinen Handschuhen klebt.

15

MOIRA

Sie sind auf dem Weg hierher. Mit dem Gedanken bin ich gestern vor Kęstas im Bett eingeschlafen. Nachdem er mir erneut sein Handy geliehen hat, konnte ich Henriette erreichen, der es Gott sei Dank gut geht.

Sie hat mir erzählt, dass Arūnas mit weiteren vier Männern vor ihrer Tür stand. Arūnas war ihrer Ansicht nach in einer ziemlich schlechten Verfassung. Er sah angeblich aus, als würde er jede Sekunde umkippen.

Wenn es ihm so schlecht geht, warum hat er sich auf die Suche begeben? Er hätte meinetwegen die anderen losschicken können, aber hätte sich nicht wieder in Gefahr bringen sollen, obwohl es ihm nicht gut geht.

Kurz darauf gab sie mir Arūnas' Nummer durch, die ich mir dieses Mal genauestens eingeprägt habe. Doch statt dass er den Anruf entgegengenommen hat, war Rysand am anderen Ende.

Er machte einen ziemlich gestressten Eindruck, wollte nur wissen, wo ich bin, wer bei mir ist, ob es mir gut geht. Jede Frage von mir würgte er ab und legte ohne Vorwarnung auf, nachdem er meine Antworten erhielt.

Mit dem Kerl werde ich einfach nicht warm und will ich auch nicht werden. Er ist eiskalt und emotionslos wie ein Granitstein. Ich frage mich wirklich, wie es eine Frau an seiner Seite aushält, ohne in den Wahnsinn getrieben zu werden.

Ich hätte zu gern von ihm gehört, wie es Arūnas geht, wo er ist, ob er sich um ihn kümmert. Auch meine Nachrichten brachten nichts. Ich schrieb Arūnas mehrere Textnachrichten, die bisher alle unbeantwortet geblieben sind.

Somit heißt es abwarten und Tee trinken, bis sie hier eintreffen und mich abholen. Kęstas weiterhin in diesen gefährlichen Strudel mit reinziehen, will ich auf gar keinen Fall.

Auch wenn er sich wirklich Sorgen um mich macht, mir seine Hilfe anbietet, freundlich zu mir ist, will ich ihm oder seinen Freunden nicht länger auf der Tasche liegen.

Jedoch war eine Sache merkwürdig: Er wirkte ziemlich erstaunt, dass ich an Arūnas' Nummer gekommen bin und ihn angerufen habe. Ob er merkt, dass etwas zwischen ihm und mir lief? Ob er eifersüchtig ist?

Ich wollte ihn nicht darauf ansprechen. Am Abend saßen wir in einer gemütlichen Runde zu viert vor dem Kamin zusammen, bevor ich beschloss, ins Bett zu gehen. Keine Ahnung, wann und ob er sich überhaupt zu mir gelegt hat. Zumindest habe ich es nicht bemerkt. Ich wurde wach, als er über meine Wange strich und vor dem Bett kniete, um mich mit einer Tasse Kaffee zu wecken.

Diesen herrlich düsteren und vereinnahmenden Blick von ihm werde ich nicht so schnell vergessen. Er lächelt zwar selten, aber wenn, geht mir dieses rare Lächeln unter die Haut. Arūnas und er stehen in einem absoluten Kontrast zueinander.

Während Arūnas immer einen Scherz auf den Lippen parat hat, ist Kęstas meistens ernst und zeitweise unnahbar. Doch wenn Arūnas etwas beschäftigt und er entschlossen ist, finde ich es genauso anziehend, wie wenn Kęstas lächelt und mich beruhigt.

Als ich bloß in Unterwäsche aus dem Bett steige, suche ich meine Kleidung von gestern, die ich auf der karminroten Polsterbank am Fußende des Bettes abgelegt habe. Sie ist verschwunden. Kęstas steht mittlerweile unter der Dusche, während ich das Zimmer nach meinen

Klamotten absuche, die sich nicht mehr an dem Platz befinden, an dem ich sie zurückgelassen habe. *Wieso nicht? Ich leide noch nicht unter Demenz oder Alzheimer.*

Das Rauschen des Wassers verstummt, bevor Kęstas in einem schwarzen Bademantel und mit feuchtem, aus dem Gesicht gekämmten Haar das Schlafzimmer betritt.

»Hast du meine Kleidung gesehen?«, frage ich ihn, nachdem ich meine Blicke von ihm lösen kann und hinter dem Sessel in der Ecke nachsehe. Seine Gesichtszüge wirken etwas verblüfft, als er sich mit einem Handtuch über den Nacken reibt.

»Ich vermute mal, dass Narusha sie eingesammelt hat und gerade wäscht. Ist doch nett von ihr. So habe ich einen wundervollen Anblick am Morgen.«

Als ich mich hinter dem Sessel aufrichte, betrachtet er mich eingehend von oben bis unten. Seine Blicke fühlen sich wie zärtliche Berührungen an, die meinen Körper umschlingen und zu ihm ziehen.

»Komm zu mir.« Er hebt seine rechte Hand, an der ich den goldenen Ring neben einem weiteren Siegelring prangen sehe.

Ich schlucke hart. Was er sehr gut beherrscht, ist, mich Dinge machen zu lassen, die ich sonst nicht gern tun würde.

In meiner weißen Unterwäsche gehe ich auf ihn zu, dabei bleiben seine Augen länger auf meinen Brüsten hängen.

»Was soll ich jetzt anziehen?«, frage ich ihn.

»Du könntest warten, bis deine Wäsche gewaschen und getrocknet ist. So lange können wir uns die Zeit miteinander vertreiben.« Seine Hand, in die ich meine lege, zieht mich zu sich. Danach legt er seine andere Hand auf mein Brustbein. »Mache ich dich etwa nervös? Dein Herz schlägt schneller als sonst.«

Seine Hand wandert zärtlich tiefer zu meinem Bauch, während ich seinen herben, nach Amber und Orange duftenden Geruch einatme. Dieser Geruch ist unverwechselbar seidig, männlich und geheimnisvoll.

»Nein, du machst mich nicht nervös. Die Suche hat mich nur verrückt gemacht. Kann ich mir nicht Kleidung von dir leihen?«

Nun lacht er trocken über meine Worte, lässt seine Hand auf meinem Bauch ruhen und beugt sich zu mir herab.

»Wenn du es dir verdienst, könnte ich das tun.«

Was ein Schuft. Er lässt meine Hand los, um die Häkchen meines BHs zu lösen und die Träger über meine Schulter zu schieben. Sein Kinn reibt über meine Wange, als er meine Stirn mit seinen Lippen streift und sein Atem mein Gesicht beschlägt.

Langsam lasse ich den BH an mir herabrutschen, schiebe meine Finger oberhalb des Ausschnitts seines Bademantels über seine Brust, höher zu seinem Hals und hebe mich auf die Zehenspitzen, um ihn zu küssen.

Während des anzüglichen Kusses führt er meine andere Hand zu seinem Schwanz, den ich schmunzelnd umfasse und massiere. »Etwa so?«, hake ich nach und hebe eine Augenbraue in die Stirn.

»Du kannst das besser«, treibt er mich an, beißt in meine Unterlippe und zieht sie zu sich. Dabei schenkt er mir diesen diabolischen Augenaufschlag, der mein Herz schneller schlagen lässt.

Als er meine Unterlippe freigibt, küsse ich seinen Hals, massiere seine Härte weiterhin zwischen meinen Fingern und sinke langsam vor ihm auf die Knie. Er umfasst meine linke Brust, die er massiert und über deren Brustwarze er mit dem Daumen reibt, bis sie sich zusammenzieht. Ich beuge mich zu ihm vor, um über seine pralle Schwanzspitze zu lecken und sie mit der Zunge zu umkreisen. Irgendwie gefällt mir dieses Spiel mit ihm, da er mich nicht wie Arūnas auf Abstand hält.

Wieder spüre ich diese wohlige Wärme, die sich wellenartig in meinem Körper ausbreitet und mich mit einem unbändigen Verlangen durchflutet. Während ich vor ihm knie, greift er in mein Haar, umfasst seinen mittlerweile harten Schwanz und schiebt ihn zwischen meine Lippen. Und das, bevor ich ihn freiwillig aufnehmen konnte.

Gott, er ist wirklich groß. Bis zum Ansatz sehe ich dunkle Tätowierungen, die unter dem Mantel verschwinden. Ich schließe meine Lippen um sein Glied und lasse ihn bis in meinen Rachen stoßen. Er genießt jede Berührung, als könnte sie jeden Moment beendet sein, und keucht kehlig. Als ich mich zurückziehe, um ihn erneut intensiv und quälend langsam zu blasen, verdunkelt sich mein Sichtfeld. Hinter meinem Kopf knotet er ein Tuch zu und umfasst meinen Hinterkopf, damit ich nicht stoppe und mit dem Blowjob fortfahre.

»Du machst das wirklich wundervoll«, lobt er mich, und ich höre, wie er den Gürtel des Bademantels löst. Danach hält er meinen Kiefer umfasst und führt den Blowjob, wenn auch nicht grob. Nach weiteren Stößen ziehe ich mich einen winzigen Moment von ihm zurück.

»Atme weiter.«

Irritiert von seinen Worten runzele ich die Stirn und begreife zu spät, dass er nicht mehr vor mir steht, als ich mit den Fingern nach ihm taste.

Etwas Kaltes wie Metall oder Leder wird über meine Arme bis zur Hälfte meines Oberarms geschoben.

»Was ist das?«

»Etwas, was es noch intensiver werden lässt. Auch für dich.« Ziemlich geheimnisvolle Antwort. Als er den Reif auch meinen anderen Oberarm hochgeschoben hat, merke ich, dass ich meine Arme nicht mehr bewegen kann und sie auf meinem Rücken fixiert worden sind. Fesselungen waren bisher nicht mein Ding, wobei in meiner Vergangenheit höchstens Handschellen zum Einsatz kamen. Vielleicht hätte ich es doch ausprobieren sollen. Allerdings gab es keinen Mann, mit dem ich das hätte tun können, um für mich rauszufinden, ob es mir einen Kick verleiht oder mich abstößt.

Während ich meinen Gedanken lausche, die lauter als

sonst sind, legt er mir etwas um den Oberkörper an. Es fühlt sich wie dünne Lederbänder an, die ober- und unterhalb meiner Brüste verlaufen und mit kleinen Schnallen geschlossen werden. Immer wieder streift seine Hand meine Haut, küsst er meine Schulter, beißt zärtlich in meinen Nacken und umfasst von hinten meine Brüste.

Anschließend hebt er mich vor sich in den Stand, um meinen Slip auszuziehen. Dabei leckt er über meine Beininnenseiten und beißt hin und wieder in meine Haut, was herrlich kitzelt. Gleich darauf schließt er weitere Bänder um meine Oberschenkel und legt mir ein Halsband um.

Ehe ich fragen kann, was er mir übergestreift hat, denn es fühlt sich an wie ein Pferdegeschirr, drückt er mich wieder auf die Knie.

»Öffne den Mund.«

»Ganz kurz«, unterbreche ich ihn und schaue blind zu ihm auf.

»Sch. Mach, was ich sage«, raunt er mir zu, fährt mit zwei Fingern meinen Kiefer entlang und schiebt sie über meine Lippen in meinen Mund. Ob ich will oder nicht, er dringt mit seinen Fingern in meinen Mund und lässt sie von meiner Zunge befeuchten. Von den Sinneseindrücken und dem pochenden Verlangen in meinem Becken komplett überrumpelt, gebe ich nach und sauge an seinen Fingern. Gleich darauf ersetzt er sie mit seinem Schwanz, der in meinen Mund eindringt.

»Ah, so gefällt es mir um einiges mehr.« Am Lederhalsband zieht er mich zu sich und schiebt seine andere Hand in mein Haar, damit ich ihm nicht entkommen kann.

Anschließend setze ich den Blowjob mit gefesselten Armen fort und lasse ihn das Tempo bestimmen.

Er streichelt vom Halsband über meine Schulter, trifft genau die noch manchmal ziepende Stelle der Tätowierung, die mir Magnus verpasst hat, und stößt tiefer in meinen Mund.

Ich setze den Blowjob fort, werde immer feuchter von dem Gefühl, ihm komplett ausgeliefert zu sein, und beuge mich seiner Dominanz und Führung.

Kurz bevor ich glaube, dass er kommt, was ich nicht will, da ich seinen Schwanz in mir spüren möchte, schiebt er mich zurück und hebt mich auf das Bett. Seine Hände drehen mich auf die Seite und schieben meine Beine an meinen Bauch, sodass ich wie ein zusammengekauerter Embryo vor ihm liege, bevor er in mich unerwartet eindringt und mich fickt. Ich lege den Kopf stöhnend in den Nacken, während er meinen Oberschenkel und Po festhält und mich seine komplette Größe spüren lässt.

»Wie fühlt es sich an?«

»Mach weiter …«, antworte ich beinahe flehend, was ich nicht von mir kenne. Er stößt intensiver in mich, füllt mich komplett aus und dringt mit einem Finger in meinen Anus ein. Anders als Arūnas geht er bestimmter und nicht langsam vor, was mich kurz wimmern lässt. Es ziept und zugleich konzentriere ich mich auf seinen

Schwanz, der sich in mir bewegt. Wie schon die letzten Male ändert er meine Position, dreht mich auf den Rücken und schiebt meine angewinkelten Beine mit den Knien zu meinen Schultern, um noch tiefer in mich einzudringen.

Schreiend vor Lust und stöhnend vor Verlangen kämpfe ich gegen seine Griffe an. Er spuckt auf meine Klit und verteilt seinen Speichel.

Mein Herz rast, obwohl ich nichts mache und er die meiste Arbeit übernimmt. Mit einem Mal spüre ich einen Biss um meine Klit, fühle den ziependen Schmerz, bevor er von seinem Zungenspiel fortgespült wird. Mir wird heiß und kalt gleichzeitig. Mein gesamter Körper steht unter Strom, bebt unter ihm und ist kurz davor, zu zergehen. Er leckt mich weiter, bevor er sich erhebt und erneut in mich eindringt.

Wieder fickt er mich hart und übt nur etwas Druck mit seinem Finger auf meine Klitoris aus. Und das genügt, um mich heftig stöhnend kommen zu lassen.

Gott im Himmel, er ist verdammt gut in dem, was er macht.

»Du solltest dich sehen. Dein Anblick ist einfach atemberaubend.«

Bevor er es beendet, zieht er sich aus mir zurück und ich schnappe gierig nach Luft. Er dreht mich auf den Bauch, hebt meinen Arsch an und verpasst mir einen heftigen Hieb, dass ich schreiend ins Laken beiße.

»War das schon zu viel?«

Ich schüttele den Kopf, obwohl es ein Fehler ist, denn gleich darauf spüre ich erneut einen Schlag mit etwas Festem wie einem Gürtel auf meiner anderen Arschbacke, die höllisch zu glühen beginnt. Gleichzeitig drohe ich fast auszulaufen und warte nur darauf, bis er mich wieder vögelt. Keine Ahnung, wie er das anstellt, dass ich das Ganze nicht lächerlich oder abstoßend finde, sondern erregend und verboten gut. Denn es gefällt mir, was er mit mir macht. So verdorbenen Sex hatte ich bisher nie, und ich weiß bereits jetzt, ich will mehr und weiter gehen, mir mehr von ihm zeigen und mit ihm weitere Grenzen überschreiten. Es ist, als hätte er einen aufgestellten Dominostein angetippt und damit eine unaufhaltsame Reaktionskette ausgelöst.

»Du bist wirklich perfekt.« Er umfasst das Halsband in meinem Nacken, bevor sich sein Schwanz zwischen meine geschwollenen Schamlippen schiebt und er, kaum dass er wenige Zentimeter eingedrungen ist, mich seine volle Stärke spüren lässt. Mit verdammt rohen und tiefen Stößen vögelt er mich weiter und greift nun in mein zerwühltes Haar, da ich beinahe keine Luft mehr bekomme.

Sosehr mir dieser grenzwertige Sex gefällt, so sehr macht er mir irgendwie auch Angst. Wenn er einmal nicht bei der Sache sein sollte, könnte er mich erwürgen oder verletzen.

Aber tief im Inneren spüre ich, dass er das nicht will und konzentriert bleibt. Schreiend und stöhnend, egal ob wir gehört werden oder nicht, gebe ich mich ihm hin, höre, wie Haut auf Haut trifft, und spüre gleich darauf, wie sein Schwanz in mir pumpt und er jede Sekunde kommt.

Kaum dass er sich in mir ergossen hat, lässt er mein Haar los und meine Wange vorsichtig auf das Laken sinken. Schwer atmend streichelt er über meine brennenden Pobacken und lacht amüsiert. »Jetzt hast du dir ein Shirt von mir verdient.«

»Dein Ernst?« Mit noch verbundenen Augen drehe ich mein Gesicht über die Schulter.

»Für Shorts solltest du etwas mehr in Vorleistung gehen. Aber wenn du mich fragst, brauchst du die nicht. Ein Shirt ist vollkommen ausreichend, damit ich deinen Arsch jederzeit bewundern und anfassen kann.« Er massiert meine Pobacken und zieht sich aus mir zurück.

16

ARŪNAS

Kurz bevor wir Klaipéda erreichen, säumen links und rechts Polizisten die zweispurige Stadtautobahn, die anscheinend irgendwelche Kontrollen durchführt.

Mir geht es hundeelend, und alles, was ich will, ist, endlich bei dem Haus angekommen, dessen Adresse mir Moira genannt hat.

»Das sieht gar nicht gut aus«, murrt Jones. »Sie führen Kontrollen durch.«

»Tja, bei uns werden sie nichts finden«, sagt Rysand, der sich zu mir umdreht.

»Natürlich werden sie was finden, keine geschmuggelten Waffen aus Amerika oder Deutschland, dafür eure, die ihr … bei euch tragt. Wende, Nojus.«

Schwer atmend richte ich mich auf der Rückbank auf, während mir der Schweiß an den Schläfen entlangläuft. Ein Van mit dunkel gekleideten Männern reicht als Grund, um uns aus dem Verkehr zu ziehen. Wir könnten Hooligans sein, einer kriminellen Bande angehören, was ja zutrifft, oder Drogen mit uns führen.

»Würde ich. Aber wir stecken fest.« Hinter uns und vor uns stehen mehrere wartende Autos. Wir befinden uns im Stau.

»Gott im Himmel, lass mich das übernehmen. Schalt in den Leergang und rutsch zu Jones.« Rysand klettert zum Fahrersitz vor, nachdem ihm Nojus Platz gemacht hat, und startet den Motor. Was hat er jetzt vor? Wir können uns weder vorwärts noch rückwärts bewegen.

»Haltet euch fest, Mädels«, warnt er uns, bevor er den Motor aufheulen lässt, wartet, bis der Wagen vor uns weiterrollt, und danach mit Vollgas über die Abgrenzung der gegenüberliegenden Fahrbahn wechselt.

»Ich hätte vorher herausfinden sollen, dass es eine Kontrolle gibt.«

»Zu spät für Reue!«, antwortet ihm Nojus. Ich werde fast von der Rückbank befördert, als Rysand mit den Rädern über den Bordstein fährt und den Van mit seinem

Mercedes G-Klasse verwechselt. Rysand fährt über die zugefrorene Schneedecke, unter der sich Rasen befindet, und schert mit Schwung, ohne auf den Verkehr zu achten, auf die entgegenkommende Fahrbahn ein.

Augenblicklich höre ich die Sirenen von Polizeiautos, die den Fluchtversuch beobachtet haben. Lachend gibt Rysand Gas, nachdem er mehrere Wagen ausgebremst hat und zwei von ihnen ineinandergekracht sind.

»Mach schneller!«, spornt ihn Nojus an, der immer wieder in den Seitenspiegel starrt und sich zur Heckscheibe umdreht.

Rysand lenkt den Van um die Fahrzeuge vor sich, weicht ihnen aus und wechselt die Spuren. Da die meisten die Sirenen hören, werden sie langsamer und halten am Straßenrand, was es uns ermöglicht, noch schneller durchzukommen. Bevor wir wieder auf die Autobahn zufahren, reißt Rys das Lenkrad herum und biegt rechts in einen Vorort von Klaipéda ab, um die Polizeiwagen abzuhängen.

Ich drehe mich zur Heckscheibe und kann die Beamten nicht mehr hinter uns entdecken. Anscheinend waren sie uns doch nicht so dicht auf den Fersen wie gedacht.

»Wir sollten den Wagen wechseln und uns aufteilen.«

Irgendwie glaube ich nicht an einen Zufall. Dass ausgerechnet heute Polizeikontrollen durchgeführt werden, wenn wir nach Klaipéda fahren wollen. Ich war oft genug in der Hafenstadt, um Container zu prüfen, und kein einziges Mal gab es eine Kontrolle in diesem Ausmaß.

»Ich lass zwei von euch hier raus. Nehmt ein Taxi.« Rysand hält am Straßenrand neben einer Schule. Jones und Nojus springen aus dem Wagen, bevor Rysand weiterfährt.

»Lass mich dort vorn an der Kreuzung raus«, sage ich, schließe mit zittrigen Fingern meine schwarze Jacke und ziehe die Kapuze über den Kopf.

»Du kommst nicht alleine klar.«

»Überlass das mir«, antworte ich Rysand.

»Ich begleite ihn.« Zydrunas rutscht auf die andere Seite der Rückbank vor mir, klappt die Rücklehne des Sitzes herunter und schiebt die Tür auf, als Rysand etwa fünfhundert Meter später hält.

Zydrunas springt zuerst aus dem Wagen, um mir anschließend zu helfen, als sei ich altersschwach.

»Vorn im Handschuhfach ist C4«, sage ich zu Rysand, der knapp salutiert. »Wir treffen uns in Klaipéda.«

Ich komme wankend auf dem Gehweg auf. Zydrunas umfasst meinen Oberarm und legt ihn um seinen Nacken, bevor er mit mir in einer Seitenstraße der Kleinstadt verschwindet.

Schmerzhaft keuchend bremse ich auf einer Ladenstraße angekommen seine Schritte aus. »Hey, nicht so schnell.«

»Mach nicht schlapp.«

»Keine Sorge. Aber wenn wir uns weiterhin … so

auffällig schnell … bewegen … fallen wir auf. Gehen wir in ein Geschäft.« Noch bevor Zydrunas die Tür einer Drogerie aufstoßen kann, hören wir eine laute Explosion.

»Ich denke, wir fallen jetzt nicht mehr länger auf.« Zydrunas lacht, der sich tatsächlich ein Körbchen nimmt und mit mir im hinteren Teil der Drogerie verschwindet.

»Hast du vor, irgendwelche Erledigungen zu machen?«

»Mir fehlt noch Rasierschaum und mir sind die Kondome ausgegangen.«

Wir befinden uns gerade in einer Ausnahmesituation und er denkt ans Vögeln?

»Du könntest mein Sohn sein«, scherze ich und lasse mich von ihm im hinteren Bereich, wo sich Babyartikel und Kleidung befindet, auf einen kleinen Kinderstuhl setzen.

»Der Stuhl ist aber für Kinder«, stellt ein neunmalkluger Junge fest, als wäre ich debil und wüsste das nicht.

»Es ist auch auf meinem Schoß Platz«, antworte ich Angst einflößend und lache, schon biegt der Junge verängstigt um das Regal, während ich tief Luft hole und Zydrunas seine Kondome sucht. Das war knapp.

Als er wieder aufkreuzt, ich über den Vorrat grinsen muss, hilft er mir, aufzustehen. »Uns holt in zehn Minuten ein Taxi ab.«

»Gibt es eine Frau, der du deine Kondome mit Vanillegeschmack präsentieren willst?«, will ich wissen, da Zydrunas meines Wissens keine Freundin am Start hat.

»Ich mag Vanille.«

»Alter …«, rutscht es mir raus.

»Du weißt, was ich meine.«

»Nein, ehrlich gesagt nicht. Ich will es auch nicht mehr wissen.«

»Okay, bevor Gerüchte kursieren.« Zydrunas stoppt und dreht das Gesicht zu mir. »Es gibt eine Frau.«

»Wie das?«

»Ich hab sie im Krankenhaus kennengelernt.«

»Du hast eine Schwester klargemacht und die Mitleidskarte ausgespielt? Jetzt, weiß ich, bist du wirklich mein Sohn.« Ich halte ihm die Hand entgegen, damit er einschlägt, doch er reißt sie herunter. Er muss sich nicht schämen. Jeder Typ träumt von einer aufregenden Nummer im Krankenhausbett.

»Wie verhütet ihr?«, fragt mich Zydrunas an der Kasse. Unauffällig schaue ich mich um und halte mich am Transportband der Kasse fest.

»Gar nicht«, antworte ich. Fragend dreht er sich zu mir um.

»Du willst es mit ihr versuchen?«

»Was versuchen?«

»Kinder zu kriegen.« Kurz geben meine Knie nach, bevor ich mich am Band wieder hochziehe und den interessierten Blicken der Kassiererin ausgesetzt bin.

»Bälger? Moira wäre sicher eine tolle Mutter, ich würde sie nur auf die dümmsten Ideen bringen und meinem Vater den sehnlichsten Wunsch, Enkel zu bekommen, erfüllen.« Im Leben nicht, darauf kann er warten, bis er schwarz wird. Den Gefallen tue ich ihm nicht.

Verwirrt von meiner Antwort reicht er der Kassiererin den Betrag. Zur gleichen Zeit sehe ich draußen mehrere Polizeiwagen vorfahren, die unvermittelt eine Absperrung errichten und vermutlich den Radius um die Explosion absichern.

»Wir sollten aufpassen«, raune ich ihm zu, nachdem er seine Einkäufe in einer Plastiktüte verstaut hat und wir aus den Fenstern blicken.

»Mich lässt das nicht los. Wenn du nicht verhütest, wie kann es bei der Anzahl der Frauen, die du schon flachgelegt hast, sein, dass du kein Kind hast?«

Ich grinse schief. »Ich habe nie gesagt, dass ich nie verhüte, nur bei Moira nicht, weil …« Ich blicke wie ein Lehrmeister zu ihm hinab. »Weil wir noch keinen Sex hatten.«

Plötzlich beginnt Zydrunas laut zu lachen. »Die anderen haben aber andere Dinge erzählt. Du verarschst mich doch gerade. Du nimmst doch jede schöne Frau, die nicht bei drei auf den Bäumen ist.«

»Ich versuche die konservative Art bei ihr. Lach nicht so.« Ich verpasse ihm einen Klaps auf den Hinterkopf. »Ich werde sie noch oft genug vögeln, wenn der Moment gekommen ist.«

»Konservative Art? Ich würde sagen, du hast Hemmungen.« *Jetzt reichts.*

»Ich und Hemmungen?« Jetzt lache ich ihn aus.

»Du willst es richtig angehen und hast keinen Plan. Bisher hast du immer alles auf dieselbe Weise durchgezogen. Anflirten, was trinken gehen, Komplimente machen, flachlegen und loswerden. Bei ihr ist es anders und das macht dich verrückt.«

Wer ist hier eigentlich der Ältere von uns beiden? »Ich höre mir gern Ratschläge von einer Jungfrau an.«

Augenblicklich fährt er sich über sein hellblondes kurzes Haar, verdreht die Augen und schaut zu den Polizisten.

»Die Jungfrau ist zumindest in einer Beziehung, was du nicht zustande bekommst.«

»Ich könnte jede haben. Einmal schnippen und Natalie würde mich heiraten, verstanden!«, knurre ich zu ihm und sehe endlich das Taxi vorfahren, das vor der Drogerie hält.

»Der Unterschied ist nur, dass du sie nicht willst. Du willst Moira, du hast dich bis über beide Ohren in sie verknallt und weißt nicht, wie du es angehen sollst.«

»Falsch, wir hatten nicht genug Zeit, um ein klärendes Gespräch zu führen. Magnus schnappt sie mir immer vor der Nase weg. Und täusch dich nicht, ich steh auf sie, aber bin nicht in sie verschossen.«

»Alles Ausreden.« Er geht an mir vorüber, um die Drogerie durch die Schiebetür zu verlassen. Solch ein Scheiß. Jetzt muss ich mir von ihm erzählen lassen, wie es richtig geht.

Am Taxi angekommen, hilft mir Zydrunas einzusteigen und nennt dem Fahrer ein Hotel ganz in der Nähe von Moiras aktuellem Aufenthaltsort. Mittlerweile wird es draußen dunkel und es ist fast ein Tag umsonst verstrichen.

Zumindest sind wir den Bullen entkommen, bevor wir sie direkt mit der Nase in ein Wespennest gestoßen hätten. In der Vergangenheit wurden öfter Serientäter, Mörder oder Mitglieder von illegalen Organisationen bei absolut harmlosen Routinekontrollen hochgenommen.

Ich lehne das Gesicht gegen die Scheibe, während ich über Zydrunas' Worte nachdenke. Er verständigt die anderen, die ebenfalls entkommen konnten, und informiert sie, damit wir uns wieder zusammenfinden.

Was ein übler und ergebnisloser Tag. Die Zeit läuft gegen uns, und ich weiß bereits jetzt, dass Magnus weitere Fallen und Listen für uns parat hält, bevor wir zu Moira gelangen, von denen wir noch nichts wissen.

17
MOIRA

»Es tut mir furchtbar leid, Aurelia«, entschuldigt sich Narusha zum dritten Mal, während sie meine eingelaufene Jeans und mein verfärbtes Shirt, das ehemals beige war und jetzt ein hässliches Grau angenommen hat, in die Höhe hält. »Ich hätte nicht telefonieren dürfen, als ich die Waschmaschine bestückt habe.«

Etwas ratlos blicke ich meinen Klamotten entgegen. In die Jeans passe ich nicht mehr, da sie die Passgröße eines asiatischen Magermodels angenommen hat. Das Shirt ist ebenfalls zwei Nummern kleiner geworden. Aus den Augenwinkeln schaue ich zum ausgeschalteten Display der Waschmaschine und drücke anschließend die ON-Taste.

Der vorherige Waschgang war bei 95 Grad eingestellt. Meine Wäsche wurde nicht nur gereinigt, sondern gekocht.

»Mach dir keine Gedanken. Mir ist das auch schon passiert.« Zum Glück trage ich keinen teuren Label-Müll, sondern Klamotten von Zara und H&M.

Den gesamten Tag trage ich Kęstas' schwarzes T-Shirt, das mir gerade so über die Pobacken reicht, und meinen Slip und BH.

»Was machen wir jetzt?«, hakt sie nach und zwinkert mit ihren langen aufgeklebten Wimpern der ruinierten Wäsche entgegen, die sie zudem viel zu heiß trocknen ließ.

»In den Müll befördern. Hast du nicht Kleidung für mich, die du mir leihen kannst?«

»Gibt es Probleme?« Unvermittelt betritt Kęstas den Hauswirtschaftsraum und stößt anschließend ein »Oh« hervor.

»Ja, oh. Mehr als oh. Eher oh, oh«, murmele ich.

»Klar, ich kann dir etwas ausleihen.«

»Sieht aus, als müssten wir shoppen gehen«, stellt Kęstas fest.

»Ich will auch mit.« Malvine huscht an ihm vorbei,

um sich meine Kleidungsstücke anzusehen. »Das Shirt hatte gestern eine andere Farbe.«

»Und ich dachte schon, ich hätte Demenz.« Ich lache und streichele über ihren Kopf.

»Was ist Demenz?«, will sie wissen.

»Eine Krankheit, bei der Menschen vergesslich werden«, klärt sie Narusha auf, wischt sich blonde Ponysträhnen aus der Stirn und schaut zu Malvine.

»Dann bin ich nicht de-derent.«

»Nein, bist du nicht«, versichere ich ihr.

»Wenn wir uns beeilen, können wir vor Ladenschluss einkaufen«, schlägt Kęstas vor. »Leih ihr Kleidung, dann treffen wir uns in zehn Minuten.«

Wuha. Ich habe kein Portemonnaie bei mir. »Henriette wollte das Paket mit meinen Sachen erst heute losschicken. Ich habe weder Portemonnaie noch EC-Karte dabei.«

Kęstas grinst mir breit entgegen. »Lass das meine Sorge sein. Ich leg es für dich aus. Beeilt euch. Wir starten um 17 Uhr.«

Ich komme mir so mies vor, aber das Geld ist bloß geliehen. Morgen oder übermorgen wird Henriettes Paket ganz sicher eintreffen und ich kann ihm das Geld zurückgeben.

»Na dann, komm mit, Aurelia. Zehn Minuten sind für eine Frau nicht gerade lang, um sich mal eben umzuziehen.« Im Vorbeigehen stößt sie Kęstas mit dem Handballen gegen die Stirn, der leise flucht.

»Ich kann nichts für die Öffnungszeiten«, ruft er ihr hinterher.

»Jaja.«

»Darf ich mit? Bitte, bitte, bitte? Ich bin auch lieb und bettel nicht.« Malvine umfasst Kęstas' Hand und hüpft vor ihm mit einem süßen Hundeblick auf derselben Stelle.

»Narusha hat später eine Überraschung für dich. Die würdest du verpassen, wenn du mit den langweiligen Erwachsenen shoppen gehst«, erklärt er ihr und schaut dann zu mir. »Noch neun Minuten.«

»Fiesling«, murre ich, da er mich unter Druck setzt. Ich verlasse die Waschküche, während ich hinter mir Malvines Proteste höre.

»Ich will aber mit!«

In Narushas Ankleidezimmer angekommen, das immens groß, sehr nobel, mit hochglänzenden Schränken und offenen Schuhregalen eingerichtet ist, schaltet sie den Kristallleuchter über uns ein und öffnet mir zwei Schranktüren. »Such dir etwas aus.«

So wie es hier aussieht, scheint sie eine Haushälterin zu haben, was erklären würde, warum sie nicht weiß, wie man richtig Wäsche wäscht. Ich ziehe mir ein hellgraues Langarmshirt mit Knöpfen aus einem der Fächer und gehe ihre Hosen durch. Narusha ist wesentlich größer als ich. Mir wird jede Hose zu groß sein.

»Was hältst du von einem Rock und Strumpfhosen?

Die passen meist jedem.« Sie angelt einen schwarzen Faltenrock mit Gummibund aus einem der anderen Fächer und hält ihn mir am Bügel entgegen. Röcke sind für gewöhnlich nicht meine erste Wahl im Winter. Allerdings fahre ich nicht mit dem Bus, sondern sitze in einem Auto.

»Kęstas würde der sicher an dir gefallen.« Ihre blass roséfarbenen vollen Lippen verziehen sich zu einem zweideutigen Lächeln.

»Okay, ich versuche es.« Sie lässt mich in der Ankleide allein zurück, während ich mich pausenlos frage, wo Arūnas bleibt. Sie hätten das Haus längst finden müssen. Und warum zum Teufel nimmt er keines meiner Gespräche an? Jede Nachricht von ihm bleibt unbeantwortet.

Als ich mich in dem Rock, den schwarzen Strumpfhosen und dem etwas zu kurz geratenem Shirt vor dem Spiegel drehe, bin ich mit der Notlösung zufrieden. Das Shirt könnte bloß etwas länger sein und nicht einen Teil meines Bauchs zeigen. In Narushas Kleiderschrank nach einem anderen Oberteil suchen, ohne sie zu fragen, will ich jedoch auch nicht.

»Eine Minute!«, höre ich Kęstas von unten in die erste Etage rufen.

»Ich bin gleich fertig!«

Mit beiden Händen schüttele ich mein braunes Haar durch und drehe mein Gesicht vor dem Spiegel zur Seite. Etwas schimmern die grünlich blauen Blutergüsse unter dem Make-up durch. Aber mir bleibt keine Zeit, um es zu korrigieren, bevor er ohne mich losfährt.

Unten höre ich ein lautes Geschrei und Gewimmer.

»Bitte, Kęstas! Ich war heute lieb. Morgen bin ich es auch. Versprochen!«

»Nein, du bleibst hier und wartest, bis wir zurück sind. Wir bringen dir auch eine Überraschung mit.«

»Ich will aber keine Überraschung, sondern mit euch mitkommen«, schimpft sie wütend. Als ich unten angekommen bin, entdecke ich Malvine weinend mit rotem Gesicht auf dem Teppich im Eingangsbereich knien.

Narusha redet auf sie ein, doch es hilft nichts, sie will unbedingt mitkommen.

Kęstas wirkt von ihrem Wutanfall genervt, lässt die Wagenschlüssel um den Finger kreisen und schaut von Malvine zu mir. »Da bist du ja.«

»Wir gehen ins Wohnzimmer, Malvine«, fordert Narusha sie auf.

»Nein, ich will nicht.« Sie zerrt an Narushas Hand, um sich loszureißen, während sie mir leidtut. Ich kann mich sehr gut in sie hineinversetzen und erinnere mich an meine eigenen Wutausbrüche, wenn ich etwas nicht durfte.

Damit das Geschrei ein Ende findet, schlüpfe ich in meine Stiefel, hebe meinen grauen Mantel vom Haken und streife ihn über.

»Wer ist denn da so übel gelaunt?«, höre ich Rimas aus der Küche fragen.

»Kęstas lässt mich nicht mitfahren. Er ist so gemein«, beschwert sie sich bei Rimas, der sie trösten will.

Mein Blick fällt auf Kęstas, der die Augen verdreht und den Kopf schüttelt, mir danach die Tür aufhält. Beide Dobermänner trotten auf uns zu, die Kęstas ins Haus lässt.

»Neptun und Pluto kommen«, warnt er die anderen vor, plötzlich wird es mucksmäuschenstill im Hausinneren.

»Ich gebe Malvine recht, du bist wirklich gemein«, zische ich und stoße mit dem Ellenbogen in seine Seite, woraufhin er dunkel lacht.

»Dafür ist sie abgelenkt.«

»Du Sadist.«

Er raunt frivol, bevor er meine Hand umfasst und mich zu seinem Wagen führt. »Wie ich sehe, bist du in Narushas Schrank fündig geworden. Röcke stehen dir, auch wenn ich mein T-Shirt ebenfalls an dir mochte. Du hast wirklich schöne Beine.«

»Wieder ein Kompliment. Man könnte meinen, du hegst irgendwelche Gedanken und willst gar nicht shoppen gehen?«, spreche ich meinen Gedanken schmunzelnd aus. Am Wagen angekommen, umfasst er meine Hüfte und zieht mich an sich. Er schiebt die Hände unter dem Rock über meinen Po.

»Könnte sein, dass es nicht bloß beim Shoppen bleibt, Aurelia«, haucht er mit diesem hungrigen Blick vor meinen Lippen, streift mit seinen Lippen über meine und küsst mich.

Ich gebe mich dem Kuss komplett hin, auch wenn meine Pobacken von seinen Hieben heute Morgen immer noch leicht ziepen. Meine Zunge verschmilzt mit seiner, als ich im selben Moment Scheinwerfer aus den Augenwinkeln entdecke. Zwei Autos fahren die Anliegerstraße sehr langsam entlang, als würden sie etwas suchen.

Einen Moment bleibt mein Herz stehen, da es möglicherweise Arūnas sein könnte, der endlich eintrifft.

Ich löse mich aus Kęstas' Händen, um zum Flügeltor zu laufen und mir die schwarzen Autos genauer anzusehen. Ein Mann sitzt auf dem Beifahrersitz des ersten Wagens, den ich noch nie zuvor gesehen habe. Er hat schwarzes Haar, ein schmales, kahl rasiertes Gesicht und mustert mich auffällig. Auch in der zweiten Limousine sehe ich keine Person, die mir bekannt vorkommt.

Verdammt, wo bleibst du?

»Was ist los?«, ruft Kęstas hinter mir, lässt das Tor auffahren und hält die Beifahrertür seines Audi A8 auf.

»Ich dachte, sie wären gekommen«, murmele ich enttäuscht.

Kęstas senkt das Gesicht, bevor er sich umdreht und den Rücklichtern der vorbeifahrenden Wagen hinterherblickt.

»Sie scheinen sich zu verspäten. Hast du ihnen die richtige Adresse genannt?«

»Ja, so wie du sie mir gesagt hast. Savorik Weg 78.«

Ich lasse mir von Kęstas, der den Kindersitz auf die Rückbank gelegt hat, anschließend in den Wagen helfen.

»Dann dürfte es kein Problem für sie sein, uns zu finden. Bist du sicher, dass sie es sich nicht anders überlegt haben könnten?«

Nachdem er die Autotür geschlossen hat, die Motorhaube in seiner dunklen Kleidung und mit schwarzem Schal umrundet hat und auf dem Fahrersitz Platz nimmt, bin ich kurz am Grübeln. Gut möglich, dass er mich hängen lässt. Es wäre sogar besser, damit er sich nicht länger meinetwegen in Gefahr bringt, schließlich wird er Magnus nur gefährlich, wenn er sich in meiner Nähe aufhält. Aber so entschlossen, wie Arūnas sein kann, kann ich mir kaum vorstellen, dass er mich hängen lässt.

Allerdings bestätigen meine unbeantworteten Nachrichten und meine fehlgeschlagenen Anrufe Kęstas' Vermutung.

Eine Hand verliert sich auf meinem linken Knie. »Er wird schon noch auftauchen. Mach dir keine Gedanken. Ich wollte dich nicht verunsichern.«

»Hast du nicht. Du könntest aber recht haben. Er meldet sich nicht.« Vielleicht ist ihm der Aufwand auch zu viel. Erst reist er verletzt mit seinen Leuten, die eh misstrauisch mir gegenüber sind, nach Lettland, dann erfährt er, dass ich wieder in Litauen bin. Wer käme sich an seiner Stelle nicht auch verarscht vor.

»Warten wir ab und gehen shoppen. Sobald er geantwortet hat, lasse ich es dich wissen.«

Ich schenke ihm ein dankbares Lächeln, da Kęstas wirklich viel für mich tut. Er leiht mir sein Handy, lässt mich bei seinen Freunden unterkommen, ändert seine Pläne, geht mit mir shoppen.

In der Einkaufsmeile angekommen, die von herrlichen Lichterketten beleuchtet ist und auf der sich eine Menge Menschen aufhalten, bleibe ich vor dem H&M-Laden stehen und will das Geschäft betreten.

»Ich finde, wenn ich dir schon etwas spendieren darf, dann sollte es etwas mit Klasse sein.«

»Du sollst mir nichts spendieren. Es war die Rede davon, mir Geld auszulegen. Da ich zu Hause keinen Lottogewinn herumliegen habe, genügt mir H&M.«

Ich will erneut durch den Eingang des Ladens gehen, als er meine Hand eisern umfasst und mich davon abhält.

»Nein, willst du nicht.«

»Äh, doch, will ich schon.« Irgendwie wirkt Kęstas seit heute Nachmittag etwas angespannt, als hätte ihm etwas den Tag vermiest. Es kann auch daran liegen, dass Malvine heute launisch ist und schlecht geschlafen hat.

»Aurelia«, sagt er eindringlich und zieht mich mit einem Ruck an seine Seite. »Lass mich dir ein Outfit aussuchen und danach gehen wir in deine Läden. Was hältst du davon?«

Zweifelnd, ob ich auf seinen Vorschlag eingehen soll, verziehe ich das Gesicht. Schließlich hat er das Geld und leiht es mir. Wenn ich jetzt einen Aufstand mache, bekomme ich überhaupt keine neuen Klamotten.

»Meinetwegen.« Ich hebe den rechten Zeigefinger. »Aber bloß, wenn ich die Sachen in wenigen Tagen, wenn Henriettes Paket eingetroffen ist, bezahlen darf.«

Er schnappt meinen Zeigefinger, um mit der Zunge über ihn zu lecken und mich dabei eindringlich anzusehen. Dieser Blick ist auf rätselhafte Weise so geheimnisvoll und abgründig, so vertraut und doch so fremd.

»Einverstanden. Dann komm.«

Kęstas führt mich die Einkaufsmeile weiter entlang, um auf ein nobles Damengeschäft zuzuhalten und mit mir in ihm zu verschwinden. Diese Art Kleidung trifft nicht ganz meinen Geschmack. Sie ist zu mondän, zu auffallend, zu teuer. So was trägt Narusha, aber sicher nicht ich. Jedoch habe ich ihm versprochen, ein Outfit auszusuchen, und warum nicht abwarten, welche Kleidungsstücke er gern an mir sehen will.

Wir gehen die Kleiderständer entlang, gefolgt von einer Angestellten, die jedes Kleidungsstück, das Kęstas ausgewählt hat, an eine lange Kleiderstange hängt.

Es sind die unterschiedlichsten Klamotten dabei. Von Abendkleidern in einem gedeckten Ockergold über schwarze enge Jeans, bis hin zu eng sitzenden figurbetonten Oberteilen, fellbesetzten Jacken und mörderischen Absatzschuhen.

Mir verschlägt es wirklich die Sprache, als die Angestellte eine komplette Kleiderstange vor die Umkleide schiebt und ich nicht weiß, was ich zuerst anziehen soll.

»Ich warte hier und bin gespannt, was dir am meisten steht.«

Kann es sein, dass ich irgendwann den Moment verpasst habe, in dem wir einen Schritt weitergegangen sind und wir bereits den Kleidungsstil des anderen aussuchen?

Ich gebe ihm einen Kuss auf den Mund, bevor ich die Klamotten anziehe. Sie sind zwar nicht mein Stil und ich wüsste nicht, wann ich solche Kleidung tragen sollte – in der Uni oder im Callcenter ganz bestimmt nicht –, aber sie stehen mir.

Die meisten Farben, die er ausgewählt hat, sind schwarz, dunkelblau, rot oder weiß. Es kommen kein Gelb, Rosa, Hellblau oder irgendeine andere fröhliche Farbe vor.

Ich beginne mit den schwarzen Hosen und einem eng anliegenden Shirt, das vorn mehrere goldene Knöpfe besitzt und bauchfrei ist. Schwarze Hosen gehen immer, also sind die nicht mein Problem.

Kęstas sitzt aufmerksam auf dem Sessel vor der Kabine, nimmt einen Schluck von seinem Wasserglas und hält das Handy in der anderen Hand.

Als ich aus der Kabine trete, nickt er anerkennend. »Sieht nicht schlecht aus.«

»Aber haut dich nicht vom Hocker«, stelle ich fest. Doch je mehr freizügigere, knappere und figurbetontere Kleidungsstücke ich ausprobiere, desto mehr lodert dieses dunkle unersättliche Feuer in seinen palisanderfarbenen Iriden.

Am meisten gefällt ihm das edle lange Abendkleid, das schmale Träger besitzt, zudem einen langen Schlitz am rechten Bein und durchscheinende Spitze, die über meinem Bauch verläuft.

Er erhebt sich, als er mich in dem Abendkleid sieht, und wirkt wirklich verblüfft und fasziniert zugleich. Nachdem er sich vergewissert hat, dass wir ungestört sind, kommt er auf mich zu, drängt mich zurück in die Kabine und schließt den Vorhang hinter sich.

Mit einer Hand stemmt er sich gegen den Spiegel, während er mit der anderen über meinen nackten Oberschenkel fährt. »Genau so habe ich es mir an dir vorgestellt«, raunt er vor meinen Lippen und küsst mich gierig.

Er wandert mit den Fingern zu meiner rechten Pobacke, die er fest umfasst, und löst sich von meinen Lippen, um in meinen Ausschnitt zu blicken. Auch wenn ich nicht der Typ für diese Kleider bin, gefällt mir Kęstas' Reaktion darauf. Er verleiht mir das Gefühl, schön zu sein, etwas Einzigartiges für ihn zu sein. Eine Person zu sein, die es wert ist, gut behandelt zu werden und ihr eine Freude zu bereiten.

Hingebungsvoll küsse ich ihn, schiebe meine Finger im Nacken in sein schwarzes Haar und führe zum ersten Mal den Kuss, der mein Herz schneller schlagen lässt. So schnell, dass mir schwindelig wird.

»Fick mich«, raune ich vor Verlangen explodierend

nah an seinen Lippen, was ich bisher nie jemals laut ausgesprochen habe, und beiße in sein Kinn. In dem figurbetonten Kleid kam ich mir nie begehrenswerter vor, nie weiblicher und schöner.

Seine Mundwinkel zucken, bevor er mich stürmisch küsst und seine Hand unter das Kleid fährt und meinen Slip hinunterzieht. Ich öffne seine silberne Gürtelschnalle, danach seine schwarze Hose und gleite mit den Fingern in seine Shorts. Während seine Finger in mich eindringen und ich den rechten Fuß auf dem Hocker abstelle, massiere ich seine Härte.

In der nächsten Sekunde zieht er seine Finger aus mir, da er spüren dürfte, wie feucht ich bin, und dreht mich vor sich mit dem Gesicht zum Spiegel. Er vergräbt sein Gesicht an meinem Hals, küsst ihn ohne Pausen und reibt mit dem Kinn anschließend über meine nackte Schulter. Ich schiebe ihm meinen Arsch weiter entgegen und zerre den Slip über die Knie hinunter. Er zerwühlt mein Haar, öffnet den Reißverschluss des Kleides und holt meine Brüste hervor, die er massiert.

»Du bist das Verdorbenste, was ich kenne, Aurelia«, flüstert er frivol in mein Ohr. Danach schiebt er das Kleid über meinen Po, als ich schmunzele, und setzt seine Schwanzspitze vor meiner Pussyöffnung an. Ehe ich einatmen konnte, dringt er mit einem harten Stoß in mich, sodass ich aufkeuche. Er hält mir augenblicklich den Mund zu.

»Nicht so laut.« Ich nicke, als ich die Schritte der

Verkäuferin höre.

»Kann ich Ihnen helfen oder kommen Sie zurecht?«

»Ich komme …«, antworte ich nach einem Räuspern und Kęstas' amüsierten, leisen Lachen in meinem Ohr. »Zurecht. Vielen Dank.«

»Wo ist Ihr Mann geblieben?« »In mir« würde ich am liebsten sagen, während die Bezeichnung »Ihr Mann« kurzzeitig mein Herz flattern lässt.

»Er wollte mir einen Kaffee holen«, lüge ich, damit sie nicht glaubt, er wäre bei mir.

Immer noch in mir bewegt er sich sehr langsam und gibt kein Geräusch von sich, sondern es ist bloß die Musik in dem Store zu hören. Als sich ihre Schritte entfernen, greift Kęstas in meinen Nacken, dreht mein Gesicht mit der Wange zum Spiegel und beginnt, rhythmisch und hart in mich zu stoßen.

Es ist verdammt schwer, keinen Ton von sich zu geben, wenn man so geilen Sex hat und jede Sekunde befürchten muss, laut zu kommen.

Und genau das provoziert er. Er fickt mich, während er gleichzeitig meine Perle umkreist und ich mehrfach den Kopf schüttele, damit er es bleiben lässt.

»Hör auf«, bitte ich ihn flüsternd und beschlage mit dem Atem die Spiegelscheibe. »Ich will nicht … hier … kom…«

Seine Hand legt sich fest um meinen Mund, damit ich aufhöre zu reden.

»Du hast mich vorhin als Sadist bezeichnet. Ich sollte

der Bezeichnung gerecht werden, findest du nicht?«

Mit immer tieferen dominanteren Stößen dringt er in mich ein und riskiert, jede Sekunde ertappt zu werden. Dieser Nervenkitzel ist kaum mehr auszuhalten, was den Sex umso verdorbener und aufregender werden lässt. Keine Ahnung, wie es mir gelingt, die Verkäuferin und meine Umgebung auszublenden, doch ich gebe mich ihm vollkommen hin und genieße, was er mit mir macht, wie er mich lenkt, sich alles von mir nimmt und seine Nähe mich wie eine Dunkelheit verschlingt.

Mit feuchten Fingern reibt er meine Klit weiter, bis meine Beine zittern, mein Becken jede Sekunde explodiert und ich wimmernd »Nein« unter seiner Hand flehe.

Doch er ist gnadenlos, küsst meinen Hals und vögelt mich weiter, bis ich zum Höhepunkt komme, die Augen verbissen schließe und den Mund öffne, um meine Lust hinauszustöhnen. Ich versuche wirklich, mich zusammenzureißen, keinen Ton von mir zu geben, während er mich weiter vögelt und ich einfach nicht mehr kann.

»Velniškai juodas dievas«, keucht er, bevor er mit drei harten Stößen in mich eindringt, sein Schwanz pulsiert und er in mir kommt.

Verdammt, schwarzer Gott. Das waren seine Worte. Willenlos reibe ich die Lippen über den Spiegel, als ich blinzelnd Kęstas hinter mir meinen Blick auffangen sehe. Während er über mein Ohr leckt, sein warmer Atem meinem Gesicht schmeichelt, stöhnt er: »Wir nehmen dieses Kleid.«

18

MOIRA

Mit zittrigen Beinen, schnell pochendem Herzen und diesem Gefühl der Schwerelosigkeit laufe ich neben Kęstas mit über fünfzehn Kleidungsstücken zur Kasse. Immer wieder wirft er mir diesen verruchten Seitenblick zu, um mich wissen zu lassen, erneut über mich herfallen zu können, wann immer er es will.

Und, Gott, ich liebe dieses aufregende Abenteuer.

»Das macht 3.478,88 Euro.«

Ich drohe, jede Sekunde nach hinten umzukippen, als ich den Gesamtbetrag der Ware höre. Die Kassiererin ist dabei, die Kleidung zusammenzulegen und einzupacken, als ich ihr zuvorkomme und den Berg Kleidung schnappe.

»Tut mir leid, aber ich denke, ich lege ein paar Teile …«

»Hier.« Kęstas reicht ihr seine Kreditkarte, bevor er mich wieder einfängt und den Berg Klamotten zurück zur Kassiererin trägt.

»Ich habe gesagt, ich will sie dir schenken.«

»Es war von Geld leihen die Rede. Den Betrag gebe ich nicht einmal in einem Jahr an Klamotten aus«, sage ich forsch und schnappe mir die Kleidung von seinen Armen. Er umfasst blitzschnell meine Unterarme und zieht mich zu sich.

»Lass es zu. Sag einfach Ja.«

»Nein.« Ich könnte zu so einer Aktion niemals Ja sagen. »Ich will dir nichts schuldig sein.« Womit verdient er seinen Unterhalt, wenn er mal eben knapp dreieinhalbtausend Euro für Kleidungsstücke springen lässt? Ist er reich oder so? Oder besitzt er ein fettes Erbe?

»Du bist mir nichts schuldig. Rede dir nicht solch einen Blödsinn ein«, antwortet er grimmig. »Ich wollte in dieses Geschäft, ich wollte dir die Outfits kaufen, somit bezahle ich die Kleidung.«

»Aber …« Ich ziehe skeptisch die Augenbrauen zusammen und schüttele den Kopf. Um nicht länger vor der Kassiererin eine Lachnummer abzugeben, da sich die meisten Frauen sicher an meiner Stelle geschmeichelt fühlen, gebe ich die Klamotten frei.

»Ich bräuchte noch Ihre Unterschrift oder möchten Sie etwas zurücklegen lassen?«

»Nein, wir nehmen alles.«

Wütend schnaube ich und murmele die Worte »Das hat er geschickt eingefädelt« vor mich hin, als ich das Geschäft verlasse. Vor der Tür halte ich mich auf der Passage auf, hole eine Zigarette hervor und zünde sie an.

Die Türen schieben sich neben mir auf, als Kęstas mit drei großen schwarzen Einkaufstüten den Laden verlässt und an mir stur vorbeigeht, als würde ich nicht hier stehen.

Giftig funkele ich seinen Rücken an, dabei entgeht mir nicht, wie zwei Frauen in meinem Alter zu ihm blicken und ihn unverhohlen ansprechen. Was wird das?

Angespannt rauche ich weiter und verfolge, wie er mit den beiden redet und sie sich über irgendetwas Witziges unterhalten. Die blonde Frau mit der weißen Mütze lacht und stößt ihre ebenso gestylte Freundin an, die weiterhin mit Kęstas flirtet und sich zu kennen scheinen.

Ist mir egal. Ich drehe mich von der Szene weg, bevor ich platze. Wieder nehme ich einen tiefen Zug meiner Zigarette und massiere mit geschlossenen Augen meine Nasenwurzel. Bin ich etwa eifersüchtig?

»Aurelia?«, höre ich ihn nach mir rufen und würde

ihm am liebsten den Mittelfinger zeigen. Er hat die Kleidung gekauft, aber ich muss sie ja nicht tragen. *Wieso stellst du dich eigentlich so an, obwohl du die Klamotten wirklich schön findest, besonders das Kleid, das ich womöglich nie tragen und nur im Kleiderschrank bestaunen werde.*

Um nicht länger die eingeschnappte Freundin abzugeben, drehe ich mich auf den Stiefelettenabsätzen in meinem Rock und Mantel um und gehe auf Kęstas zu, der mir beide Frauen vorstellt. Wie unangenehm.

»Ist das deine neue Freundin?«, erkundigt sich Philippa und schiebt ihre Wollmütze ein Stück höher, damit ich ihre Fakewimpern und nachgemalten Augenbrauen noch deutlicher sehen kann.

»Wir müssen schon los. Malvine wartet auf uns.«

»Richte der Kleinen Grüße aus und ruf wieder an.« Die Blondine in der weißen Daunenjacke mit Gürtel und diesen Plüschstiefelchen, die jeder zurzeit trägt, gibt ihm einen Wangenkuss und lächelt zuckersüß.

»Mach ich. Wir sehen uns«, sagt er ernster, mit einem vielsagenden Augenaufschlag, woraufhin die beiden wie einstudiert nicken, dann endlich die Biege machen.

»Nett, oder? Wen man alles zufällig hier trifft.« Nett? Die beiden drehen sich noch zweimal zu uns um. Sie haben ihn fast mit ihren Blicken aufgefressen, als wäre er eine anbetungswürdige Gottheit.

»Billig trifft es besser.« Ich gehe an ihm vorüber, als er mich an der Schulter zu fassen bekommt.

»So übel gelaunt kenne ich dich gar nicht. Sag nicht, du siehst die beiden als Rivalinnen an.«

Eigentlich nicht, auch wenn mir die Szene irgendwie vertraut vorkommt. Sie erinnert mich an die Begegnung mit Arūnas und einer attraktiven Frau … Sie war blond und ebenso schön und perfekt gestylt wie diese beiden. *Wie hieß sie noch mal …* Ich versuche mich auf den Namen der Frau zu konzentrieren, der mir einfach nicht einfallen will, und starre zu den Lichterketten über den Geschäften, die in funkelnden Eiszapfen blinken.

»Woran denkst du gerade?« Neben mir beugt er sein Gesicht zu mir herab, um meine Gesichtszüge zu analysieren.

»An eine Frau, deren Name mir nicht mehr einfällt.« Nachdenklich hebe ich die linke geschiente Hand zu meinem Gesicht, als würde der Anblick helfen, mich an sie zu erinnern. Denn irgendwie flattern viele zusammenhanglose Gedankenfetzen durch meinen Kopf, die ich nicht zuordnen kann.

»Sie ist es sicher nicht wert, an sie zu denken, nicht wahr?«

Wie in Trance nicke ich, bevor er meine Hand umfasst. »Wir sollten uns auf den Rückweg begeben.« Kęstas wirft einen Blick auf seine Armbanduhr, um die Zeit abzulesen, und führt mich danach zum Eingang des Parkhauses.

»Die Läden haben noch nicht geschlossen und ich wollte noch zu H&M wie vereinbart.«

»Wir haben alles, was wir brauchen.« Als hätte ich geschlafen, steht er direkt vor mir ohne Einkaufstüten, hält mein Gesicht mit seinen tätowierten Händen zärtlich umfasst und studiert meinen verwirrten Blick.

»Du hast recht«, antworte ich und greife mir an den Kopf, als hätte ich Kopfschmerzen.

Mehrmals blinzelnd, um zu überlegen, was gerade passiert ist, lasse ich mich von ihm zur Beifahrertür seines schwarzen Audis führen und steige ein. Vollkommen desorientiert und geistesabwesend beuge ich mich auf dem Sitz vor, fahre mit den Zeigefingern meine Augenbrauen nach und überlege, was mit mir los sein könnte.

Plötzlich flackert das Licht, und ich sehe zu spät, dass Kęstas am Türrahmen von einer dunklen Gestalt zurückgerissen wird.

Was geschieht hier? Sofort bin ich hellwach, blicke mich um und sehe bis auf die Notfallbeleuchtung der Exit-Ausgänge nichts mehr. Meine Augen brauchen eine Weile, bis sie sich an die Dunkelheit im Parkhaus, das beinahe leer ist, gewöhnt haben.

»Was soll das!«, höre ich Kęstas in der Dunkelheit brüllen, bevor ich aus dem Wagen aussteige und ihn umringt von fünf dunkel gekleideten Gestalten sehe, die Messer zwischen ihren behandschuhten Fingern halten. Sie tragen Kutten, haben weiße Masken auf, die in der Finsternis wie von selbst zu schweben scheinen. Meine Augen werden größer, als ich begreife, wer Kęstas umringt.

Ehe ich aus meiner Erstarrung erwache, verfolge ich, wie Kęstas einen heftigen Faustschlag in die Magengegend kassiert, ihm danach ein Typ hinter ihm ins Haar greift, ihn festhält und auf die Knie drückt und ihm ein Messer an die Kehle hält. Kęstas ist sicher kein durchschnittlicher Mann, der nicht in der Lage ist, sich gegen einen Angreifer zu verteidigen, aber gegen fünf hat er keine Chance.

Weitere Anhänger von Magnus' Clan treten in seinen Brustkorb, während er die Hand des Angreifers hinter sich umfasst, um die Klinge von seinem Hals zu heben.

»Du solltest dich nicht länger mit Magnus' Frau abgeben, wenn dir dein erbärmliches Leben oder das deiner Nichte etwas bedeutet«, knurrt ein blondhaariger Mann mit weißer Maske und verpasst ihm einen gekonnten Tritt gegen die rechte Schulter. Der Anhänger hinter Kęstas lässt ihn frei, sodass Kęstas nach hinten umkippt und sich gerade so abfangen kann, bevor sein Kopf hart auf dem Betonboden aufkommt.

Als er sich erhebt und tatsächlich versucht, sich gegen fünf der grausamsten und skrupellosesten Männer, die ich kenne, zu wehren, beuge ich mich ins Wageninnere, um im Handschuhfach nach irgendetwas Brauchbarem zu suchen. Ich muss ihm helfen. Aber ohne eine Waffe kann ich nichts ausrichten. Im beleuchteten Handschuhfach befindet sich neben einer Parkscheibe, einer Warnweste und einem aufklappbaren Taschenmesser eine Pistole. Aber … wieso führt Kęstas eine Waffe mit sicher herum? Wollte er sich selbst eine zulegen, weil er weiß, wer hinter mir her ist, und sie im Notfall einsetzen?

Ohne länger darüber nachzudenken, schnappe ich mir das Messer und die Pistole und schließe die Wagentür.

Ich höre Kęstas' gequältes Stöhnen, das in Röcheln und Schnauben übergeht. Er hat unendliche Schmerzen. Ich kann Magnus' Anhänger ihn verspotten und lachen hören. Ihr Lachen hallt an den Wänden des Parkhauses wie ein unheimliches Echo wider, das sich wie eine nie endende Sequenz in meinem Hirn einnistet und mir die Nackenhaare aufstellt.

Obwohl es keine gute Idee ist, was ich vorhabe, nehme ich Anlauf und stürme auf den Typen zu, der mit dem Rücken zu mir gewandt steht. Kęstas will sich keuchend und Blut ausspuckend vom Boden erheben, als er mich sieht und den Kopf schüttelt.

In dem Moment ramme ich dem Kuttenträger die etwa sieben Zentimeter lange Klinge des Taschenmessers zwischen die Rippen. Sie gleitet wie von allein, ohne auf einen Knochen zu treffen, in den Körper des Mannes, der erstarrt. Mit einem Ruck ziehe ich die Schneide wieder heraus, um mich in Sicherheit zu bringen. Wie ein Stein fällt der hochgewachsene Mann auf die Knie und alle anderen vier Maskengesichter drehen sich schlagartig zu mir um.

Langsam gehe ich Schritt für Schritt zurück, lasse das Messer fallen und wechsele die Pistole von der linken in die rechte Hand. *Mach es, wie du es gelernt hast. Den Griff mit beiden Händen umfassen, deine Zielscheibe fixieren, ruhig atmen.*

»Ihr verschwindet auf der Stelle, ansonsten erschieße ich jeden Einzelnen von euch!« Die Anhänger auf Distanz haltend, weiche ich in einer geraden Haltung und mit feindseligem Blick zurück. Ich behalte jeden im Auge, schaue auf ihre Hände, um zu wissen, welche Waffen sie bei sich tragen. Keiner hat eine Pistole bei sich, somit bin ich im Vorteil, wenn ich schnell genug bin und nicht zögere.

In diesem Moment kann ich das Blut in meinen Ohren rauschen hören, trotzdem war ich nie zuvor so konzentriert. Ich entsichere die Waffe und ziehe den Schlitten, damit ich mir sicher sein kann, dass sich die erste Patrone im Lauf befindet. Wie eine vereinte Wand stellen sie sich vor Kęstas und kommen zu viert in ihren Umhängen und elfenbeinweißen Masken auf mich zugeschritten.

»Aurelia!«, höre ich Kęstas' Rufe. »Lass den Blödsinn. Nimm die Waffe herunter.«

Ganz sicher nicht. Wieso sollte ich? Wieso verlangt er das? Er wurde von ihnen gerade aufs Hinterlistigste angegriffen, geschlagen und getreten und verspottet, obwohl er nichts mit alledem zu tun hat.

Ich zähle innerlich bis drei, bevor ich einen Schuss auf den Boden abgebe, sodass es laut in meinen Ohren klingelt.

Augenblicklich bleiben die vier Männer oder Frauen

stehen, sehen sich an und checken erst jetzt, dass ich es todernst meine.

»Der nächste Schuss geht nicht daneben. Was wird Magnus sagen, wenn ich einen von euch erschieße? Richtet ihm aus, er soll aus meinem Leben verschwinden. Wenn ich diesen Teufel noch einmal sehe, höre oder er mir zu nahe kommt …«

»Was dann?«, fragt der blondhaarige Mann überheblich, dem die Haarsträhnen bis zu den Ohren reichen, und neigt den Kopf. »Tötest du ihn?«

»Halt den Mund!«, brülle ich. Drohungen aussprechen, sollte ich noch lernen, aber sie wissen, was gemeint ist.

Die vier lachen über mich, als sich hinter ihnen an einem massiven Betonpfeiler Kęstas erhebt und angestrengt atmend zu mir dreht.

»Hört auf, über sie zu lachen!« Schlagartig verstummt ihr Gelächter, als würden sie ihn ernst nehmen. Oder sind sie nur verblüfft darüber, dass Kęstas nach den üblen Tritten und harten Faustschlägen von allein aufstehen konnte? Denn sie drehen sich augenblicklich zu ihm um.

Die kleinste Gestalt senkt ihr Gesicht und hebt die rechte Hand, um anzudeuten, das Parkhaus zu verlassen. »Wir gehen. Wir haben unseren Auftrag erfüllt. Halte dich von ihr fern, wenn dir dein Leben etwas bedeutet!«, zischt sie Kęstas zu. Sie tritt an ihn heran und streicht im Vorübergehen mit zwei Fingern über seine Wange, bevor sie lachend von der Dunkelheit verschluckt wird. Ihr folgen die anderen Gestalten, die ihren verletzten Mann vom Boden aufheben. Der letzte blonde Typ verpasst Kęstas im Vorbeigehen einen üblen Kinnhaken, der ihn auf die Motorhaube eines parkenden Wagens befördert.

Mein Herz pocht rasend schnell, als sie gegangen sind und das Licht wieder angeht. Ich stürze auf Kęstas zu, der sich schwerfällig von der Motorhaube abstemmt, sich umdreht und an ihr mit dem Rücken auf den Boden sinkt.

»Kęstas!« Ich renne die letzten Schritte auf ihn zu, falle neben ihm auf die Knie und sehe erst jetzt die Ausmaße der Verletzungen. Über seiner Augenbraue hat er eine große Platzwunde davongetragen, seine linke Wange und sein Kiefer schwellen leicht an. Blut sickert aus seinem Haar über seinen Hals, während er sich die Schulter mit einem verbissenen Gesichtsausdruck hält.

»Es tut mir leid«, sage ich traurig und hebe die Finger zu seinem Gesicht. »Es tut mir schrecklich leid, dass sie gekommen sind und …«

»Gehören sie zu dem …« Er leckt Blut von seiner aufgeplatzten Lippe, bevor er geschwächt die Augenlider hebt und zu mir blickt. »… der sich an den Leuten … rächt, die …«

Noch bevor er seinen Satz ausgesprochen hat, nicke ich mit tränenerfüllten Augen, lege die Waffe neben meinem Bein ab und fahre mit beiden Händen vorsichtig über sein Gesicht. Es sieht so furchtbar zugerichtet aus. Das hat er nicht verdient. Warum muss Magnus so weit gehen und ihn vor meinen Augen von seinen Mitläufern verprügeln lassen. *Ich hasse ihn dafür! Ich hasse ihn so sehr, dass ich wünschte, er wäre hier gewesen, um ihm die Worte ins Gesicht zu brüllen!*

»Aurelia«, sagt er stockend und legt den Kopf in den Nacken, um hart zu schlucken. »Gib nicht dir die Schuld daran. Du …« Er verzieht das Gesicht vor Schmerz. »Du hast mich gewarnt. Trotzdem wollte ich … nicht auf dich hören.«

Die gesunde rechte Hand auf dem Betonboden abgestemmt, senke ich weinend das Gesicht. Der weiße Parkstreifen verschwimmt vor meinen Augen, als sie sich unaufhörlich mit Tränen füllen. Ich schluchze leise, schniefe und spüre die Tränen meine Wangen hinabrollen und auf den Boden tropfen.

»Wieso wolltest du nicht, dass ich auf sie schieße?«, frage ich ihn mit belegten Stimmbändern, ohne zu ihm aufzusehen.

»Weil ich nicht will, dass du dich zu einer Mörderin machst und irgendwann genauso endest wie die fünf.«

Ich hätte mich nicht zur Mörderin gemacht, ich hätte mich bloß verteidigt.

›Du solltest dich nicht länger mit Magnus' Frau abgeben, wenn dir dein erbärmliches Leben oder das deiner Nichte etwas bedeutet‹ – höre ich noch jetzt die Ansage des dunkelblonden Mannes, der am lautesten von allen gelacht hat und dem es Vergnügen bereitet hat, Kęstas die Klinge an den Hals zu halten.

»Aurelia …«, stöhnt er geschwächt nach ein paar Minuten, in denen ich stumm weine und meine braunen Haare mein Gesicht versperren. »Wir sollten gehen.«

Plötzlich hebt er seine blutbeschmierte Hand zu meinem Gesicht, um meine Tränen mit dem Daumen fortzuwischen.

»Der Schmerz vergeht. Schon bald«, prophezeit er mir. Dabei bin ich mir nicht sicher, ob er seine körperlichen Schmerzen meint und mich trösten will. Oder ob er von den seelischen Schmerzen spricht, die mich innerlich zerreißen.

Ich hieve mich wackelig vom eiskalten Betonboden hoch, um ihm danach kommentarlos aufzuhelfen und zu seinem Handy in der Manteltasche zu greifen. Er braucht einen Notarzt und muss ins Krankenhaus.

Noch bevor meine Hand sein Handy ertastet, umfasst er mein Handgelenk, als wüsste er, was ich vorhabe.

»Wir fahren erst mal zu Narusha und Rimas. Ich brauch keinen Rettungsdienst.«

Sofort schaue ich fragend zu ihm auf. »Wenn du dein Gesicht im Spiegel sehen könntest, würdest du es dir anders überlegen. Du könntest ein Schädelhirntrauma davongetragen haben. Deine Rippen könnten gebrochen worden sein oder du könntest innere Blutungen haben. Das sollte abgeklärt werden.«

Er lächelt mit diesem irgendwie verträumten Blick. »Keine Sorge, ich überlebe das. Sollte es mir später wirklich schlechter gehen, kannst du immer noch die Sanitäter rufen. Deal?«

Ich halte es für die falsche Entscheidung, aber was soll ich machen, wenn er sich dagegen wehrt.

Als ich mich erhoben habe, greife ich nach seiner Hand, um seinen Arm über meinen Nacken zu legen und ihn behutsam zum Audi zu führen. Er hinkt schrecklich und keucht angestrengt. Außerdem ist er verdammt schwer. Wenn er bewusstlos wäre, könnte ich den Mann von knapp über 1,90 keinen Meter weit zum Auto ziehen oder tragen.

Doch dann fällt mir ein, dass ich den Audi zu ihm fahren könnte. »Warte kurz hier, ich leih mir deine Autoschlüssel aus.« Denn in diesem Zustand lasse ich ihn sicher nicht Auto fahren. Eher widerwillig händigt er mir die Schlüssel aus. Ich steige auf den Fahrersitz, stelle ihn vor und lasse den Motor an. Danach fahre ich langsam zu Kęstas, der sich mit einer Schulter am Pfeiler abstützt und sein Bein hält. Wurde er auch am Bein verletzt?

Als ich neben ihm mit der Beifahrerseite halte, öffnet er die Tür und legt die Pistole und das Messer, die ich auf dem Boden vergessen habe, ins Handschuhfach und rutscht schwerfällig auf den Sitz. Jedes Mal, wenn ich ihn anschaue, bekomme ich mehr Schuldgefühle. Warum habe ich nicht einfach meinen Plan durchgezogen und hätte ihn nicht mehr getroffen, hätte Riga verlassen oder mir im Wald doch ein Taxi rufen lassen. Dann gäbe es das Problem nicht.

Magnus spioniert mich weiterhin aus. Aber wie? Woher weiß er, wo und mit wem ich unterwegs bin?

Hätte ich ein Handy, hätte er es mir mit Sicherheit erzählt oder mich vorgewarnt, dass es Konsequenzen nach sich ziehen wird, wenn ich mich weiterhin auf Kęstas einlasse.

Seine Anhänger sagten »Magnus' Frau«. Was nimmt er sich heraus? Ich bin nicht seine Frau. Auch wenn es zweideutig zu verstehen sein könnte. Wie Magnus' nächstes Frauenopfer oder in die Richtung.

Blut sickert weiter in Kęstas' schwarzen gepflegten Bart und rinnt in den Mantelkragen.

Er dreht das Gesicht zu mir, sodass ich wieder den Tränen nahe bin. Aber nicht, weil ich nervlich am Ende bin, sondern aus reiner Wut und Rachegefühl, weil ich Magnus dafür bluten lassen werde.

Warum! Warum kommt er nicht und holt mich! Warum muss er Menschen angreifen, die mir wichtig sind?!

»Hör auf, dir Sorgen zu machen«, spricht er kraftlos und lehnt sich weiter im Sitz zurück.

»Die mache ich mir. Ich hasse ihn so abgrundtief wie nichts auf dieser Welt. Mehr noch als die Vanags, mehr noch als die Mörder meiner Mutter!«, spreche ich voller Zorn zu mir selbst und umfasse eisern das Lenkrad, sodass meine Fingerknöchel weiß hervortreten.

Sein Blick wirkt verändert, ist nicht mehr auf mein Gesicht fixiert, sondern gleitet über das Armaturenbrett, als er meine Worte gehört hat.

Er fragt nicht nach dem Tod meiner Mutter … *Wie seltsam.*

Ohne ein weiteres verräterisches Wort von mir zu geben, fahre ich los und verlasse die vermaledeite Tiefgarage.

19

MAGNUS

Dikar schließt und hält mir im Anschluss die Tür des Kellers auf und besieht mich mit besorgten Blicken.

Als ich mich als Letzter im Keller eingefunden habe, erheben sich alle elf Mitglieder am runden Tisch. Sie tragen keine Masken und keine Kutten.

»Bist du zufrieden mit dem Ergebnis?«, erkundigt sich Fexor, in dessen goldblondem Haar, das er aus der Stirn seitlich zurückgestrichen trägt, sich das Deckenlicht spiegelt. Seine unverhohlen wissbegierigen Blicke sind kaum in seinem jungen Gesicht zu übersehen.

»Ihr hättet zurückweichen sollen, als sie die Pistole auf euch gerichtet hat, und euch nicht vor mich stellen sollen!«, antworte ich verärgert. Denn ich bin mit dem Ergebnis ganz und gar nicht zufrieden. Innerlich tobe ich vor Wut, da ich die Option, dass Moira meine Waffe im Handschuhfach finden könnte, nicht einkalkuliert habe.

»Sie hätte uns nicht erschossen. Um den guten Helos steht es allerdings schlecht. Sie hat seine Lunge durchbohrt. Feine Lady hast du dir herausgesucht«, bringt er lachend hervor und nimmt einen Schluck von seinem Scotchglas. »Trotzdem, fand ich, lief es ganz gut.«

Er erntet einen grimmigen Blick von mir und verstummt schlagartig.

»Ja, ich muss sagen, ich war auch überrascht, dass sie uns angegriffen hat. Der Zorn war kaum in ihrem Gesicht zu übersehen. Es gehört schon eine Menge dazu, jemandem ein Messer in den Rücken zu rammen«, beurteilt Itrunal, der Älteste der Vereinigung, den Überfall.

Genervt stöhnend reibe ich über meine Nasenwurzel, bevor ich mich zu ihnen an den Tisch setze.

»Narusha, behalt sie im Auge«, sage ich zu ihr, da sie sich im hinteren Bereich des Kellers mit Philippa amüsiert darüber unterhält, was für ein Gesicht Moira gemacht hat, als sie mich mit ihr auf der Einkaufspassage gesehen hat.

»Klar, aber sie schläft wie ein Stein.« *Dennoch will ich,*

dass sie beobachtet wird.

»Mach, was ich sage.«

»Wo befindet sich Helos?«, frage ich Fexor, greife zu einem umgedrehten Scotchglas und verfolge aus den Augenwinkeln, wie Narusha an mir vorbeihuscht.

Dikar tritt an meine Seite, um eine neue Flasche Whisky zu öffnen, den Alkohol selbst zu probieren und mir danach ein Glas einzuschenken.

»In der Privatklinik. Seine Familie ist bei ihm.« Fexor stützt sich auf den Ellenbogen ab, verschränkt die Finger ineinander und beugt sich mit diesem bluthungrigen Blick zu mir vor. »Wie gehen wir als Nächstes vor? Die Vanags haben heute das halbe Stadtviertel auf der gegenüberliegenden Seite von Klaipéda abgesucht. Sie wissen bereits, dass Moira ihnen eine falsche Adresse mitgeteilt hat. Der Polizeikontrolle konnten sie auch gerade so entkommen und ihren Wagen kurz darauf selbst in die Luft jagen, um Spuren zu verwischen«, informiert er mich über den aktuellen Stand. *Sie konnten entkommen? Wieder!*

»Sie sind in einem ihrer Stützpunkte abgestiegen«, fährt Cirones fort, bevor er einen Zug von seiner Zigarette nimmt und sie am Aschenbecherrand abklopft. »Und dieser Bastard, Degutis, kann noch laufen. Das Gift scheint seinen Körper zu verlassen und ihn kaum aufgehalten zu haben.«

Von Henriette habe ich anderes gehört. Arūnas war angeblich nicht mehr in der Lage, aufrecht zu gehen und sich auf den Beinen zu halten. Allerdings sollte ich Rysand nicht unterschätzen. Er wird gemerkt haben, dass sein Freund keine einfache Stichverletzung davongetragen hat, sondern die Klinge vergiftet war.

»Vorerst unternehmen wir nichts. Ihr zieht euch zurück, bis ich mich erholt habe und Moira Zeit genug hatte, um einzusehen, dass die Vanags sie im Stich gelassen haben. Ihr könnt euch meinetwegen auf neue Opfer konzentrieren, um die Welt im Glauben zu lassen, wir befänden uns in Vilnius.«

Ich hebe nach meiner Anweisung das Glas zu meinen Lippen, nachdem Dikar nickt und ich mir sicher sein kann, dass der Whisky in Ordnung ist.

Alle zehn Augenpaare sind auf mich gerichtet, bevor sie nicken, sich danach angeregt unterhalten und ich mich mit einem tiefen Stöhnen zurücklehne, da meine Rippen höllisch schmerzen. Schlimmer noch ist das Pochen in meinem Bein, da Helios, während ich von ihnen verprügelt wurde, auch gegen mein verletztes Bein getreten hat. Doch das könnte zu meinem Vorteil sein. Jetzt muss ich mein Hinken nicht mehr verbergen, Moira nicht länger die Augen verbinden oder umgeben von der Dunkelheit vögeln, damit sie ihre eigenen Schnitte, die sie mir zugefügt hat, nicht sofort auf meinem Körper erkennt.

»Willst du dich nicht durchchecken lassen?«, erkundigt sich Iltronas, der sich links von mir herüberbeugt und über seinen grauen Bart streicht.

Ich lächele knapp. »Lass das meine Sorge sein. Rimas ist hier, falls es zu Komplikationen kommen sollte.« Sofort unterbricht Rimas das Gespräch mit Citrones und Fexor, der ihm jedes Detail des Angriffs auf mich schildert.

Gerade bin ich mir nicht mehr sicher, ob es eine ausgeklügelte Idee war, mich vor Moiras Augen von der Vereinigung verprügeln zu lassen. Ich habe in Fexors Worten und Verhalten herauslesen können, welches Vergnügen es ihm bereitet hat, mir die Klinge an den Hals zu halten. Die anderen haben sich zurückgenommen, aber Moira unterschätzt.

Ich wollte dieselbe Situation inszenieren wie damals mit Degutis. Mir war es wichtig, dass sie dieselben Gefühle verspürt wie bei Arūnas, den ich damals auch bloß loswerden wollte. Denn ich weiß genau, dass, wenn ich ihr etwas verbiete oder die Person, die ihr etwas bedeutet, bedrohe, sie sie noch mehr beschützen will, sie eine engere Bindung zu ihr aufbaut. Sie sich für sie einsetzt, sie Gefühle für sie entwickelt.

Sie hat das Spiel nicht durchschaut. Ihre Tränen waren echt, genauso wie ihr reiner grenzenloser Hass auf mich. Wenn die Zeit reif ist, ihr alles zu erklären, wird sie es verstehen. Sie entkommt mir nicht mehr. Ich werde alles unternehmen, damit sie bleibt, sie so lange mit Suggestionen manipulieren, bis sie Arūnas vergisst. Natalie scheint bereits aus ihrem Gedächtnis ausradiert zu sein. Schon bald wird sie auch Degutis nicht mehr kennen.

Denn allmählich entpuppt er sich als lästige Nervensäge. Moira glaubt, dass er ihr nicht antwortet, doch er schreibt ihr beinahe stündlich, sodass ich ständig seine Nachrichten löschen muss.

Er hat eine Vermutung und weiß bereits, was läuft. Aber er weiß nicht, wo wir uns aufhalten. Er wird sie niemals finden und sollte die Suche einstellen, bevor sie für ihn tragisch endet.

Nach einer Stunde erhebe ich mich, umfasse Rimas' Schulter, damit er weiß, dass ich mich hinlegen werde, und er Malvine im Auge behält.

»Kann ich dir behilflich sein, Magnus?« Philippa tritt in einem hellen, knielangen, figurbetonten Kleid an meine Seite und schaut mit ihren großen Augen zu mir auf.

»Das könntest du in der Tat«, antworte ich ihr anzüglich und hebe die rechte Braue. »Folge mir.« Ich reiche ihr meine rechte Hand, in die sie ihre legt, werfe einen letzten Blick zu Dikar und verlasse den hinteren Bereich des Kellers. Zusammen mit ihr steige ich die Treppen in meinem schwarzen Hemd und mit Anzughose hoch.

In einem Nebenraum meines Hauses greife ich in ihr blondes offenes Haar, führe sie vor mir zur Chaiselongue und nehme auf dem Polster Platz. Ohne sie zu küssen oder ihr dieselbe Aufmerksamkeit zu schenken wie Moira, deute ich ihr an, ihr Kleid auszuziehen und auf die Knie zu gehen.

»Glaubst du, sie war eifersüchtig genug, als sie uns

zusammen auf der Shoppingmeile sah?«, fragt sie mich unerwartet, schiebt ihre Träger über die Schulter und streift das Kleid über ihre Hüften.

»Mehr als das«, antworte ich ihr trocken, während ich ihren schlanken Körper betrachte. »Sie hätte dich fast gelyncht.« Meine Augen ruhen auf ihrem Gesicht, wandern zu ihren Brüsten, die nicht so herrlich perfekt sind wie die von Moira, über ihren flachen Bauch zu ihrer Pussy.

Mich zurücklehnend öffnet sie meinen Gürtel und geht zwischen meinen Beinen geschmeidig auf die Knie.

»Wenn du mich weiterhin brauchst, kannst du es mich jederzeit wissen lassen«, bietet sie mir ihre Dienste an. Ich habe sie mehr als zwei Wochen nicht gebraucht. Heute wird es das letzte Mal sein, da ich mich zukünftig voll und ganz Moira widmen werde.

Sie fährt mit ihren Fingern über meine Brust, sodass sich der Schmerz in meinem Brustkorb ausdehnt. Ich stöhne genussvoll. Denn Schmerz bedeutet leben und Leben ist sein.

Mit halb geöffneten Lidern beobachte ich, wie sie ihr blondes langes Haar zurückwirft, danach meinen Schwanz umfasst und ihn bläst. Es ist mit ihr jedes Mal das Gleiche, mit Moira ein Fest. Ob ich es mir bloß einrede oder es Fakt ist: Ich begehre diese Frau über alle Maßen. Ich werde sie mit jedem Tag, der vergeht, jeder Stunde, die wir zusammen verbringen, und jeder Minute, in der ich sie besitze, mehr in meine Welt entführen, bis sie nicht weiter gehen will. Ich werde sie zu nichts zwingen, sondern nur begleiten, bis sie nicht mehr zurückwill.

Ich greife in Philippas Haar, um das Tempo zu beschleunigen und zum Höhepunkt zu kommen. Anders als Moira bläst Philippa meinen Schwanz, um mir zu gefallen und in meinem Ansehen aufzusteigen. Moira hingegen hat Gefallen daran und gibt sich der Sache komplett hin.

Philippas Würgen und Keuchen lauschend schließe ich die Augen, greife fester in ihr Haar und will, dass sie ihn härter und tiefer bläst. Vögeln werde ich sie nicht, das habe ich nie. Sie ist eine Dienerin und keine Ebenbürtige.

Nach weiteren Minuten pulsiert mein Glied, ich betrachte ihre Tränen, die ihr Make-up ruinieren, und entdecke das verdorbene Funkeln in ihren Augen. Sie liebt es, benutzt und geführt zu werden und mir alles von sich zu geben.

Dieser Anblick unterstreicht meine grenzenlose Macht über sie. Obwohl es für sie unangenehm ist, fährt sie fort und umschließt meine Härte fester. Ich kralle meine Hand in ihr geglättetes Haar, hebe das Gesicht keuchend zur Decke und stöhne rau, als ich zum Höhepunkt komme und sie mein Sperma schluckt.

Gleich darauf gebe ich sie frei. Sie leckt über meine Schwanzspitze, leckt meine Härte sauber und zieht sich nackt auf die Knie zurück. Dabei betrachte ich zufrieden das tätowierte Auge unter ihrem Schlüsselbein.

»War ich zufriedenstellend?«

»Mehr als das«, antworte ich ihr süffisant grinsend. »Jetzt geh zurück zu den anderen.«

Sie stemmt sich an dem petrolfarbenen Polster der Chaiselongue hoch, sodass sie ihren nackten Körper erneut zur Schau stellt. Anschließend steigt sie in ihr Kleid, schiebt die Träger über die Schultern und hebt ihr langes Haar aus dem Ausschnitt.

Bevor sie geht, wirft sie mir einen sehnsüchtigen Blick entgegen. Ich weiß genau, dass sie alles für mich tun würde, blind vor überschäumenden Gefühlen ist und am liebsten so sehr von mir begehrt werden will wie Moira.

Philippa ist brauchbar, aber nicht essenziell wichtig für die Vereinigung. Sie hat bisher keinen Mord begangen, sich vor zwei Prüfungen gedrückt und sich stattdessen als eine Dienerin einstellen lassen. Sie steht weit unten in der Ordnung. Wenn sie ihre nächste Aufgabe nicht erfüllt, muss sie verschwinden, das weiß sie genau. Gehen lassen werden wir keinen. Wenn, dann entlassen wir sie in den Tod.

Indem sie sich mir immer wieder anbietet, wird sie nicht weiter aufsteigen. Ich brauche keine Huren, sondern treue Mitglieder, auf die ich mich verlassen kann. Die ihre Vergehen und die der anderen mit ins Grab nehmen.

Nachdem sie die Tür zugezogen hat, schließe ich meine Hose und öffne die Knöpfe des schwarzen Hemdes, um vor dem Stehspiegel die Verletzungen zu betrachten.

Der quere Schnitt, den mir Moira im Keller als Andenken hinterlassen hat, ist beinahe nicht mehr zu erkennen. Blutergüsse und Tätowierungen überdecken ihn komplett. Außerdem war er nicht tief genug, um genäht zu werden.

Ich bin mit dem Ergebnis zufrieden, auch wenn die Aktion beinahe aus dem Ruder gelaufen wäre. Mit den Fingern streiche ich über mein tiefblau unterlaufenes Auge und die geklebte Platzwunde auf meiner Stirn.

Schuldgefühle werden Moira weiterhin Dinge für mich machen lassen, die ich will. Sie wird von ganz allein in die richtige Richtung gelenkt und schon bald das Rätsel selbst lösen.

Auf diesen Augenblick freue ich mich am meisten, wenn ihr bewusst wird, mit wem sie die gesamte Zeit zusammen war, unter wem sie gestöhnt hat, wer sie nach Klaipéda brachte und sich in ihren Kopf eingenistet hat.

Morgen früh beginnt alles von vorn, da jede Hypnose während des Schlafens endet. Sie wird sich normal fühlen, die Blackouts der Medikamente in ihren Getränken sie weiter an sich zweifeln lassen und sich danach wieder mir hingeben. Aus dem Kreislauf, den ich geschaffen habe, kann sie nur ausbrechen, wenn sie stark genug ist und weiß, wer ich bin.

Ihr wird es bald gelingen, da bin ich mir sicher. Dann hätte sie den ersten Test gemeistert, meine schöne, kluge Moira.

20

ARŪNAS

EINE WOCHE SPÄTER

Am Hafengelände lehne ich mich gegen das Geländer, um das einfahrende Containerschiff zu beobachten. Ein Blick auf mein Handy und ich lese 0.46 Uhr ab. Wieder keine Nachricht von Moira. *Wieso auch sollte sie mir schreiben?*

Sie besitzt kein Handy, sie hat nicht einmal ihre persönlichen Dinge bei sich, da die Vermieterin ihrer Wohnung seit Tagen nicht mehr gesehen wurde und angeblich nicht zu Hause ist. *Wer's glaubt.*

Allmählich geht mir die Geduld aus und ich würde dieses schwarze Maskengesicht endlich in die Finger kriegen wollen. Kęstas ist Magnus. Das ist Fakt. Er hat sich irgendwo in Litauen mit Moira verkrochen. Keine Ahnung, ob sie mittlerweile weiß, was abgeht, oder sie bereits in einem Käfig sitzt und seine Perversionen aushalten muss.

Ich balle meine eiskalten, beinahe tauben Finger zu Fäusten.

Während die anderen abgereist sind und nur noch Nojus und Jones bei mir sind, verlasse ich Klaipéda nicht. Nicht, ohne zuvor eine neue Spur gefunden zu haben. Ich kapituliere in Magnus' Augen, doch ich resigniere bloß ein paar Tage. Außerdem brauchte ich Zeit, um mich von dem Scheißzeug, das er mir verabreicht hatte, und der Verletzung zu erholen. Erst seit zwei Tagen stehe ich endlich wieder auf den Füßen und gehe Tjarks Auftrag nach, um die neue Lieferung zu kontrollieren, zu zählen und auf Lkws verfrachten zu lassen.

Mein Vater hat mich ebenfalls kontaktiert, der mich ein halbes Jahr nicht angerufen hat. Er hatte plötzlich die glorreiche Idee, mir sein Unternehmen zu überschreiben, da er ein chronisches Herzleiden hat.

Es ist wirklich beachtlich, wie es Magnus gelingt, sich

überall in mein Leben einzunisten und die Fäden zu ziehen, mich auf Trab zu halten und dafür zu sorgen, dass ich beschäftigt bin.

Mein Gott, muss ihm Moira mehr wert sein als alles andere auf dieser Welt. Wenn ich es nicht besser wüsste, ist er genauso vernarrt in sie wie ich.

Ich zähle die blinkenden Lichter des Frachters, der noch locker zwanzig Minuten braucht, um im Hafen einzufahren.

Aus den Augenwinkeln entdecke ich Scheinwerfer eines alten Geländewagens, der langsam nach mir Ausschau haltend über das Hafengelände fährt.

Mit einem Knurren, das ich nicht unterdrücken kann, und bis oben hin vollgestopft mit Medikamenten, stoße ich mich vom Geländer ab und halte auf den Wagen zu. Im Gehen vergewissere ich mich, dass wir ungestört sind. Bisher konnte ich keine von Magnus' Fratzen ausfindig machen.

Ich greife zu meiner Beretta, die ich, ohne sie zu verstecken, in der rechten Hand mitführe.

Der grauhaarige Mann, den ich auf den ersten Blick kaum wiedererkannt hätte, steigt mit einer Schrotflinte in den Händen aus seinem Wagen.

Ganz der alte Timothy – denke ich. Wenn er nicht ausgestiegen wäre, wäre er immer noch einer der höchsten Mitglieder unserer Organisation. Auch er blickt sich überall um.

»Schön, dass du es dir einrichten konntest, deine

Komfortzone vor dem Fernseher zu verlassen«, begrüße ich ihn amüsiert, woraufhin er seine Flinte hebt und ich ihm im selben Moment meine Pistole entgegenhalte.

»Spar dir deine Witze, Klugscheißer. Ich bin nicht deinetwegen gekommen. Leg die Waffe weg, sonst ist das Treffen augenblicklich beendet.« In seiner schwarzen Lederjacke und blauen Jeans bleibt er etwa zehn Meter von mir entfernt stehen und nickt zu meiner Pistole. Für gewöhnlich würde ich ihm ins Knie schießen und danach die Waffe auf den Boden legen, da ich keine Befehle eines in Rente gegangenen Mitglieds befolge.

»Gut, ich mache eine Ausnahme, aber nur, wenn du deine Blechbüchse weglegst. Ich kratze ungern den Schrot aus meinem Körper, wenn es zu einer hitzigen Auseinandersetzung kommen sollte.«

Er blinzelt mir abschätzend entgegen, bevor er einwilligt. Gleichzeitig legen wir die Waffen auf den eisbeschichteten Asphalt, aber halten unseren Abstand ein.

»Wenn ich mir das erlauben darf. Du hast dich wirklich gehen lassen«, scherze ich, woraufhin seine Finger zucken.

»Du siehst auch scheiße aus. Bleich wie ein Geist. Magnus setzt dir gewaltig zu. Dieses Mal hast du nicht wie sonst die Situation im Griff.«

»Da hast du leider recht«, gebe ich zu. »Er ist stärker und mächtiger, als ich dachte. Ich läge gerade auch lieber im Bett, um mich zu erholen, als dich zu treffen.«

»Dann bringen wir es hinter uns. Verrate mir, was du vom letzten Standort meiner Tochter weißt.«

»Wir haben Magnus' oder besser Kęstas' Handy überwacht. Seine Spur führt zu einem Reichenviertel, allerdings verlor sich kurz darauf das Signal. Deine Tochter besitzt gar nichts mehr. Sie ist ihm vollkommen ausgeliefert. Die Vermieterin der Ferienwohnung ist verschwunden.« Ich betone das Wort verschwunden, damit er versteht, was ich meine. »Sie werden ihre Leiche irgendwohin gebracht haben. Vermutlich wusste sie, wer ihr Nachbar ist, oder sie hat seine Befehle nicht befolgt. In ihrer Ferienwohnung fanden Leute von uns kurz darauf Moiras Sachen: Laptop, Kleidung, Ausweise, Geld. Nur ihr Handy fehlt. Zuletzt wurde sie auf einer Einkaufspassage gesehen. Das war vor über einer Woche. Es wurden zudem merkwürdige Aufnahmen in der Tiefgarage gemacht. Mehrere dunkle Gestalten haben auf Kęstas und Moira gewartet, danach filmten die Aufnahmen nichts mehr. Das war's. Mehr Infos habe ich nicht.«

Die gesamte Zeit behält mich Timothy im Auge, folgt meinen Worten und atmet geräuschvoll durch.

»Ich weiß, was hier läuft«, brummt er letztendlich, sodass ich ihn fragend anblicke. »Ich habe eine Weile gebraucht, um herauszufinden, wo die Zusammenhänge liegen.«

»Wo? Wer ist Magnus? Und warum ist er so besessen von deiner Tochter?«

Nun überwindet Timothy die Distanz zwischen uns, sammelt seine Flinte auf und geht auf die Pier zu.

»Es gab früher eine Nachbarsfamilie, die eng befreundet mit unserer war. Moira verbrachte viel Zeit mit der jüngsten Tochter und ab und an mit ihrem Bruder. Wenn man es so nimmt, gehörten die beiden Kinder praktisch zur Familie. Eines Abends jedoch, als meine Frau und ich ein Treffen mit Tjarks Vater abhielten, wurden wir belauscht. Ich war mir nicht sicher, wer es war, aber habe kurz darauf ein Rascheln in den Baumkronen an unserer Grundstücksgrenze gehört. Es war der Nachbarsjunge, der – keine Ahnung – damals zwanzig war. Fünf Jahre später meldete ich meine Frau. Ich weiß nicht, ob du darüber informiert wurdest, aber dieser Sohn war in deinem Alter und ebenfalls bei den Vanags. Ich konnte ihn dazu überreden, als mir klar wurde, was er beobachtet hatte. Ihn töten konnte ich nicht, aber ihm anbieten, selbst der Organisation beizutreten. Und dieser Mann ist heute Magnus.«

Wenn er in meinem Alter ist, müsste ich ihn kennen. »Das kann unmöglich stimmen. Ich bin jeden Verräter durchgegangen, der eine Verbindung zu Tjark, Rysand oder mir hat oder hatte. Niemand kennt unsere Namen, nicht einmal die kleinsten Mittelsmänner.« Aber Magnus wusste, wie wir heißen.

Timothy dreht sich zu mir um und lacht polternd. »Unterschätze ihn nicht. Er wird an seine Informationen gekommen sein. Nach dem Mord an meiner Frau hat mir

Daren berichtet, dass Magnus sie beobachtet hat und den dummen Fehler begangen, statt die Leiche zu verstecken, zum Nachbarhaus rüberzugehen und die Personen, die er dort finden konnte, zu erschießen.«

»Darüber wurde ich nie in Kenntnis gesetzt.«

»Du Dummkopf. Denkst du, Daren hätte freiwillig zugegeben, die Sache vermasselt zu haben? Ich hätte es erledigen sollen, so wie ich es vorgeschlagen habe, dann wäre es nicht zu diesem für Moira traumatischen Ereignis gekommen und der Nachbarssohn hätte nicht Zeuge von einem Blutbad werden können!«, blafft er mich an, als wäre ich daran schuld. Ich war nicht vor Ort, ich habe ihre Mutter nicht ermordet und die waghalsige Entscheidung getroffen, auch noch die Augenzeugen zu töten.

Zwar ist es immer leichtsinnig, Zeugen am Leben zu lassen, aber die gesamte Familie auszulöschen, dazu gehört einiges.

»Wie hieß die Familie, Timothy?«

»Wenn ich dir das sage, bin ich sofort tot.«

»Du bist auch tot, wenn du es nicht sagst«, drohe ich ihm und ziehe meine zweite Waffe, um sie ihm an den Kopf zu halten. »Gib mir einen Namen.«

»Gib Moira auf«, sagt er schnell. »Sie ist nicht mehr zu retten. Seine Mördervereinigung ist mächtiger, als es die Vanags waren, Degutis«, spricht er eindringlich und hebt die Hände auf meine Schultern.

»Sag mir den Namen«, bestehe ich weiterhin auf eine Antwort.

»Nein, ich werde nicht noch mal zum Verräter werden.«

Verwirrt von seinen Worten starre ich ihn an, reiße mich aus seinen Händen los und weiche zurück. Ich halte ihm die Pistole nur ungern ins Gesicht. »Du kannst sie nicht im Stich lassen. Wenn du mehr weißt, sag es mir endlich!«

»Er wird auf sie aufpassen. Es besser machen als ich.«

Was redet er da für einen kompletten Blödsinn?

»Magnus ist wesentlich skrupelloser als wir. Er ist eine Bestie. Er wird nicht auf sie aufpassen, sondern sie benutzen und ihr schaden, sie psychisch kontrollieren, von sich abhängig machen.« Vollkommen in Rage, da er keinen Ton von sich gibt, greife ich nach seiner Jacke und stoße ihn rücklings zum Geländer. »Ich meine es todernst, Timothy. Magnus wird dich auch nicht beschützen, egal, was er dir versprochen hat. Wenn du nach Hause fährst, bist du tot, kapierst du das? Er erledigt jeden, der ihm nützlich war und den er nicht mehr braucht!« Genauso ist er bei der Vermieterin der Ferienwohnung gewesen, bei Polizisten, deren Leichen später gefunden wurden und die zuvor dafür gesorgt haben, seine Leute aus den Polizeirevieren freizulassen. Jeder, der für Magnus gearbeitet hat und erpressbar ist, stirbt irgendwann.

»Nenn mir seinen Namen und ich kann etwas für dich tun. Moira braucht dich noch. Du kannst keinen Serienmörder schützen.«

Er betrachtet mich voller Verachtung, schaut dann an

mir vorbei und weitet die Augen. Sofort drehe ich den Kopf über die Schulter und sehe einen roten Laserpunkt über uns tanzen.

Bevor der Schuss fällt, gehe ich zusammen mit Timothy in Deckung und zerre ihn hinter mir her zu den ankernden Containerschiffen. Weitere Schüsse fallen, während ich den alten Mann mit mir ziehe.

Er hat sie direkt zum Treffen gelockt. Große Klasse!

Ich hechte trotz des fiesen Schmerzes in meiner Flanke weiter, als Timothy plötzlich umfällt und ich zum Kran hochblicke, auf dem sich der Schütze befinden muss. Ohne lange zu überlegen, greife ich unter die Arme des Mannes und zerre ihn mit Anstrengung hinter ein Schiff, um Deckung zu finden. Danach knie ich mich zu ihm und sehe, wie er sich die Brust hält. Scheiße, er wurde getroffen.

»Ich rufe einen Rettungsdienst. Halte noch durch.« Mit der rechten Hand suche ich nach meinem Handy in der Jackentasche, als weitere Schüsse zu hören sind.

»Bring dich in Sicherheit, Arūnas. Sie werden … uns alle holen.« Er greift nach meinem Arm und zieht sich an ihm schwer atmend höher. Ich lächele knapp.

»Sie holen uns nicht.« *Wenn, dann werde ich ihn holen.*

»Komm …« Er winkt mich zu sich hinab, da er mir etwas mitteilen will. »Sag Moira, es tut mir leid. Erklär ihr … wieso … keine andere Wahl …«

Seine Worte werden immer unverständlicher und abgehackter. Er klammert sich an meinem Arm fest, während wir weiterhin unter Beschuss stehen. Nicht lange und Magnus' Leute werden uns suchen.

»Ich richte es ihr aus. Das verspreche ich dir«, versichere ich ihm. »Aber sag mir seinen Namen. Es wäre das Letzte, was du für sie tun könntest.«

Seine Augen wandern über mein Gesicht, bevor er sich zittrig zu mir hochzieht. »Sein Name ist Dem…«

Ihn trifft ohne Vorwarnung ein Kopfschuss. Erschrocken treten seine Augen hervor, während ich die Luft anhalte. Augenblicklich schaue ich zur Seite und sehe zwei schwarz gekleidete Schützen. Ich ziehe meine Waffe, ziele auf ihre Knie und ihre Köpfe. Einer kippt zur Seite, während der zweite die Verfolgung aufnimmt. Er verballert seine komplette Munition, als er langsam auf mich zuschreitet. Wieder wandert der Laser über den Asphalt. Ich werde von zwei Seiten angegriffen. *Solch ein Dreck.* Mit dem Treffen habe ich sie direkt zu mir geführt. Aber wer hätte ahnen können, dass Timothy Magnus' Befehl mehr bedeutet als seine eigene Tochter. Er bleibt ein Verräter. Was habe ich schon erwartet?

Ich renne in einem schnellen Sprint an dem hundert Meter langen Containerschiff entlang, um mich mit einem Hechtsprung ins Meer zu retten. Weitere Schüsse sind zu hören, als ich blind im Meer tauche und zum nächsten Containerriesen schwimme. Ich muss so lange warten, bis sie die Suche aufgeben. Allerdings ist das Wasser arschkalt und lässt mich kaum tief durchatmen.

Wie lange überlebte es Jack der Titanic bei vier Grad

Wassertemperatur? Scheißfilm. Warum denke ich jetzt daran?

Im Schatten der Dunkelheit schwimme ich unauffällig zu der Außenleiter des Containerschiffes, um mich an einer Sprosse festzuhalten.

»Meines Erachtens dürfte er das nicht überlebt haben.«

»Hast du ihn getroffen?«

»Konnte ich nicht sehen.«

Am ganzen Körper zitternd schließe ich die Augen und horche in mich. Nein, ich wurde nicht getroffen, aber sollte schnellstmöglich das Wasser verlassen, bevor ich als Eisklotz in der Arktis angespült werde.

Zähneklappernd und mit bibbernden Lippen lausche ich den Gesprächen der Männer, die dabei sind, Timothys Leiche fortzutragen. Wenn Moira erfährt, dass ihr Vater vor meinen Augen gnadenlos mit einem Kopfschuss hingerichtet wurde, wird sie mich dafür hassen, nichts unternommen zu haben. Timothy ist solch ein Narr gewesen. Verräter bleibt Verräter. Egal, was Magnus ihm versprochen hat.

Wasser tropft aus meinem Haar, meine Kleidung klebt eiskalt an meinem Körper, als ich weitere Sprossen rücklings hoch hangele, um mich wachsam umzublicken. Irgendwann höre ich Motorgeräusche und sehe, wie Taschenlampen das Meer absuchen. Sie sind verdammt hartnäckig. Je länger sie bleiben, desto mehr erfriere ich. Meine Finger fühlen sich taub und starr an, mein flacher keuchender Atem steigt in weißen Wölkchen auf, während mir meine Flanke wieder Probleme bereitet und mich nicht mehr lange durchhalten lässt. Hoffentlich ist die verdammte Naht nicht aufgegangen.

Du solltest dich schonen und ausruhen. Sport und anstrengende Aktivitäten sind verboten – teilte mir Vilius mit.

Nun ja, lieber höre ich mir von ihm eine Standpauke an, wenn er mich zusammenflickt, als draufzugehen oder Moira im Stich zu lassen. Verflucht zur Hölle! Verschwindet endlich, ihr Idioten, damit ich euch verfolgen kann. Denn ich sollte meinen Nachteil zu einem Vorteil ändern.

Wann werde ich schon noch die Chance haben, ihnen zu begegnen und zu folgen.

»Das wars! Der ist ersoffen! Verschwinden wir!«, ruft ein Typ mit einer jüngeren Stimme die Anweisungen. Nachdem die Lichtkegel nicht länger die Wellen und Zwischenräume der Schiffe absuchen, halte ich die Luft an und lasse mich wieder ins Eiswasser sinken.

Wachsam schwimme ich um den Bug des Schiffes herum, um am Rand des Piers Magnus' treue Gefolgsleute zu beobachten.

Scheiße, ich muss hier langsam raus, denn ich spüre meine Beine nicht mehr. Etwa siebzig Meter entfernt sehe ich drei Gestalten etwas Großes in einen Kofferraum heben. Eindeutig Timothys Leiche.

Ich ziehe mich eher ungelenk nach drei ergebnislosen

Versuchen aus dem Wasser, als sie in den dunklen SUV einsteigen. Sie wenden ihre Prollkarre, während ich mich auf den Asphalt ziehe und einen Moment liegen bliebe.

Kurz durchatmen und die Augen schließen.

Mit geschlossenen Augen verfluche ich diese Penner. Wenn das Treffen wenigstens etwas gebracht hätte und ich Magnus' echten Namen herausgefunden hätte, wäre ich dem Ziel näher gekommen.

Nachbarschaft – kreist das Wort durch meinen Kopf.

Timothy könnte die direkten Nachbarn seines Hauses gemeint haben oder zwei Häuser weiter oder eine Seitenstraße weiter. Keine Ahnung. Dem… Das war die einzige Silbe, die er über die Lippen bringen konnte, bevor man ihm direkt neben mir die Lichter ausblies. *Dem…, was? Was könnte er damit gemeint haben?*

Ich will mir besser nicht ausmalen, wie Moira darauf reagieren wird, wenn sie von der Ermordung erfährt. Sie hat nun beide Elternteile verloren.

Am gesamten Körper zitternd und Zähne klappernd zwinge ich mich, mich hochzustemmen.

Mach schon! Penn nicht ein!

Ich muss zu meinem Wagen …

Wankend und die Arme um den Körper schlingend bewege ich mich wie eine Mutation zu meinem Mercedes, der hinter der Lagerhalle parkt. Im selben Moment läuft das beknackte Schiff mit Tjarks Ware ein. *Soll sich Nojus darum kümmern …*

Als ich den Wagen erreiche, werde ich den Mantel los

und entdecke, als ich das Shirt hochziehe, meine blutende Wunde. Gottverdammt!

Ohne sie länger anzustarren, da sie so auch nicht heilen wird, werfe ich den Mantel auf die Beifahrerseite und rutsche auf den Fahrersitz. Nachdem ich den Motor gestartet habe, stelle ich sämtliche Lüftungen auf die höchste Temperatur ein und versuche, einigermaßen bei der Sache zu bleiben. Aber mein Verstand wird immer träger und müder.

Fuck, Moira. Für keine Frau würde ich Eisbaden gehen und mich mit einem Verräter treffen. Gerade frage ich mich wirklich, ob ich nicht endlich meine Suche beenden sollte.

Aber ich räume nicht freiwillig das Feld. Ich werde Magnus finden, entlarven und wenn nötig umbringen. Er soll nicht glauben, dass seine beknackte Gruppierung von Messerschwingern mächtiger ist als die Vanags! Und wenn ich ihm allein gegenüberstehen sollte, umringt von seinen Priesterheinis, und es keine Chance für mich gibt, lebend aus der Nummer rauszukommen, werde ich ihm zeigen, dass ich mein Ziel bis zum Ende verfolge.

Ich fahre über das Hafengelände und suche im Handschuhfach nach dem zweiten Handy, um Nojus anzurufen. Nach einigen Ruftönen nimmt er verpennt endlich ab.

»Lief alles nach Plan?«, geht er gähnend ran.

»Nein. Timothy ist tot. Er wurde …« Kurz atme ich durch, folge dem Zwingpfeil und halte nach dem schwarzen SUV Ausschau. »Sie haben ihm direkt neben mir einen Headshot verpasst. Ich konnte nichts mehr tun.«

»Alter …«

»Zydrunas soll … er soll sein Handy orten. Sie haben seine Leiche mitgenommen. Er soll mir die Daten schicken, bevor sie … sein Handy finden und ausschalten. Kümmer dich um die Lieferung, ich muss sie verfolgen«, bringe ich immer noch am gesamten Körper zitternd hervor und lege auf, da ich mich auf die Fahrbahn konzentrieren muss. Ich werfe das Telefon neben mir auf den Beifahrersitz, umklammere das Lenkrad und gebe Gas. Nojus versucht mich erneut anzurufen, aber ich nehme nicht ab, sondern muss mich auf die Verfolgung konzentrieren. Wo zur Hölle sind sie abgebogen? Ich fahre nach rechts ins Zentrum, um sie an einer Ampel stehend zu finden. Doch sie sind spurlos verschwunden.

Verdammte Scheiße, es ist zu spät. Ich sehe den SUV nirgends und kann bloß hoffen, dass Zydrunas aus dem Arsch kommt und mir die Ortungsdaten schickt.

Nachdem ich weitere Minuten orientierungslos durch halb Klaipéda gefahren bin, halte ich an einem Park, um mich einen Moment auszuruhen. Bloß die Augen schließen und diese verfluchte Kälte, die meinen Körper einfach nicht verlassen will, loswerden. Mittlerweile ist es kurz nach vier Uhr nachts, die Straßen sind leer, niemand ist zu sehen. Bis zur Unterkunft muss ich eine halbe

Stunde fahren, aber befürchte, dass ich das nicht durchhalte.

Wieder klingelt mein Handy und ich nehme, den Fahrerrücksitz nach hinten gestellt, müde ab. »Ja.«

»Arūnas, wo bist du?« Tjark ist am anderen Ende.

»Am Park … Lass mich kurz schlafen … Nur einen … Moment.«

»Wir sind unterwegs zu dir. Jones und Nojus werden als Erstes eintreffen. Hör auf, Alleingänge zu unternehmen, und informiere mich, wo du bist. Es gibt Regeln, die auch für dich gelten, verstanden!« *Er kann sich ja aufregen wie mein alter Herr.*

Schwach grinsend schließe ich die Augen. »Schick Vilius mit. Die Wunde … ist aufgegangen. Er muss sich das noch mal … ansehen.«

Ein tiefes Seufzen ist zu hören. »Okay, bleib dort, schlaf etwas und schick mir deinen Standort.«

»Kann ich dir sagen … Daukanto …« Ehe ich weitersprechen kann, rutscht mir das Handy aus den Fingern, und ich verliere die Kontrolle über meine Augenlider, die schwer zufallen.

21
MOIRA

Die gesamte letzte Woche verging wie im Flug, obwohl ich das Haus kaum verlassen habe. Ich habe jede Hoffnung aufgegeben, dass das Paket von Henriette jemals eintreffen wird.

Sie geht nicht einmal ans Telefon, wenn ich sie mit Kęstas' Handy anrufe. Arūnas meldet sich auch nicht. *Was ein Blödarsch!* Dabei dachte ich, es wäre ihm wichtig, dass wir uns treffen. Bevor ich ihn verurteile, sollte ich die Option nicht ausschließen, dass es ihm miserabel gehen könnte. Von einer Stichverletzung erholt man sich nicht mal eben innerhalb von drei Tagen.

Kęstas hingegen erholt sich schnell. Bloß die ersten beiden Tage hat er sich geschont, lag öfter im Bett und hat Fachbücher gelesen, während sich Narusha und Rimas um Malvine gekümmert haben. Malvine war komplett aus dem Häuschen, als sie ihren Onkel so zugerichtet sah, der die Verletzungen auf einen Treppensturz schob.

Wenn ich meine Sachen nicht zugeschickt bekomme, habe ich zwei Möglichkeiten. Zurück nach Riga fahren und sie abholen oder Geld und Zeit in die Hand nehmen und alles neu kaufen und anmelden.

Auf dem Balkon des Schlafzimmers blicke ich auf die funkelnde Schneedecke in der Nacht. Es ist wie seit Tagen klirrend kalt und windig, dafür gab es keinen Neuschnee.

Das Klügste wäre, wenn ich morgen nach Riga fahre und danach direkt den Bus oder die Bahn nach Vilnius nehme. Arūnas könnte ich dann über mein Handy versuchen zu erreichen oder es lassen. Aber ich kann nicht auf Dauer in Klaipéda bleiben. Mein Studium beginnt in zwei Wochen wieder, ich muss mich für Vorlesungen und Seminare anmelden und will Narusha und Rimas nicht länger auf der Tasche liegen.

Ich zünde mir eine zweite Zigarette an, als ich die erste im Schnee ausgedrückt habe und in den Aschenbecher lege.

Kęstas wäre es am liebsten, wenn ich bleibe, da ich ihm und den anderen keine Umstände mache. Jedoch weiß ich nicht, was das überhaupt zwischen uns ist. Eine Freundschaft? Eine Freundschaft plus? Ein lockeres Sexverhältnis? Eine Beziehung?

Ich will nicht abstreiten, dass ich ihn anziehend finde und mag und er mich an einen Nachbarsjungen von früher erinnert, mit dessen Schwester ich viel Zeit verbracht habe und, nun ja, mit vierzehn in den fast über zehn Jahren älteren Typen kurzzeitig verknallt war. Aber hey, das war eine Teenieromanze, die man nicht wirklich ernst nehmen kann. Keine Ahnung, was aus beiden geworden ist, nachdem sie weggezogen sind.

Demjan war damals vierundzwanzig und nur an den Wochenenden zu Hause, Sanja sechzehn, die vermutlich eine Ausbildung begonnen hat. Nach dem Mord an meiner Mutter hütete mich mein Vater wie einen kostbaren Schatz. Ich durfte wochenlang nicht rausgehen, nicht die Schule besuchen oder mich mit Freunden treffen. Während die Polizei es als Suizid abgetan hat, war mein Vater anderer Meinung – was ich jetzt dank Magnus und Arūnas verstehe. Keine Ahnung, ob er geglaubt hatte, die Vanags könnten zurückkommen und auch ihn oder mich töten. Kurz darauf versank er in Depressionen und wurde alkoholabhängig. Ich vermute, das war der Zeitpunkt, an dem er bei den Vanags ausstieg. Wenn ich wieder zu Hause bin, werde ich ihn fragen. Auch wenn er nicht darüber reden will, habe ich das Recht zu erfahren, was damals wirklich passiert ist.

Zwar will er immer alles unter den Tisch kehren und

Probleme totschweigen, aber mich beschäftigt es. Mich macht es rasend, seine wahren Beweggründe nicht zu wissen. Ich will wissen, warum er Mama verraten hat. Er hätte sie umstimmen können, zu ihr halten können. Er hätte alles andere tun können, als sie an die Vanags auszuliefern.

Ich zupfe den Schal in meinem Nacken höher und schiebe die Kapuze über meinen Kopf. Wenn sich alles beruhigt hat, werde ich mit ihm reden. Morgen werde ich nach Riga fahren, das steht für mich fest. Falls Kęstas etwas dagegen haben sollte, meinetwegen. Ich mag ihn sehr, beinahe spüre ich dieselbe Anziehung und Verbindung wie zu Arūnas, dennoch will er mich hin und wieder von meinen Vorhaben abbringen, weil er Bedenken hat und an meine Sicherheit denkt.

Seine Sorge um mich schmeichelt mir sehr, denn ob ich es mir eingestehen will oder nicht, fühle ich mich jeden Tag mehr zu ihm hingezogen. Ich würde fast meinen, dass er nur auf den Moment wartet, bis ich ihn frage, wie es zwischen uns weitergehen soll. Denn hin und wieder reißt er Themen an wie: »Wie sehen deine Vorhaben aus, wenn alles wieder normal weitergeht?«, oder: »Wann war deine letzte Beziehung?« Und: »Möchtest du später Kinder?«

Aber solange Magnus sein Unwesen treibt und er gegen jeden männlichen Kontakt von mir ist, werde ich das Thema nicht ansprechen. Eine Beziehung in diesen schwierigen Zeiten einzugehen, ist keine gute Idee.

Es ist kurz nach zwei Uhr nachts, als ich den letzten Zug meiner Zigarette nehme und zu den Sternen aufblicke, die am klaren Nachthimmel funkeln.

»Kommst du wieder ins Bett?« Hinter mir wird die Balkontür aufgeschoben, die ich bloß einen Spaltbreit aufgelassen habe.

Ich drehe mich zu Kęstas um, der in schwarzen Shorts und oberkörperfrei noch verschlafen in der Tür steht.

Mit einem Seufzen schaue ich ein letztes Mal zu den Sternen auf, bevor ich den Balkon verlasse.

»Du wirkst nachdenklich. Machst du dir über etwas Gedanken?«, will er wissen, als ich an ihm vorübergehe und meine Schuhe und den Mantel ausziehe.

»Ich fahre morgen nach Riga.«

Schlagartig starrt er mich mit einem finsteren Blick an. »Wozu?«

»Wozu wohl?« Ich lache und verpasse ihm einen lockeren Klaps gegen die gesunde Schulter. »Ich brauche meine Sachen. Wie soll ich sonst jemals meine Schulden begleichen und ohne Laptop für die Uni lernen? Danach werde ich nach Vilnius fahren und meinen Vater besuchen. Ich muss gewisse Sachen endlich klären, die mich schon die gesamte Zeit beschäftigen.«

»Das hast du alles bei einer Zigarette auf dem Balkon beschlossen?« Als ich das Bett im schwarzen kurzen Pyjama umrunde, bekommt er mein rechtes Handgelenk zu fassen und zieht mich zu sich.

»Ja, ist das schlimm? Außerdem waren es zwei Zigaretten«, antworte ich schmunzelnd und zwinkere ihm zu. Doch er ignoriert meine lockeren Späße.

»Ich könnte dich begleiten?«, schlägt er vor.

»Nein, ich schaffe das allein. Außerdem will ich nicht, dass Magnus dich mit mir zusammen sieht und ich ihm einen weiteren Grund liefere, um dich anzugreifen.«

Er reckt das Kinn in die Höhe, um mich mit einem ernsten Blick zu besehen.

»Ist mir egal, ich werde dich begleiten.«

»Du in einem Bus sitzend Richtung Riga?« Das ist kaum vorstellbar.

»Ich könnte dich fahren«, bietet er mir charmant lächelnd an, streichelt über meine Bauchseite und beugt sein Gesicht zu mir herab. »Oder du wartest noch ein oder zwei Tage. Deine Sachen werden sicher bald ankommen. Nicht, dass du umsonst nach Riga reist.«

Irgendwie beschleicht mich immer mehr der Verdacht, dass er mich wie mein Vater früher nicht mehr allein lassen will und mich rund um die Uhr bewacht – was ich zwar sehr beschützend von ihm finde, aber ihn noch sein Leben kosten könnte.

»Okay, gut. Ich warte noch zwei Tage«, gebe ich nach, da seine Gründe nicht unberechtigt sind. Vor ihm stelle ich mich auf die Zehenspitzen und küsse seinen rechten Mundwinkel.

»Ich habe noch etwas für dich. Du sollst es aber nicht falsch verstehen.« Er löst sich nach dem Kuss von meinen Lippen, um danach ins Ankleidezimmer, das am Schlafzimmer angrenzt, zu gehen und mit einer Schachtel zurückzukommen.

Fragend, was er mir mitten in der Nacht übergeben will, gehe ich auf ihn zu. In seinen Händen hält er ein neues Handy. »Das war ich dir doch schuldig, da ich dein anderes zerstört habe.«

Verblüfft, dass er daran gedacht hat, starre ich der Verpackung entgegen. Endlich ein eigenes Telefon. Mit der Zeit kam ich mir selbst schon dämlich vor, ihn jedes Mal darum bitten zu müssen, seines zu benutzen.

»Danke«, hauche ich und nehme es dankbar an. Doch er gibt die Schachtel nicht frei, schiebt eine Hand über meinem Ohr in mein Haar und kippt meinen Kopf in den Nacken zurück. »Wenn du weitere Pläne schmiedest, weih mich ein. Ich habe länger über uns nachgedacht und möchte, dass wir weitergehen und du meine Partnerin wirst.«

In meinem Brustkorb dehnt sich dieses irrsinnige Flattern aus, als ich seine Worte höre. Er hat sich darüber Gedanken gemacht, wie es mit uns weitergehen soll? Wenn sich mein Leben nicht in einem Ausnahmezustand befinden würde, würde ich auf der Stelle »Ja« sagen, »Lass es uns probieren und sehen, wo es hinführt.« Aber gerade denke ich bloß daran, eines Morgens aufzuwachen, und die Betthälfte neben mir ist leer, weil er entführt wurde. Oder schlimmer noch, er tot mit aufgeschlitzter Kehle neben mir liegt.

»Aurelia«, spricht er eindringlich weiter, als ich

keinen Ton über die Lippen bekomme. »Du hast dich die letzten Tage um Malvine und mich gekümmert, wir hatten bisher den besten Sex, und ich glaube, dich mittlerweile fast komplett zu kennen.«

Ich beiße mir auf die Unterlippe und weiche seinem Blick aus. »Sieh mich an.«

Er schnappt mein Kinn, damit ich in seine Augen blicke. »Du bist mir unendlich wichtig geworden, und ich weiß, dass es dir genauso geht und du nur wegen des Serienmörders nichts riskieren willst.«

Nur wegen des Serienmörders … Es ist viel mehr als das. »Sie haben den letzten Mann, dem ich nähergekommen bin, entführt und ihn gefoltert. Er wurde schwer verletzt gefunden. Wenn er nur einen Tag später gefunden worden wäre, hätte er tot sein können. Gerade weiß ich überhaupt nicht, ob er noch lebt oder an den Verletzungen gestorben ist.«

»Was macht das für einen Unterschied? Du lebst ohnehin schon seit über anderthalb Wochen mit mir zusammen.«

»Schwaches Argument«, kontere ich und weiche vor ihm zurück. »Ich mag dich sehr, Kęstas, wirklich, und ich würde lügen, wenn ich abstreiten würde, nicht auch darüber nachgedacht zu haben, weiterzugehen. Aber das funktioniert nicht. Noch nicht. Vielleicht später, wenn sich alles beruhigt hat oder Magnus gefasst wurde oder die Vanags ihn zur Strecke gebracht haben.«

Er schnaubt abfällig, bevor er dunkel und überheblich lacht, als hätte ich einen makaberen Witz gemacht.

»Sie werden ihn niemals erledigen. Denn wie es aussieht, stehen die Vanags auf der Verliererseite. Heute Morgen wurde eine neue Frauenleiche in Vilnius gefunden. Hätten die Vanags Magnus gestoppt, wäre er wohl kaum in der Lage gewesen, einen weiteren Mord zu begehen.«

Davon wusste ich nichts. Aber wie auch, ich schaue keine Nachrichten und hatte bis vor Kurzem keinen Internetzugang. Rimas hat mir zwar seinen Laptop für zwei Stunden geliehen, aber mir waren meine Prüfungsergebnisse etwas wichtiger, als Magnus' nächste Gräueltaten zu verfolgen.

»Er hat gehirnamputierte Leute, die das für ihn erledigen. Er braucht bloß mit den Fingern zu schnippen und sie agieren für ihn, ohne dass er sich selbst die Hände schmutzig machen muss.« Keine Ahnung, warum wir jetzt so vom Thema abgekommen sind.

Ohne auf meine Bemerkung zu reagieren, legt er das Handy auf dem Nachttisch meiner Betthälfte ab. »Vielleicht ist es besser, wenn du dir in Ruhe überlegst, was du noch willst.«

»Ich weiß, was ich will. Das habe ich vorhin gesagt. Meine Sachen abholen, nach Vilnius reisen und mein Leben zurückhaben.«

»Und ich darf kein Bestandteil von deinem Leben sein?«, schnaubt er verärgert. »Weißt du was, Aurelia? Ich bin es leid, ständig dein Gerede über Magnus zu hören. Für mich sieht es aus, als hätte er dich bereits komplett in der Hand und hätte dir das Gehirn verdreht.«

»Das heißt, du denkst, ich bin grundlos paranoid und absolut unnötigerweise besorgt um die Sicherheit der Leute, die ich mag? Willst du mir das damit sagen!«, werde ich lauter und fahre zum Balkon herum. »Dir reicht es anscheinend noch nicht, dass du zusammengeschlagen wurdest. Aber mir. Wenn du nicht warten kannst, treffe ich meine Entscheidung jetzt. Sie lautet nein«, sage ich glasklar, ohne wirklich in Ruhe darüber nachgedacht zu haben, denn eine Stimme in mir brüllt mich an, nicht alles zu vorschnell zu entscheiden und hinzuwerfen.

»Nein zu was?«

Plötzlich klopft es an der Tür und Narusha öffnet sie leise. »Was geht hier drinnen vor?«

»Bleib draußen!« Mit der flachen Hand knallt Kęstas ihr die Tür vor der Nase zu. Bisher war er nie so in Rage wie jetzt. Er wirkte immer gelassen, ausgeglichen und weitsichtig, aber gerade zeigt er seine andere Seite, von der ich nichts wusste.

»Nein, zu einem Schritt weiterzugehen. Versteh mich nicht falsch, das liegt nicht an meinen Gefühlen zu dir.«

Mit einem diabolischen Blick starrt er mich an und nickt langsam, bevor er zur Tür geht und sie aufreißt. Dahinter stehen Narusha und Rimas im Schlafanzug, die Kęstas, dann mich mit fragenden Blicken besehen.

Ich schließe die Augen, da sich Schuldgefühle vermischt mit Reue in mir einnisten.

Was bin ich für eine Idiotin. Er macht so viel für mich, um jetzt von mir eine Abfuhr zu erhalten. »Verdammt, scheiße!«, fluche ich und streiche mein Haar aufgewühlt aus dem Gesicht.

Ohne zu überlegen, folge ich ihm und lasse Narusha und Rimas stehen, die mich aufhalten wollen. »Lass ihn besser in Ruhe.«

»Nein, ich muss es klären.« Beide tauschen Blicke aus, die ich nicht deuten kann. Kęstas läuft die Stufen der Treppe immer noch etwas schwerfällig hinunter. »Warte, Kęstas. Ich habe es nicht so gemeint.«

»Nicht so gemeint? Deine Antwort war mehr als eindeutig«, antwortet er voller Jähzorn.

»Mann, verflucht, bleib endlich stehen!«, schreie ich zu ihm und umklammere das Geländer.

»Befiehl mir noch einmal irgendwas, und ich schwöre dir, du sitzt schneller in deinem kurzen Pyjama vor der Tür im Schnee, als dir lieb ist!«

»Kęstas!« Rimas überholt mich. »Achtung, lass mich das regeln, Aurelia, und bleib bei Narusha.«

»Nein, ich kann …«

Rimas fährt zu mir herum und umfasst meine Schultern mit einem warnenden Gesichtsausdruck. »Mach, was ich sage, bevor das hier in einem Blutbad endet und eskaliert.«

Macht er Witze oder was?

»Sei nicht albern. Es ist ein normaler Streit zwi…«

»Hör auf ihn.« Narusha ist plötzlich hinter mir, um mich an der Mitte festzuhalten, während Rimas Kęstas hinterhereilt, der sich irgendwo unten aufhält. Kurz darauf klirrt etwas lautstark, als hätte er die Fensterscheibe eingeschlagen. *Spinnen sie komplett?*

»Was ist genau passiert? Erzähl es mir.« Narusha lässt mich einfach nicht los. Aber vielleicht ist es besser, wenn sich Kęstas wieder abreagiert, bevor ich mit ihm in Ruhe weiterrede. Es war nicht richtig von mir, ihm direkt ein Nein an den Kopf zu werfen, wo er sich ziemlich viele Gedanken um uns gemacht hat.

Zusammen mit Narusha sitze ich auf dem Bett und erzähle ihr, was vorgefallen ist. In ihrem Pyjama schiebt sie die Füße unter unsere Decke und bindet ihr langes blondes Haar neu zu einem Knoten zusammen. Ihre Augen sind auf die Decke gerichtet, dennoch kann ich ihr ansehen, dass sie meine Antwort nicht verstehen kann, genauso wie Kęstas.

»Autsch. Ich würde sagen, unser lieber Kęstas kann nicht mit Ablehnung umgehen.«

»Ich habe ihn nicht abgelehnt.«

»Du willst ihn hinhalten.«

»Nein«, kontere ich. »Was würdest du an meiner Stelle tun?«

»Ich hoffe, ich werde nie an diesem Punkt ankommen«, antwortet sie scherzhaft. »Hast du dir überlegt, wie deine Entscheidung ausfallen würde, wenn der Serienmörder nicht in dein Leben getreten wäre?«

»Er ist aber da.«

»Sag schon«, löchert sie mich weiterhin. Ich fahre mir über die Stirn, um nachzudenken. »Ich würde es versuchen. Er gibt sich wirklich Mühe mit mir, und das, obwohl ich ihn in Schwierigkeiten bringe. Und genau das ist der Punkt. Ich kann nicht erneut dabei zusehen, wie er für etwas bestraft wird, bloß weil ich so egoistisch war und an mich gedacht habe.« *Warum verstehen sie es nicht?*

Verwundert über meine Antwort schaut sie mich an, lächelt sanft und greift nach meiner rechten Hand. »Er liebt dich über alles und würde alles für dich tun, Aurelia. Er würde es dir nicht selbst ins Gesicht sagen, aber es ist so. Du bist ihm wichtiger als alles auf dieser Welt, dass es ihm egal wäre, wenn Magnus«, sie schaut zur Seite, »alles unternimmt, um euch auseinanderzubringen.«

Er liebt mich über alles? Nach nur drei Wochen, die wir uns kennen? Narusha erweckt zum ersten Mal den Eindruck auf mich, mehr über ihn zu wissen. Mehr über mich, mehr über Kęstas' Gefühle zu mir, mehr über das, was zwischen uns existiert. Und dann trifft es mich wie ein Schlag, als ich aus den Augenwinkeln auf ihrer Bauchseite durch ihr leicht durchscheinendes Oberteil ein halbes schwarzes Auge entdecke. Um sie nicht anzustarren und ihre Aufmerksamkeit darauf zu lenken, schaue ich schnell weg, während mir das Herz gefriert und ich allmählich

Stück für Stück begreife, was hier vor sich geht. Warum ich Arūnas nicht erreicht habe. Wieso Kęstas sofort weitergehen will. Warum ich meine persönlichen Sachen aus der Ferienwohnung nicht erhalte. Wieso Kęstas die Worte »Hört auf, über sie zu lachen!« in der Tiefgarage brüllte und »Nimm die Waffe runter« zu mir sagte.

Magnus wäre längst eingeschritten, wenn ich mich weiter mit Kęstas abgegeben hätte, ihn gesund gepflegt hätte, weiterhin in seiner Nähe geblieben wäre, mit ihm geschlafen und Zeit verbracht hätte. Doch seit sieben Tagen herrscht Funkstille und angeblich wurde eine neue Leiche gefunden? Einfach so? Als hätte er das Interesse an mir verloren?

Und jetzt entdecke ich auf Narushas Bauch unterhalb ihrer Rippen die schwarze Tätowierung eines Auges? Dasselbe Auge, das Magnus' Leute und auch ich auf der Schulter trage. Genau die Schulter, über die Kęstas immer streichelt oder küsst, wenn wir miteinander schlafen.

Mit einem Mal wird mir unendlich flau im Magen und kotzübel.

Ich hätte auf meine innere Stimme hören sollen, als ich diesen Mann das erste Mal über die Straße auf mich zukommen sah. Diese düstere Aura, dieser strenge dunkle Blick, diese pure schwarze Schönheit, hinter der sich eine gnadenlose Grausamkeit und Kälte verbirgt.

»Ich werde erst mal schlafen … und noch mal in Ruhe über alles nachdenken.« Eigentlich sollte ich die Chance nutzen, um abzuhauen, solange Kęstas oder Magnus oder wer auch immer dieser Mann ist, mit dem ich einen Kindergeburtstag gefeiert, gevögelt und gelacht habe, abgelenkt ist. Mir läuft es eiskalt den Rücken hinunter, wenn ich mir vorstelle, von den Händen berührt worden zu sein, die mehrere Menschen ermordet haben.

»Mach das. Kęstas beruhigt sich schon wieder.« Narusha streichelt mir über die Schulter. »Wenn du ehrlich bist, liebst du ihn auch, oder?«, fragt sie mich unvermittelt und schaut mir mit ihren eisblauen Augen entgegen.

Ohne ihr eine Antwort zu geben, da ein »Nein« genauso eine Lüge wäre wie ein »Ja«, erhebe ich mich aus dem Bett, ziehe meinen Mantel über und schlüpfe in meine Stiefeletten, um erneut eine Zigarette zu rauchen.

Ich kann meine Vermutung nicht beweisen. Ihn mit meiner Vorahnung konfrontieren, werde ich im Leben nicht. Gegen Magnus hätte ich keine Chance. Außerdem gehen seine angeblichen Freunde und Nachbarn ständig aus und ein. Mir sind abends, wenn ich wach wurde, die dunklen Wagen am Zaun nie entgangen. Keine Ahnung, wo sie sich genau treffen und wann sie ihre Sitzungen abhalten. Doch gewöhnliche Freunde sind es nicht, die um Mitternacht vorbeikommen.

Ich zünde die Zigarette an, drehe mich lächelnd zu Narusha um und sage: »Danke, dass du mir zugehört hast.«

»Kein Problem. Ich schau mal unten nach den beiden.«

Mein übertrieben freundliches Lächeln verblasst, als ich Narusha das Schlafzimmer verlassen sehe.

Ich habe einen Beweis, um Magnus zu enttarnen, mehrere sogar. Ich habe Magnus zwei Schnitte verpasst. Einen quer über seine Brust und einen auf seinem Unterarm. Er hat diese vernarbten Verletzungen an genau diesen Stellen, außerdem hinkt er immer noch, was kaum von der Schlägerei kommen kann. Es kann nur die Stichverletzung sein, die ihm Arūnas verpasst hat und die ihm länger Probleme bereitet. Alles fügt sich klar und deutlich vor meinen Augen zusammen, als wäre ich zuvor komplett blind gewesen und hätte die Puzzleteile nur unscharf erkannt.

Meine Blackouts und meine Handlungen, die ich von mir nicht kenne … Entweder verabreicht er mir irgendetwas oder manipuliert mich irgendwie. Denn morgens komme ich mir normal vor, ab der Hälfte des Tages verschwimmen meine Erinnerungen, und abends weiß ich teilweise kaum noch, wo ich eingeschlafen bin.

Ich atme den Qualm langsam aus, während ich den Mantel enger um mich schlinge. Wenn es so ist, wie ich es vermute, sitze ich direkt in der Hölle und schlafe mit dem Teufel persönlich. Es fragt sich nur, wieso … Wieso gibt er sich solche Mühe, sich als normaler Mensch in mein Leben zu schleichen? Etwa, weil ich mich sonst nie mit einem Monster, das er ist, abgeben würde? Da hat er allerdings recht. Oder um die direkte Kontrolle über mich zu erlangen und wie seine Marionette zu behandeln.

Und was jetzt? Ich wette, Arūnas hat ihm geschrieben und Kęstas mich belogen. Er muss auch dafür gesorgt haben, dass ich mich nicht mehr an Rysands Nummer erinnern konnte, um mich nach Klaipėda zu bringen und die Vanags abzuschütteln. Unter welchen Tabletten stand ich, um das nicht eher zu durchschauen!

Gott … mein Kopf.

22

MOIRA

Aus den gekippten Fenstern im Erdgeschoss oder dem Keller höre ich Kęstas laut brüllen. Er tobt vor Wut. Denn wieder habe ich ihm einen Strich durch die Rechnung gemacht. Und das werde ich wieder und wieder tun.

Plötzlich werde ich von einem Blitzen abgelenkt. Eine Gestalt steht am Ende der Straße, die mich mit einem Licht und etwas wie einem Spiegel in der Hand auf meinem Balkon blendet.

Ich hebe die Hand vors Gesicht, als die Person meine Aufmerksamkeit weckt und ich hinter ihr weitere Leute stehen sehe. Es sind mindestens zwanzig dunkel gekleidete Gestalten. Die Vanags.

Sofort winke ich ihm zu, als ich wenige Meter entfernt Arūnas unter dem Schein einer Straßenlaterne erkenne. Wie hat er mich gefunden?

Mein Herz schlägt vor Aufregung unfassbar schnell. Sie müssen schon eine Weile gewartet haben. Arūnas macht ein Zeichen und deutet auf seine Hand, in der er etwas hochwirft und wieder auffängt. Es sieht aus wie ein Ball.

Mit Schwung wirft er den schwarzen Ball auf meinen Balkon, und das so treffsicher, dass ich ihn ohne Weiteres fangen kann. Er ist wirklich hier. Ohne dem Ball Beachtung zu schenken, starre ich zu ihm hinunter und glaube, zu halluzinieren. Ich würde am liebsten das Geländer überwinden, um in den Garten zu springen und zu ihm zu rennen.

Die Männer verteilen sich wie Schatten um das Gelände, als ich den Gummiball genauer ansehe und bemerke, dass er geöffnet werden kann. Darin befindet sich ein Zettel und eine in Stoff eingewickelte Pistole.

WIE VIELE LEUTE SIND IM HAUS?
IST KOSTAS AUCH DA?

Bleib in deinem Zimmer und unternimm keine waghalsigen Sachen.
Warte, bis ich bei dir bin.

Wieder schaue ich zu Arūnas, bevor ich ins Schlafzimmer zurückgehe, um mir einen Stift zu organisieren und auf seine Nachricht zu antworten. Als ich den Kugelschreiber im Nachttisch, mit dem Kęstas immer Dokumente unterzeichnet hat, als er im Bett lag, finde, gehe ich zum Balkon zurück.

Plötzlich wird die Schlafzimmertür geöffnet und das Licht geht an. Kęstas steht in der Tür, der mich ansieht, als würde er mir mit seinen Blicken jeden Moment meine Kehle zerfetzen.

Mein Herzschlag beschleunigt sich, als er auf mich zukommt. *Er kann nicht wissen, was vor sich geht.*

»Narusha meinte, du würdest anders darüber denken, wenn es Magnus nicht gäbe? Sag es mir.«

Perplex von seiner Frage weiche ich zurück und verstecke den Stift zwischen den Fingern. »Könnte ich noch eine Zigarette rauchen und wir reden anschließend darüber? Ich wollte dich wirklich nicht verletzen oder dich abweisen«, will ich ihn beruhigen. Aber es stimmt, das wollte ich wirklich nicht, denn obwohl er der leibhaftige Teufel in Person ist, ist es ihm über die Wochen hinweg gelungen, dass ein Teil meines Herzens ihn wirklich liebt. So krank und verrückt es sich anhört, doch ich habe Gefühle für ihn, ob echt oder künstlich, die mit seinen merkwürdigen Medikamenten oder Täuschungen erzeugt wurden, kann ich nicht sagen.

»Ich will jetzt eine Antwort.«

Draußen warten die Vanags, die nur eine Antwort von mir brauchen, um das Haus zu stürmen und ihn zu überwältigen.

»Was hast du?« Mit einem skeptischen Gesichtsausdruck tritt er an mich heran, um mit beiden Händen mein Gesicht zärtlich zu umfassen. Ich war schon immer eine miserable Lügnerin. Er wird sofort in meinem Gesicht ablesen können, dass etwas nicht stimmt.

»Ich …«, bringe ich vollkommen aufgelöst hervor. »Ich … Mich macht das alles nur fertig, Kęstas. Ich …« Damit ich nicht in seine Augen blicken muss, überwinde ich mich dazu, mein Gesicht an seiner Brust zu vergraben und mir dabei meinen Schnitt auf seiner Brust genauer anzusehen. Ich habe ihn wirklich hervorragend getroffen. Er geht durch viele Tätowierungen seiner Haut.

»Wir sollten von hier fortgehen. Malvine wird morgen von ihrer Mutter abgeholt. Ich will dich nicht unter Druck setzen, aber ich will auch nicht, dass du dich in Gefahr begibst und allein irgendwo hinreist.«

An seiner Brust nicke ich, atme seinen maskulinen betörenden Duft ein und lasse zu, dass er mir über die Schulter streichelt.

»Du hast recht«, stimme ich ihm zu, weil er genau das hören will. »Gehen wir gleich schlafen?«

Ich hebe den Blick, als er mit seinen düsteren Augen wie in einem Buch in meinen Augen forscht. »Geh zuerst deine Zigarette rauchen, ich mach dir einen Tee.« Er macht mir immer einen Tee, einen Kaffee oder holt mir ein Glas Wein, danach verliere ich komplett die Kontrolle über meinen Verstand. So verabreicht er mir das Zeug.

»Danke.«

Hauptsache, er geht, egal was er mir für einen Tablettenmix untermischt. Als er gegangen ist, schließe ich leise die Tür ab, um nicht erneut von ihm überrascht zu werden. Und falls er merkt, dass ich ihn ausgeschlossen habe, wird ihn die Tür ein paar Minuten aufhalten. Wieder auf dem Balkon sehe ich Arūnas nicht mehr. Er hat sich sicher versteckt. Ich ziehe den Zettel aus dem Ball, wende ihn und schreibe darauf:

Es sind drei Personen im Haus.
Zwei Hunde im Garten. Ein Kind.
Kęstas ist Magnus, aber er weiß nicht, dass ich es weiß.
Ich warte auf dich.

Zügig falte ich den Zettel zusammen, lege ihn in den Ball und schiebe die zwei Hälften zusammen.

Als ich mich vom schneebedeckten Balkon aufrichte, entdecke ich Arūnas wieder. *Gott, hoffentlich kann ich genauso gut werfen wie er.* Er hebt die Hände in die Lüfte und winkt mir zu, als würden wir Football spielen.

Ich hole Schwung und werfe den Gummiball in seine Richtung, allerdings landet er kurz vor der Zaungrenze zwischen zwei Büschen. *Klasse, Moira.*

Arūnas schlägt die Hand vor die Stirn, bevor er sich dazu entschließt, am Zaun hochzuspringen und sich in einer wendigen Rolle auf das Grundstück fallen zu lassen. Wie er sich bewegen kann, ist unglaublich. Trotzdem sollte er sich beeilen, bevor Neptun und Saturn um die Ecke biegen.

Arūnas wirft den Ball zu einer anderen Person, bevor er sich zwischen der Hecke am Zaun hochzieht und im selben Moment die Hunde über das Grundstück jagen.

Hinter mir klopft es an der Tür. »Aurelia, was soll das?« Schnell schließe ich die Balkontür hinter mir, hebe die Pistole vom Boden und laufe über den Balkon, der zur anderen Hausecke führt, herum. An der Ecke blicke ich zu Arūnas hinunter, der nicht mehr zu sehen ist. Von dem Bellen der Hunde ist auch nichts mehr zu hören, da beide reglos im Schnee liegen. *Sind sie tot oder bloß bewusstlos?*

Ein wildes Hämmern ist zu hören, bevor es kracht. Im selben Moment sehe ich die dunklen Gestalten sich um das Haus verteilen. Sie sind auf dem Grundstück. Eine

Scheibe wird unten eingeschlagen, bevor ich einen merkwürdigen Geruch wahrnehme. Es riecht wie ein Gas oder Rauch.

Mit einem Mal schiebt Kęstas die Tür des Balkons auf. Mein Herz hämmert unsagbar schnell unter meinem Brustbein. Ich hole tief Luft, dann trete ich hinter der Hausecke hervor, um ihm meine Waffe ins Gesicht zu halten.

Er wirkt gar nicht mal verblüfft oder überrascht, sondern neigt das Gesicht mit einem leichten herablassenden Zucken seiner Mundwinkel. Danach klatscht er mit diesem dunklen bösartigen Gesichtsausdruck eindrucksvoll in die Hände.

»Ich habe mich gefragt, wie lang du wohl brauchst, um klar *zu sehen.*«

»Wenn du mir jedes Mal deine Tabletten verabreichst, ist das auch nicht so einfach.« Sonst hätte ich alles viel eher durchschaut und begriffen, wer wirklich vor mir steht, mich umgibt und beeinflusst.

»Und was willst du jetzt tun, Moira?« Zum ersten Mal spricht er meinen richtigen Namen aus, während er mir live und in Farbe gegenübersteht. Seine Stimme nimmt wieder die Klangfarbe an wie während der Telefonate. In einem Langarmshirt und schwarzen Jogginghosen tritt er näher auf mich zu. Clever, dass er sich noch etwas angezogen hat, bevor ihn die Vanags überwältigen werden.

»Ich weiß nicht, Magnus. Ich denke, ich werde das die

Vanags regeln lassen, die du um einiges unterschätzt hast.«

Wie ein Raubtier kommt er mit seiner großen stolzen Präsenz näher auf mich zu. Als er bloß noch fünf Meter von mir entfernt ist, ziehe ich den Schlitten der Beretta zurück.

»Du weißt, dass ich schieße. Ich hätte jeden deiner Mörder in der Tiefgarage erschossen, wenn du mich nicht aufgehalten hättest. Dabei ging es dir nicht um mich, sondern um deine Leute.«

Anerkennend hebt er die linke dunkle Braue in die Stirn, als im selben Moment ein schwarz gekleideter Mann, den ich nie zuvor gesehen habe, den Balkon betritt.

»Dikar«, raunt er ihm zu, woraufhin er sich von diesem teilweise im Gesicht tätowierten Mann etwas ins Ohr flüstern lässt.

Ich sollte schleunigst von dem Balkon verschwinden, obwohl es Arūnas' Anweisung war, auf ihn zu warten. Magnus schaut zum Garten hinab, in dem er die zwei schwarzen Hunde liegen sieht. Seine Gesichtszüge verhärten sich, seine Halssehnen treten angespannt hervor, als er mit den Kiefern mahlt.

In der nächsten Sekunde kommt er auf mich zu, ehe ich schießen kann. »Du erschießt mich nicht, Moira. So weit bist du noch lange nicht. Wir sollten gehen. Informiere die anderen, Dikar.«

»Vergiss es.« Er schnappt mein Handgelenk, verdreht

es mir so übel, dass ich die Zähne zusammenbeiße und Tränen in meine Augen schießen. Mit der anderen Hand drückt er mich auf die Knie und nimmt mir die Waffe aus den Fingern, die er in den Garten hinunterwirft.

»Ich mache das wirklich ungern, und mir wäre es lieber, du würdest aus freien Stücken mitkommen, aber du hast genug gesehen für heute.« Ehe ich etwas ausrichten kann, schmerzt mein verletztes Handgelenk höllisch. Er nutzt den Moment, um mir etwas ins Gesicht zu sprühen, was höllisch in meinen Augen brennt.

»Bist du wahnsinnig?!« Mit einem Mal verdunkelt sich mein Sichtfeld, obwohl ich nicht ohnmächtig bin.

Ich reibe meine tränenden Augen, um irgendetwas zu erkennen. *Gott, ich will nicht blind werden.* Noch ehe er mich mit sich ziehen kann, zucke ich von einem lauten Schuss zusammen. *Was? Was passiert hier?*

»Dikar, nimm sie mit!«, höre ich Magnus' Befehl.

»Endlich ist der Moment gekommen, um Lebewohl zu sagen.« Die Stimme dringt hinter mir an mein Ohr. Augenblicklich gibt mich Magnus frei. Ich taste blind und orientierungslos über die eisbedeckten und beschneiten Steinplatten des Balkons, um das Geländer zu finden und mich aufzurichten.

»Arūnas«, sage ich und halte mir mit der bandagierten Hand mein Gesicht.

»Was soll das werden, Degutis? Du scheinst immer wieder dem Tod von der Schippe zu springen. Aber ich versichere dir, irgendwann kannst du den Tod nicht mehr austricksen.«

Ein Arm legt sich um meine Mitte und zieht mich an sich. Am Geruch erkenne ich Arūnas, der mit mir zurückweicht und Magnus mit einer Pistole bedrohen muss.

»Bleib cool, okay?«

»Ich sehe nichts. Wie soll ich dabei cool bleiben?«, antworte ich ihm.

Wieder fallen Schüsse, die direkt neben mir abgegeben werden. Danach ist das Zufallen einer Tür zu hören.

Ein Knurren ertönt, danach zieht mich Arūnas weiter mit sich und steigt hinter mir auf etwas hoch.

»Was hast du vor?«

»Wir springen. Was denkst du denn?«

»Verarsch mich nicht.«

»Lern du besser, Bälle zu werfen. Dein Wurf war eine einzige Katastrophe.«

Ich zische und verdrehe die Augen, obwohl sie pausenlos tränen.

»Wo ist Magnus?«

»Irgendwo im Haus. Uns steht nur sein Schatten gegenüber«, raunt er mir ins Ohr.

»Lass sie gehen und ich handle unter Umständen aus, dich nicht mehr zu verfolgen.« Es ist der Mann, der hinter Magnus stand, der zu Arūnas mit einer kalten, beinahe tödlichen Stimme spricht, als wäre er aus der Hölle entsprungen.

Arūnas lacht hinter mir. »Weißt du, was ich von euch gelernt habe? Dass eure lächerlichen Versprechen nichts wert sind und ihr kein Ehrgefühl besitzt. Ihr seid räudige Mörder ohne Moral und Anstand. Also pfeif ich auf dein Angebot.«

Hände heben mich an der Mitte auf einen Absatz hoch.

»Lass sie hier!«, wird der Typ lauter.

»Hol sie dir doch!«, verhöhnt Arūnas ihn, während mir flau im Magen wird. Soweit ich mich erinnern kann, geht es um die sieben Meter von der zweiten Etage hinunter. Ist er übergeschnappt?

»Etwas Gutes hat es ja: dass du nichts sehen kannst, mein Schatz.«

»Und das wäre?«, frage ich mit bebender Stimme und kralle mich verbissen an seinen Armen fest, damit er mich nicht loslässt.

»Deine Höhenangst kann dir keine Streiche spielen. Lass dich einfach fallen. Es geht los.«

»Los …?« Ehe ich schreien kann, kippt er mit mir rücklings in die Tiefe und hält die Arme fest um meinen Bauch umfasst. Mir dreht sich der Magen um, da wir den Sturz nicht überleben können. Doch unvermittelt landen wir auf etwas Weichem und werden darauf abgefedert.

Arūnas' Hände wandern über meinen Körper, als wir ein zweites Mal auf der Matratze oder dem Sprungtuch aufkommen. Als sich seine Hand um meine rechte Brust festhält, verpasse ich ihm einen Schlag auf den Kopf.

»Wo hältst du mich fest?«

»Ich wollte bloß checken, ob noch alles dran ist.«

Angestrengt keuchend setzt er mich auf und hilft mir auf die Füße.

Weitere Schüsse ertönen unweit in meiner Umgebung.

»Beeilen wir uns besser, bevor sich die Sekte versammelt, um ihren Meister zu verteidigen.« Arūnas hält meine rechte Hand umfasst, springt von der Matratze und sagt: »Hat doch Spaß gemacht.«

»Ha, ha, ich lache jetzt noch.« Es ist Zydrunas' Stimme unmittelbar rechts von mir.

»Geile Nummer!«, erkenne ich Nojus, bevor sie sich in die Hände einschlagen. »Packen wir die Sachen zusammen und nehmen die Köter als Geisel mit, um sie morgen früh unter einer Brücke aufzuhängen«, schlägt er verschlagen lachend vor.

Hände heben mich locker von der Matratze, sodass ich, als ich endlich festen Boden spüre, gegen eine warme Brust taumele.

»So zutraulich hatte ich dich gar nicht in Erinnerung, meine Kleine«, raunt Arūnas neben meinem Gesicht, bevor er meine Wange mit seinem Mund streift und seine Arme um mich schlingt.

»Ich bin gestolpert«, erkläre ich ihm ironisch.

»Ausrede«, kontert er, als ich über sein Shirt, weiter zu seinem Jackenkragen taste und mich an ihm hochziehe, um gleich darauf meine Lippen auf seine zu legen.

Ohne zu zögern oder es mir dreimal zu überlegen,

küsse ich ihn stürmisch und dankbar zugleich. Zuerst wirkt er etwas überrascht von meiner offensiven Annäherung, doch dann erwidert er den Kuss hungrig und unsere Zungen verschmelzen miteinander. Tränen laufen meine Wangen kitzelnd herunter, als ich seinen Duft schmecken und seinen Atem auf meinem Gesicht fühlen kann.

»Du musst nicht gleich vor Freude weinen, Herzchen«, flüstert er, mich wieder neckend.

Ich boxe in seine Brust. »Für dich vergieße ich sicher keine Tränen, du lebensmüder Vollpfosten.« Was gelogen ist, denn ich bin heilfroh, dass er hier ist und noch lebt.

»Na, dann sollte ich noch etwas daran arbeiten, damit du es irgendwann tun wirst.« Unerwartet hebt er mich auf seine Arme, um mit mir durch den verschneiten Garten zu rennen.

»Degutis!«, ruft Magnus hinter uns. Ich halte mich an seiner Jacke fest, da er nicht stoppt, als Magnus ihn ruft.

»Du solltest nicht so schwer tragen«, murrt Rysand neben uns.

»Sie ist federleicht«, scherzt er.

»Soll ich sie nehmen und du beendest es?« *Meint er mit beenden, Magnus zu töten?*

Abrupt werde ich abgesetzt. »Liebend gern. Pass auf sie auf.«

»Nein«, mische ich mich ein und reiße mich aus Rysands Griff um meinen Arm los.

Keine Ahnung, was sich vor meinen Augen abspielt.

Aber ich will nicht, dass er ihn umbringt. »Denk nach, Mädel. Er hat sehr viele Menschen auf dem Gewissen. Die Polizei wird ihn nie schnappen, und uns wird nicht so schnell die Chance geboten werden, ihn kaltzumachen.«

Wieder höre ich Schüsse, dann flucht Rysand und im nächsten Augenblick spüre ich einen kräftigen Stoß in meinem Rücken. Erst durchzuckt mich ein Ruck, danach entfaltet sich ein heftiger Schmerz in meinem Rücken und ich taumele blind und kraftlos nach vorn.

»Verflucht – šūdas!«, flucht Rysand. Hände fangen mich auf, bevor ich in den Schnee kippe.

»Fexor! Ką…?«, sind die letzten wutentbrannten Worte, die ich Magnus brüllen höre, danach spielt mein Kreislauf verrückt, und ich keuche schwer atmend, obwohl ich kaum Luft bekomme, gegen glattes weiches Leder.

»Moira, warte …« Arūnas ist unvermittelt neben mir, als ich die wunderschönen Sterne inmitten der samtschwarzen Nacht vor meinen Augen aufblitzen sehe. *Wieso? Ich dürfte sie nicht in der Position sehen.*

Hilflos klammere ich mich an dem Jackenstoff fest, höre danach weitere Schüsse, ein schäbiges Lachen und Arūnas zu mir sprechen. Keines seiner Worte dringt in meinen Verstand.

»Es wird so kalt … so eiskalt.« Etwas sickert in meinen schwarzen seidigen Pyjamastoff. Die Sterne bilden sich zu Knospen, die als weiße Blüten aufschlagen und diesen süßen und zugleich sauren Geschmack auf meiner Zunge hinterlassen.

Als mein Körper von Wellen davongetragen wird, ich ihn nicht mehr bewegen kann, als würde er mir nicht mehr gehorchen, verlieren die Blüten ihre Blätter und werden vom Wind davongeweht wie Schnee.

NACHWORT

THANK YOU

für den Kauf oder die Ausleihe des zweiten Parts.

Schon Ende März erscheint die Fortsetzung „Forever say Forever", in dem ihr erfahrt, wie es mit Moira, Magnus und Arūnas weitergehen wird. Denn Arūnas und Moira konnten in diesem Band leider kaum gemeinsame Momente verbringen. Wenn man es genau betrachtet, bloß am Ende, als er sie aus

Magnus Fängen befreit hat und sie kurz darauf angeschossen wurde. Dafür hattet ihr nun die Möglichkeit Magnus näher kennenzulernen. Seid ihr seinem Spiel vor Moira auf die Schliche gekommen? Und wenn ja, wer hat Moira angerufen, als sie auf dem Kindergeburtstag war? Magnus selbst kann es nicht gewesen sein.

Allmählich wurden einige Fragen beantwortet, doch es erwarten euch im dritten Band noch so einige unvorhersehbare Wendungen. Wie wird Moira darauf reagieren, wenn sie erfährt, dass Magnus' Männer ihren Vater getötet haben? Wird sie allein herausfinden, welchen Teil Magnus in ihrer Vergangenheit gespielt hat? Und die wohl wichtigste Frage: Wird es dem Casanova und Frauenversteher Arūnas gelingen, Moira für sich zu gewinnen oder setzt er es in den Sand?

Dies und vieles mehr erfahrt ihr schon in wenigen Wochen. Wenn euch die Geschichte gefallen hat, würde ich mich unglaublich sehr über ein Feedback freuen. Es war mir ein Vergnügen, euch zu unterhalten.

XOXO

♥

Yuna Drake

PLAYLIST

Butterfly Water – Pastelle, My City Glory

EVIL – AViVA

What I've Done – Besomorph, Behmer, Lunis

Faded – Coopex, BRAN, Lunis

Daydream – The Tech Thieves

Dopamine – Elle Vee

Dangerous – The Tech Thieves, Besomorph

TiK ToK – Coopex, FJORA

NVM – Faith Marie

Erscheint demnächst
FOREVER say FOEVER
Ende März 2021

Bisher erschienen

Nachtblütenkuss
Follow your Passion
Broken Blackness